テリ文庫

3〉

特捜部Q

—Pからのメッセージ—

〔上〕

ユッシ・エーズラ・オールスン

吉田薫・福原美穂子訳

早川書房

7295

特捜部Q

―Pからのメッセージ―

〔上〕

登場人物

カール・マーク……………………警部補。特捜部Qの責任者
ハーフェズ・エル・アサド
ローセ・クヌスン
……カールのアシスタント
ユアサ………………………………ローセの双子の姉
ヴィガ………………………………カールの妻
イェスパ……………………………カールの義理の息子
モーデン・ホラン…………………カールの家の下宿人
マークス・ヤコプスン……………殺人捜査課課長
ラース・ビャアン…………………殺人捜査課副課長
トマス・ラウアスン………………元鑑識官
ハーディ・ヘニングスン…………カールの元部下
モーナ・イプスン…………………カウンセラー
イサベル・イェンソン……………市役所の電子データ処理係
ラーケル（リーサ・カーリン）
・クローウ………〈神の母教会〉の信者
ヨシュア……………………………ラーケルの夫
セームエル…………………………ラーケルの息子
マウダリーナ………………………ラーケルの娘
ミア・ラースン……………………田舎町の主婦
ベンヤミン…………………………ミアの息子
ケネト………………………………ミアの愛人
イーヴァ……………………………盲目の女性
ヴィリー……………………………イーヴァの夫

プロローグ

三度目の朝が明けはじめた。いつのまにかタールと海草のにおいが服に付いていた。細かい氷の粒が、ボート小屋の床板の下で大儀そうに杭に押し寄せてはパシャンと音を立てている。何もかもがよかった頃の記憶がふとよみがえってくる。

少年は紙くずでこしらえた寝床から体を起こして弟の顔を見た。まだ眠っている弟の顔は、凍えて苦痛に満ちているように見えた。

弟はもうすぐ目を覚まして、混乱した頭であたりを見回すだろう。そして手首と腰を縛っている革ひもに気がつき、慌てて立ち上がろうとするが鎖の音に阻まれるだろう。そしてタールを塗った板のすき間から、朝の光とせめぎ合うように降る雪を目にした後、祈り始めるだろう。

少年はすでに何度も弟の目が絶望に陥《おちい》るのを見ていた。そのたびに粘着テープを貼られた口で窒息しそうになりながら、エホバの慈悲を求めて祈った。

だがエホバが彼らには目もくれないことを、ふたりとも知っていた。なぜならふたりは血を飲んだからだ。男は水が入ったコップに血を垂らし、それを飲めと言った。禁じられた血の入った水を。そして彼らはいま永劫の罰を受けている。その水を飲んで以来、彼らはのどの渇きよりも強い、焼けるような恥の痛みを体の内に感じていた。

あの男は僕たちをどうするつもりだろう？　ねえ、どう思う？　弟の不安に満ちた目が問いかける。少年にわかるわけがなかった。ただ本能的に、もうすぐすべてが終わるような気がしていた。

少年は壁にもたれ、弱い光を頼りに小屋の隅々をもう一度見回した。屋根の垂木とクモの巣に沿って目を動かしていった。すべてのかど、ふち、木の節の出っ張りを頭に刻んでいった。すじかいの後ろに朽ちた櫂《かい》が差し込まれていた。とっくに役目を終えた古い漁網もあった。

そのとき少年は後ろにあった瓶にふと目をとめた。薄日がかすめ、青いガラスがきらりと光ったのだ。

瓶は手の届くところにあったが、手に取ることはできなかった。分厚い床板の間に挟まって動かなかった。少年は板の間に指を突っ込んで、瓶のくびを取り出そうとしたが、手がかじかんでうまくいかなかった。瓶を取り出せたら、割ってその破片で、手首を後ろ手に縛っている革ひもを切るつもりだった。手首のひもが取れたら、背中の留め金をはずし、口の粘着テープをはがし、上半身と太ももを縛っているひもをはずす。そしてその革ひもからぶら下がっている鎖から解放されたらすぐに弟に駆け寄り、ひもを解いてやる。弟を抱き寄せ、体の震えが止まるまで抱きしめてやる。

その次は扉だ。ガラスの破片を使ってありったけの力で板をけずり、蝶番《ちょうつがい》をはずす。もしも扉がはずれる前に車が戻ってきたら、折れた瓶のくびを持って、扉の後ろで男を待ち伏せる。よし、決めた。やってやる。

少年は前に身を乗り出し、かじかんだ両手を背中で組むと、邪悪な計画を立てたことの赦《ゆる》しを請うた。

だがそのあとは瓶を手に入れるために床板を指で引っ掻き続けた。引っ掻いて、引っ掻いて、ようやく瓶は少し動くようになった。

少年はふと耳をそばだてた。

あれはエンジンの音？　きっとそうだ。大型車のエンジンの音に聞こえる。こっちに近づいてきているのか？　それとも通り過ぎて行くだけか？

音がしだいに大きくなってくると、少年は指の関節を鳴らしながら懸命に瓶のくびを引っぱった。すると音は小さくなっていった。あれは風力発電機だろうか？　外でうなるような音がしている。

吐く息で目の前が真っ白になっていった。もう少年は怖くなかった。この瓶がエホバの施しだと思うと力が湧いてきた。

少年は歯を食いしばって、瓶を引っぱり続けた。

ついに瓶を取り出すと、少年はそれを床板に思いきり打ちつけた。弟が飛び起きてあたりを見回した。

少年は何度も何度も瓶を打ちつけた。だが背中で手を縛られた状態では十分な反動をつけられなかった。しだいに指の感覚がなくなり、とうとう少年はあきらめた。そして首を後ろに回すと、手放した瓶を見て途方に暮れた。

少年は小屋の梁《はり》から落ちてくる埃を眺めていた。瓶は割れなかった。こんな小さな瓶だというのに。だが割れないものはしかたがなかった。なぜ割れない？　禁じられた血を飲んだからか？　だからエホバは僕たちを見限ったのか？

少年は弟を見た。弟は毛布にくるまると、また寝床に沈んでいった。弟はひと言も口をきかなかった。粘着テープを貼られていても話せないことはないのに黙ったままだった。

長い時間をかけて少年は必要な物をすべて揃えた。一番大変だったのは、鎖をいっぱいに引っぱって何とか指の先が届いた梁の間からタールを取ることだった。他のものはすべて手の届く範囲にあった。瓶、床板から裂き取った木片、そして体の下に敷いている紙。

少年は革の靴を片方脱ぐと、その上に手をかざして、手首に木片を突き刺した。涙がこみ上げた。そして一、二分の間脱いだ靴の上に血を滴らせた。それから尻の下に敷いている紙をちぎり、木片を血にひたし、体をひねり、鎖を引っぱって背中の後ろを見ながら、手紙を書いた。そんな姿勢で字を書くことは簡単ではなかったが、この緊急事態をできる限りきちんと伝えようと思った。最後に署名をすると、紙を丸めて瓶の中に押し込んだ。

それから時間をかけて、タールの塊を瓶のくびに詰め込んだ。きちんと密封するために、タールの塊を押したり引いたりしながら何度も調節した。

ちょうど完成したときだった。またエンジンの音が聞こえてきた。今度は間違いなかった。少年は胸がしめつけられる思いで弟を見つめた。そして壁の割れ目から差し込んでくる光に向かって力いっぱい体を伸ばした——そこしか瓶を外に出せるところはなかった。

扉が開き、もうもうと舞う白い雪の中に大きな影が現れた。

小屋の中はしんとなった。

するとそのとき水面を打つ音がした。

瓶は放たれた。

1

目が覚めるといくらか気分はよくなっていた。

だが、すぐに酸《す》っぱいものが食道を駆け上がってきた。この不快感、なんとかできないものか。カールはそう思いながら目を開けた。すると自分と同じ枕の上に、マスカラがにじんで、よだれを垂らした女の顔が乗っていた。

嘘だろ、スージーじゃないか。カールは昨晩の記憶を必死で呼び起こした。よりにもよって相手はご近所さんのスージーだ。煙突のように煙草を吸い、早口でまくしたて、〝念のために〟が口癖で、まもなく年金生活に入るアレレズの役所の職員だ。

恐ろしい考えが頭をよぎり、カールはおそるおそる布団を持ち上げた。そして、少なくとも下着ははいていることを確認して胸をなで下ろした。

「ちくしょう」カールはうめきながら、胸の上のスージーのごつい手を押しのけた。こんな頭痛はヴィガが家を出て行って以来初めてだった。

「頼む、細かい話はいいから」カールはキッチンに下りていくと、モーデンとイェスパに言った。「スージーが俺の枕に何の用があったのかだけ手短に説明してくれ」

「あのおばさん一トンはありそうだよね」義理の息子イェスパはそう言うと、オレンジジュースの紙パックをそのまま口に持っていった。イェスパがコップでジュースを飲むことを覚える日はノストラダムスでも予言できないだろう。

「ごめん、カール」モーデンが言った。「彼女、鍵をなくしたって言うからさ。あんたもそろそろ賞味期限切れだし、問題ないだろうと思ったんだ……」

もう二度とモーデンのバーベキュー・パーティーには参加しない。そう心に誓って、カールは居間のハーディのベッドに目をやった。

二週間前にかつての同僚を引き取って以来、ここは〝くつろぎのわが家〟ではなくなった。居間の面積の四分の一を占める介護用ベッドが庭の眺めを遮っているからではない。袋がいっぱいぶら下がったスタンドが見苦しいわけでもない。ハーディの麻痺した体が発散し続けるにおいのせいでもない——そんなことではない。すべてを変えてしまうのは、いつも感じているこの後ろめたさだ。自分の脚は自由に動き、その気になればいつでも逃げることができる。そう思うと、何か償《つぐな》いをしなければならないという気に駆られる。ハーディのそばにいてやらなければ、体が動かないこの男のために何かしてやらなければ、と思うのだ。

「なあ、気楽に考えてみてくれないか」ハーディがカールにそう言ったのは、二、三カ月前に、ホアンベクの脊椎損傷専門病院からカールの家に移った場合のメリットとデメリットについて、ふたりであれこれ話し合っていたときのことだった。「ここだと、一週間おまえの顔を見ないなんてことはざらだろ。だから、おまえの家に移ったからといって、四六時中、気をつかってくれることはないんだよ」

だが、それでも、ハーディがいることに変わりはない。今みたいに静かに眠っていても、すぐそこにいることに変わりはない。ハーディは頭の中にもいる。日々の計画を立てるにも、言葉ひとつ発するにも、ハーディのことを考えて慎重になる。それがしんどい。自分の家にいるのにしんどいだなんて、最低だ。

こまごまとした用事も増えた。洗濯、シーツ交換、そのたびにハーディの巨体に手を焼かされる。買い物、看護師や役所との連絡。食事の用意。確かにほとんどの面倒はモーデンがみている。だが、すべてではない。

「よく眠れたか？」カールはそうききながら、ハーディのベッドに近づいていった。

かつての同僚は目を開けると笑ってみせようとした。「そうか、カール、休暇が終わって、今日から仕事に戻るんだったな。この二週間、あっという間だったよ。だが、モーデンと俺はうまくやっていくさ。本部のみんなによろしくな。忘れずに伝えてくれよ」

カールはうなずいた。ハーディはつらいにちがいない。とてつもなくつらいはずだ。一日だけでも、ハーディと代わってやることができたらと思う。

一日だけでも。

コペンハーゲン警察本部に着いたカールは、入口の警備にあたっている警官を除いて、誰にも会わなかった。中庭にひとけはなく、柱廊は寒々として、静まりかえっていた。
「いったいここはどうなってるんだ？」カールは声を張り上げて、地下の廊下を突き進んでいった。

カールは大声で出迎えられると思っていた。アサドの甘ったるいハッカ茶のにおいが漂ってきて、少なくともローセの口笛バージョンのクラシック音楽くらいは聞こえてくると思っていた。だが、地下室にもひとけはなかった。ハーディの引っ越しのために二週間休暇をとっていた間に、みんな逃げちまったのか？

カールはアサドの小さな部屋をのぞいて困惑した。老いた伯母の写真も、祈禱用の敷物も、べたべたした焼き菓子が詰まった缶も見当たらない。天井の蛍光灯も消えていた。

カールは向かい側の自分の部屋の明かりを点けた。ここはカールにとっての安全圏だ。禁煙の波もまだここまでは迫ってこない。ここでカールはすでに三件の事件を解決した——そして二件の事件の捜査を初めて途中であきらめた。この部屋には特捜部Qが取り組まなければならない過去の未解決事件のすべてが、カールが絶対の信頼を寄せるシステムに従って分類され、三つの書類の山となって机の上に積まれている。

だがカールはぼう然と立ち尽くしていた。机がぴかぴかに磨き上げられている。ちりひとつない。びっしり書き込まれたA４サイズの紙も一枚もない。疲れた足を乗せるのに使った後は、丸めてくずかごに放り込んでいた紙だ。要するに、机の上になんにもないのだ。

「ローセ！」カールはありったけの声をあげた。

だがその声は返事がないまま廊下の先に消えていった。まるで最後のモヒカン族だ。〝ホーム・アローン〟のケビンだ。養鶏場を追い出された雄鶏《おんどり》だ。馬と引き換えに我が王国をやろうとか言ったリチャード三世だ。カールは電話をつかみ、三階の殺人捜査課のリスに電話をかけた。

二十五秒後に電話はつながった。

「捜査部A、秘書課です」サーアンスン——カールを誰よりも目の敵《かたき》にしている秘書の声だった。

「サーアンスンさん」カールはしぶしぶ言った。「カール・マークです。ここに誰もいないんですが、どうなってるんでしょう? アサドとローセがどこにいるか知りませんか?」

千分の一秒も経たないうちに、サーアンスンは受話器を叩きつけるように置いた。

カールは立ち上がって、ローセの領地に向かった。ひょっとしたらそこに消えた書類があるかもしれない。カールはローセの部屋に足を踏み入れようとしたとたん、卒中の発作を起こしそうになった。探していた書類の山がいきなり目に飛び込んできた——壁紙となって。アサドとローセの部屋の間の壁にウッドファイバーのボードがずらりと取り付けられていて、そこに二週間前までカールの机の上に置いてあった事件の資料すべてがピンで留められていた。

黄色いカラマツ材の脚立が、最後にピンを留めた場所を暗示していた。それはカールたちが捜査を途中であきらめざるをえなかった二件目の事件だった。またしても未解決に終わった二件目の未解決事件だった。

カールは一歩後ろに下がって、この書類地獄を見渡した。いったいこの壁で何をするつもりだ？ ローセとアサドは頭がおかしくなったのか？ だから、とんずらしちまったのか？ なんてやつらだ。


三階に行っても同じだった。人っ子ひとりいなかった。カウンターの後ろにいつも控えているサーアンスンの席さえもぬけのからだ。課長の部屋も、副課長の部屋も、湯沸かし室も、会議室も、誰もいなかった。

いったいどうなってるんだ？ 爆破予告でもあったのか？ それとも、警察改革が高じて、職員を解雇して、建物を競売にかけようっていうのか？ 新しい法務大臣が逆上して全員殺してしまったのか？

カールは電話に手を伸ばして、守衛室を呼び出した。

「カール・マークだ。いったいみんなどこに消えたんだ？」

「記念講堂に集まっています」

「記念講堂？ なんでまた？ 警察官の追悼記念日は九月十九日だ。半年以上も先じゃないか。今頃集まって何をするっていうんだ？」

「本部長から構造改革にからんだ各部の調整について説明があるんです。すみません、ご存知だと思っていました」

「たった今、サーアンスンさんと話をしたのに、ひと言も言ってくれなかったよ」

カールは首を横に振った。やれやれ、まったくどうかしている。講堂に下りて行ったところで、法務省がまた何もかも変えてしまったという話を聞くだけだ。

カールは殺人捜査課課長の肘掛け椅子に目を留めた。見るからに座り心地がよさそうだ。あそこなら誰にも見られずに目を閉じていられる。

十分後、カールは目を覚ました。肩に殺人捜査課副課長ラース・ビャアンの手が置かれていた。顔の真ん前でアサドのビー玉のような目が笑っている。

安息の時は終わった。

「来い、アサド」カールは椅子からあわてて立ち上がった。「さっさと地下に戻って、壁に留めてある書類をはがすんだ。だいたいローセはどこに行った？」

アサドは首を横に振った。「そうは行きません、カール」

カールはシャツをズボンに突っ込んだ。何を言ってるんだ、こいつは？　行くに決まってるじゃないか。決定権は俺にあるんだ。

「さあ、行くぞ。ローセも連れてきてくれ。今すぐだ」

「地下室は今から閉鎖する」ラース・ビャアンが言った。「天井の配管の断熱材からアスベストが落ちてきているらしい。労働環境監督署の査察が入った」

アサドがうなずいた。「それで、ここに荷物を運び上げたんです。あまり居心地はよくありませんが、あなたのために素敵な椅子を見つけてきました」それが慰めになるとでも言うようにアサドは言った。「それからローセはいません。こんなところにいたくないと言って、週末の休みを延長したんです。でも、あとで来ると思います」

まさに急所を蹴飛ばされた気分だった。

2

蠟燭《ろうそく》が燃え尽き、闇に包まれるまで、彼女は炎を見つめていた。夫が何も言わずに出かけるのは今に始まったことではない。だが、結婚記念日に家を空けたのは初めてだった。

彼女はため息をついて立ち上がった。窓辺に立ってガラスに息を吹きかけて夫の名前を書いて帰りを待つ——そんなことはもうしなくなった。

夫と知り合った頃、周囲は反対した。友人は言葉を選び、母親ははっきりと不信感を口にした。年齢が離れすぎている。目によこしまな光を湛《たた》えている。とらえどころがない男だ。あんな男は信用できない。

反対を押し切った彼女は母親とも友人とも疎遠になった。そんなわけで人と会いたくなればなるほど、絶望感が増していった。誰かと話をしたくても、もう誰もいない。

彼女はきれいに片付けた部屋に座って、唇をかたく結んだ。こらえきれなくなった涙があふれ出してきた。

そのとき、息子の声がした。彼女は落ち着きを取り戻して、人差し指で鼻の頭をぬぐい、深呼吸を二回した。

こんなことでは息子は母親も頼りにできなくなる。もっと安心できる暮らしをさせてやらなければ。

夫は物音ひとつ立てずに寝室に入ってきた。壁に影が映った。広い肩幅、広げられた腕。夫は温かい裸身をベッドに横たえると、無言で彼女を引き寄せた。言い訳も詫びの言葉もなかった。よその女の残り香を恐れていたのか、疑いを抱いてしまったことの罪悪感からか、彼女は抱かれることをためらった。すると夫は彼女の体を乱暴にひっくり返して、着ているものをむりやり剝いだ。月の光に照らされた夫の顔が彼女の官能を刺激した。待つ時間は終わり、苦悩と疑惑は跡形もなく消え去った。

こんな夫を半年ぶりに見た。

こんなことはもう起きないと思っていた。

「しばらく旅に出るから」翌朝、朝食の席で、夫は子供の頰をなでながら唐突に言った。うわの空でどうでもいいことのように言った。

彼女は額にしわを寄せ、唇を結んで言葉をのみ込むと、皿の上にフォークを置いて、スクランブルエッグとベーコンを見つめた。長い夜を過ごした後だった。ついさっきまで愛撫の名残を下腹部に感じ、夫の愛に満ちたまなざしの余韻に浸っていた。それが今は、三月の淡い陽光に現実を照らし出されている。ほんのつかのま家に立ち寄るだけの夫。今回もそうなった。

「どんな仕事をしているのか、なぜわたしに言えないの？　わたしはあなたの妻なのよ」

夫は食事の手を止めた。暗い目にいっそう影が差した。

「わたしは本気で言ってるのよ」彼女は続けた。「次に帰ってくるのはいつ？　いつまでこんなことを繰り返すつもり？　わたしはあなたのことを何も知らないし、あなたが何をしているのか見当もつかない。目の前にいるのに、あなたのことがもうわからない」

夫は彼女の目をじっと見据えた。「最初から、仕事の話はできないって言ってあっただろう」

「だけど……」

「だったら、しつこく聞くな」

夫はナイフとフォークを皿の上に音を立てて置くと、息子に笑いかけた。

彼女は落ち着こうとしたが、絶望感がつのるばかりだった。夫の言う通りだ。夫は結婚前に、自分の仕事は人に口外できないのだと説明した。諜報機関か何かの仕事だと言っていたが、もう正確には覚えていなかった。だが、そんな仕事であっても、ふだんは普通の生活を送っているものではないのだろうか。夫の生活はどう見ても普通ではなかった。あるいは、夫にとってここは仕事に戻るまでの寄り道のひとつでしかないのかもしれない。他にどう考えればいいのかわからなかった。

彼女は皿を片付けると、この場で夫に最後通牒を突きつけてみようかと思った。夫は怒るだろうか？　だが実際にどの程度の怒りを買うかまるで見当がつかなかった。

「じゃあ、今度はいつ会えるの？」彼女はきいた。

夫は微笑んだ。「たぶん、来週の水曜には戻ってくる。通常なら八日から十日で終わる仕事だ」

「だったら、ボウリングの試合には間に合うのね」彼女は念を押すように言った。

夫は立ち上がると、彼女を後ろから抱き寄せ、両手を彼女の胸の下で組んだ。夫の頭が肩に触れると身震いがした。いつもなら心地よいはずの抱擁から、彼女は逃れた。

「ああ、試合には戻ってくる。そしたらまた昨日の夜のように過ごそう、いいね？」


夫が出て行き、車の音がしだいに遠のいていくあいだ、彼女は腕を組んでぼんやりと前を見つめていた。孤独な暮らしも問題だが、何のためにこんな犠牲を払っているのかわからないのはもっと問題だった。だが、夫に不倫を認めさせることはおそらく不可能だろう。夫は活動範囲が広く、慎重な人間だ。年金、保険、戸締まり、荷造り、なんでも二回チェックする。机の上はいつも片付けられ、伝票や領収書がポケットや引き出しから出てきたことはない。痕跡というものをまるで残さない。においさえ、部屋を出ると数秒もたたないうちに消える。そんな夫の不倫をどうやって突き止められるだろう？　私立探偵に尾行させればいいのかもしれないが、そんな金は工面できなかった。

彼女は下唇を突き出し、自分の顔にゆっくりと生あたたかい息を吹きかけた。それは緊張したり、重要な決断をしたりするときの癖だった。堅信礼のための服を買うときにも、馬術競技で一番難度の高い障害に挑むときにも、夫に結婚を承諾する前にもやっていた。最近では、通りに出て行っただけでもやることがある。外の穏やかな光の中でなら人生がちがったように感じられるかどうか確かめているときに。

3

屈強ながらお人好しでもあるデイビット・ベル巡査部長は、よく仕事をさぼっていた。海辺に座って、岩に打ち寄せては大きな音を立てて砕け散る波を眺める。スコットランド最北端の町ジョン・オーグローツは、たとえ日照時間が半分しかなくても、そのぶん太陽が二倍美しく感じられる場所だ。デイビットはこの町で生まれた。そして、そのときが来たら、この町で死にたいと思っている。

荒れた海はデイビットの一部だった。ここから十六マイルも南の町ウィックのバンクヘッド通りにある分署で時間をむだにしているくらいならここで海を眺めていたかった。ウィックは眠ったように静かな港町で、デイビットにとっては退屈きわまりなく、またそう思っていることをデイビットは隠そうともしなかった。

だから、この小さな町のどこかで面倒が起きると、上司は真っ先にデイビットを送り込む。そして、パトカーで乗り付けたデイビットが、男性ホルモン全開の男どもに、インバネス警察を呼ぶぞと言って脅すだけで騒ぎはおさまった。この町の人間はよそ者に口を挟まれることを好まない。それくらいなら、昔から愛飲してきたビール〈オークニー・スカル・スプリッター〉を馬の小便呼ばわりされても我慢する。ここからオークニー諸島行きのフェリーが出ていることから、旅行客が増え、実際にそんなくだらないことがきっかけの喧嘩が起きるようになっていた。

騒ぎがおさまると、波がデイビットを待っていた。デイビット・ベル巡査部長がたっぷり時間をかけるものがあるとすれば、それは波を眺めることなのだ。

デイビット・ベルはとにかく海を愛していた――そして、その愛がなければ、瓶はきっとどこか他のところに行き着いていただろう。だが、この巡査部長がアイロンのかかった制服姿で、風に髪をたなびかせ、制帽を吹き飛ばされそうになりながら岩の上に座っていたおかげで、瓶は彼の手にたどりつくことになった。

トロール漁船が網を引き上げたとき、瓶は網の目にしっかりと捕らえられ、にぶい光を放っていた。長年海水に浸かっていたために、ガラスのつやは消えていた。ブルー・ドッグ号の一番若い甲板員は、それがただの瓶ではないことをすぐに見て取った。

「海に戻せ、シェイマス！」船長は瓶の中に紙きれが入っているのを見つけると叫んだ。「そういう瓶はな、災いをもたらすんだ。〝不幸の瓶〟って言ってな。悪魔がインクの中に潜んでいて、解き放たれるときを待ってるんだ。聞いたことがあるだろう？」

だが、若いシェイマスはそんな話は知らなかったので、デイビット・ベルに渡すことにした。

デイビット・ベル巡査部長がようやくウィック署に戻ると、地元のアル中が暴れていた。すでに長時間そんな状態が続いていたらしく、同僚にはその酔っ払いを床に押さえつける力が残っていなかった。そこでデイビットが手を貸そうと、制服の上着をわきへ投げたとき、上着のポケットから瓶が床に落ちた。デイビットはすぐに瓶を拾って、窓台の上に置くと、酔っ払いの胸にまたがっておとなしくさせようとした。だが、デイビットは相手がケイスネス生まれの本物のヴァイキングの末裔だということを計算に入れていなかった。おかげで予期せぬ一撃を股間に食らい、その瞬間に、瓶を受け取った記憶は、痛みが放った青い閃光とともに消えてしまった。

それから瓶は日当たりのよい窓台の隅で、長い間誰の目にも触れずに放置されていた。瓶の中から手紙を取り出そうとした者はなく、日光や瓶の内側の結露によって紙が劣化していったことに気づく者もいなかった。

こすれたり、色あせたりしていく文章の一番上の行だけでも読もうとした者はいなかった。だから、〝HJÆLP〟という単語が何を意味するのか疑問に思った者もいなかった。

瓶が再び人の手に取られたのは、駐車違反の罰金通知に憤慨した男がウィック署のイントラネットに大量のウイルスを放ったときだった。そんな際は必ず、電子データ処理のエキスパートであるミランダ・マカロックに声がかかる。小児性愛者がわいせつ画像を暗号化しているとか、ハッカーがオンライン決済サービスを麻痺させてしまったとか、解雇を告げられた社員が会社のハードディスクを消去してしまったとか、そんな時はいつも彼女に助けを請うことになっていた。

ミランダ・マカロックはどこに行っても女王様のように扱われる。専用の部屋を与えられ、熱いコーヒーが入ったポットが用意され、窓は開け放たれ、ラジオのチャンネルはＢＢＣスコットランドに合わされている。

そして、窓のカーテンが風で膨らんだ拍子に、ミランダ・マカロックがその瓶に目を留めたのは、彼女がウィック署に着いた日のことだった。

あらきれいな瓶ね。ミランダは瓶の中に何かがあることに好奇心をそそられながらも、仕事に戻って攻撃コードの数列をまた読み進めていった。三日目、ミランダは椅子から立ち上がって、ウイルスのタイプを特定できた満足感にひたりながら、窓辺に歩いて行った。そして小さな瓶を手に取ると、思っていたより瓶が重いことに驚いた。そして、触ってみると瓶は温かかった。

「何が入ってるの？」ミランダはとなりにいた秘書に尋ねた。「手紙？」

「あらやだ、その瓶はですね」秘書は言った。「デイビット・ベルがそこに置いたものだと思います。ただの想像ですけど。何か問題でも？」

ミランダは瓶を光にかざした。紙に文字は書かれているのかしら？　瓶の内側に水滴が付いていて、よくわからない。

ミランダはしばらく瓶を回したり、ひっくり返したりしていた。「そのデイビット・ベルはどこにいるの？　ここの署のひと？」

秘書は首を横に振った。「あいにくもういません。数年前に、ウィックの町の外で命を落としました。ひき逃げをした車を追っていたんです。ひどい話です。とてもいい人だったのに」

ミランダはうなずいた。秘書の話はうわの空で聞いていた。紙には確かに何か書かれている。だが、彼女の注意を引きつけていたのは紙ではなく、瓶の底に付着しているものだった。それは固まった血のように見えた。

「この瓶、持って帰ってもいいかしら？　誰に許可をもらえばいい？」

「エマーソンにきいて下さい。デイビットと組んでいましたから。いいって言うと思いますよ」秘書は廊下に顔を突き出すと、「エマーソン」とガラスに響くような声を張り上げた。「ちょっと来て」

ミランダはずんぐりとした人の良さそうな男に挨拶をした。

「瓶を持って帰ってもかまわないかって？　ああ、いいとも。どうせ俺はその瓶と関わる気はないからね」

「どういうこと？」

「いや、ばかげたことかもしれないけど、デイビットは事故に遭う直前に、その瓶のことを思い出して開けようとしてたんだ。あいつは村の漁師見習いの若者からその瓶を受け取ったんだが、その数年後にその見習いも船長も船もろとも海に沈んでしまったんだよ。だから、デイビットはその若者に対して、瓶の中身を確かめる責任があると思ったんだろうな。だが、その前にデイビットも死んでしまった。なんだか不吉だと思わないかい？」エマーソンは首を横に振ると言った。「持って行けばいい。だが、その瓶にはきっとよくないものがついているぞ」

その夜、エディンバラ郊外のグラントンのテラスハウスに戻ったミランダは、椅子にかけて瓶を観察していた。高さは約十五センチ、青みをおび、やや扁平な形で、くびが長い。香水瓶のようだが、それにしては少し大きい。オーデコロンの瓶だろう。それもかなり古いものだ。ミランダは瓶を軽くたたいた。頑丈なガラスだ。

ミランダは微笑んだ。「いったいどんな秘密を隠してるの？」赤ワインを少し飲むと、ミランダは瓶の口の詰め物をコルク抜きでほじり出した。詰め物はタールの臭いがしたが、水の中に長い時間浸《つ》かっていたせいで、素材は判断がつきかねた。

次に紙を引っぱり出そうとしたが、うまくいかなかった。瓶を回したり、ひっくり返したり、底を叩いたりしたが、紙は一ミリたりとも動かなかった。ミランダは瓶をキッチンに持って行き、肉叩きで二、三回叩いた。

今度はうまくいった。瓶は粉々に割れ、青いガラス片がクラッシュドアイスのようにキッチンに飛び散った。

ミランダはまな板の上の紙を見て、思わず眉を寄せた。そして、ガラスの破片を眺めて、ため息をついた。

瓶を割ってしまうなんて、馬鹿なことをしてしまったようだ。

「確かにこれは血液だ」ミランダの同僚で鑑識課のダグラスが言った。「きみの見立てに間違いないよ。血液が紙に吸収されたときの特徴を示している。特にこの下の署名なんて、完全ににじんでしまってるだろう。色も典型的だ」ダグラスはピンセットで慎重に紙を広げていった。そして、もう一度青い光で紙を照らした。文字が光にぼんやりと照らし出されていく。

「これは血で書かれているのね」

「間違いない」

「それで、あなたもこの冒頭の部分は助けを求める言葉だと思うわけね。そんな感じがすると」

「ああ、そう思う。だが、その冒頭の言葉以外は救えないかもしれないよ。紙がかなり傷《いた》んでいるからね。おまけに何年も経っている。まず、この状態を保つ処理をしなくちゃならない。その後で、この手紙が書かれた年代くらいは推定できるかもしれない。もちろん、どこの言語かも誰かにきけばわかるだろう」

ミランダはうなずいた。すでに見当は付けていた。

アイスランド語に違いない。

「労働環境監督署が来ましたよ」カール」ローセは戸口に立ったまま、そこから立ち去ろうとはしなかった。

4

労働環境監督署から来た男は小柄で、ぴしっとアイロンがかかったスーツを着ていた。ジョン・ストゥスゴーと名乗り、わきに挟んでいる小さな青いファイルといい、骨の髄《ずい》まで真面目そうな男だった。そして愛想のよい笑みを浮かべながら、手を差し出してきた。だが、次に口を開いた瞬間、印象はがらりと変わった。

「前回の検査において、ここの廊下とこの穴蔵みたいな地下室でアスベストの粉が検出されました。地下室で安全に過ごすために配管を隔離する必要があります」

カールは天井を見上げた。なんと生意気な配管なんだ。この地下室で俺たち全員を敵にまわして反乱を起こすとはな。

「あなたはここにオフィスを構えておられるんですよね」査察員は先を続けた。「警察本部の利用規則と防火規定に適合していますか？」査察員はファイルから、質問に対する答えがすでに書かれているらしい書類を取り出した。

「どのオフィスのことです？」カールはきいた。「この〝保管文書一時預かり室〟のことですか？」

「保管文書一時預かり室？」査察員は一瞬困惑したようだったが、再び官僚主義を振りかざした。「正式な名称は知りません。ですが、警察本部の職員がこの地下室で就業時間の大半を過ごし、警察の仕事と関連のある活動を行っていることは明らかです」

「つまりコーヒーメーカーは置いちゃいけないってことですか？　それならすぐにでもどけますよ」

「とんでもない。ここにある物すべてですよ。机、掲示板、棚、フック、紙や備品が入った引き出し、コピー機」

「それはそれは。で、三階まで階段が何段あるかもご存知で？」

査察員は黙った。

「だったら、警察本部のこの部署が慢性的な人手不足にあって、もし我々が書類のコピーをとるためだけに、いちいち三階まで駆け上がっていたら、半日はつぶれてしまうこともご存知ないんでしょうな。我々に仕事をさせるよりも、殺人犯の群れを野放しにしておくほうがいいってことですか？」

反論しようとしたジョン・ストゥスゴーを制してカールは言った。「そのアスベストとやらはどこにあるんです？」

査察員は額にしわを寄せた。「あなたと議論するつもりはありません。アスベストに汚染されていることは確認済みです。アスベストは発癌性物質です。雑巾で簡単にぬぐい取れるものじゃありませんよ」

「ローセ、検査が入ったときにはいたのか？」カールはきいた。

ローセは廊下の先を指し示した。「あのへんになにか埃のようなものを見つけてましたよ」

「アサド！」カールの声があまりにも大きかったので、査察員は思わず一歩退いた。

「ローセ、ちょっと来て、教えてくれ」カールはアサドが現れると言った。

「一緒に来い、アサド。バケツと雑巾とあの緑色のゴム手袋を持って来るんだ。俺たちでそいつを片付けてやる」

三人が廊下を十五歩進んだとき、ローセが自分の黒いブーツの間に白い粉を見つけて指さした。「あったわ！」

査察員はそんなことをしても無駄だと言った。そんな一時しのぎで有害物質は取り除けない。規則通りに処理することが良識的な判断だと言った。

カールは査察員の訴えを無視した。「アサド、粉を拭き取ったら、建具屋に電話をかけろ。汚染ゾーンと俺たちの保管文書一時預かり室との間に壁を取り付けるんだ。なんだかんだ言っても、有害物質が身近にあるのは嫌だからな」

アサドは怪訝そうにきいた。「もう一度言ってくれませんか、カール。保管文書……」

「いいから拭き取れって、アサド。この人は急いでおられるんだ」

査察員はカールをにらみつけた。「追って連絡します」そう言い残すと、査察員はわきにファイルをしっかり抱え、急ぎ足で廊下を去っていった。

追って連絡するだと！　ああ、上等じゃないか。

「説明してくれないか、アサド。なぜ俺の書類が壁のあんなところにぶら下がっているんだ。おまえのために聞くが、あれはコピーだろうな」カールは言った。

「コピーですか？　コピーがいるんだったらはずしますよ。コピーならいくらでもとれます。問題ありません」

カールは息をのんだ。「あそこにぶら下がっているのは書類の原本ってことか？」

「そうです、カール、ちょっとまあ私のシステムを見て下さい。私はすばらしいと思っていますが、気に入らなければ遠慮なくそう言って下さい」

カールは頭を後ろに引いた。何を言ってるんだ？　いったい何なんだ？　二週間留守にしただけで、みんなすっかり頭がおかしくなっちまってる。アスベストでハイになってるのか？

「見て下さい、カール」アサドは嬉しそうに目を輝かせながら、荷造りひもの玉をふたつ差し出した。

「ああ、見てるとも。おまえは荷造りひもを二個ちょろまかしてきた。青と赤だ。それだけありゃ大量の小包にひもをかけられる！　だが、クリスマスは九カ月も先だ！」

アサドはカールの肩を叩いた。「ハハハ……カール。それはいい！　すっかり元通りのあなただ」

カールは首を横に振った。やれやれ、あと何年経ったら引退して、年金生活に入れるんだ？

「ちょっと見ていて下さい」アサドは青い荷造りひもを少し引き出し、セロテープをちぎると、ひもの端を六〇年代のある事件に貼り付けた。そして、ひもの玉を他の事件の上を通って八〇年代のある事件のところまで引っぱって行くと、ひもを切って、その端を貼り付けた。

「どうですか？」

カールは首の後ろで手を組み合わせて頭を支えた。「すばらしい芸術作品だ、アサド！　アンディ・ウォーホルに見せてやりたかったよ」

「アンディ……誰です？」

「それで、これは何なんだ、アサド？　ふたつの事件を結びつけようとしているのか？」

「ええ、ふたつの事件に何らかの関連があるかもしれないと考えてみて下さい。すると、ほら、こうしておくとよくわかるでしょう」アサドは青いひもを指し示した。「ほら、この青いひもです！」アサドは指を鳴らした。「これはふたつの事件に類似点があることを意味します」

カールはため息をついた。「なるほど。赤いひもは何のためにあるのかも、なんとなくわかったよ」

「ええ、赤はふたつの事件の間に明らかに関連性があることを意味します。いいシステムでしょう？」

カールは再びため息をついた。「そうだな、アサド。だが、今のところ、そのふたつの事件は何の関わりもないんだから、書類は俺の机の上に置いておいて、少しでも中を見て、ページを繰ったほうがいいんじゃないか」

すぐに答えが返ってきた。

「はい、了解です、ボス」アサドは型崩れしたECCOの靴でシーソーをするように体を前後に揺らした。「十分でコピーをとります。原本はあなたに返して、コピーを壁につるすことにします」

殺人捜査課課長マークス・ヤコプスンは急に老け込んだようにみえた。このところ、彼の机の上にはとにかく異常なほどたくさんの事件の報告が届いていた。まず多いのは、ノアブロ地区とその周辺地域のギャングの武力抗争だが、忌まわしい火災事件も数件起きていた。多大な経済的損失だけでなく、死者も出ている。なぜかいつも事件は夜間に起きるのだ。おかげで先週のマークス・ヤコプスンは毎晩三時間寝られたらいいほうだった。今日は何を言われても逆らわないほうがいいのかもしれない。

「どうしたんですか、ボス。なぜ俺をこの階に移すんです？」

ヤコプスンは古い煙草の箱をいじくり回していた。哀れにも禁断症状をまったく克服できていないらしい。「カール、ここじゃ手狭なことはわかっている。だが、君を地下に置いておくわけにはいかないんだ。さっき、労働環境監督署から電話があった。彼らの指示に逆らったそうだな」

「マークス、俺たちで何とかしますよ。真ん中に壁をつくります。汚染ゾーンときっちり分けて、アスベストを寄せ付けないようにします」

ヤコプスンの目の下のくまにさらに影がさした。「今の話は聞かなかったことにする、カール。君とローセとアサドはこの階に戻ってくるように。査察員相手にもめるのもごめんだ。私が今どれだけの重圧にさらされているか知ってるだろう。あれを見ろ」ヤコプスンは壁に新しく掛けられた小さな液晶画面を指し示した。TV2のニュースがギャングの武力抗争のその後について報じている。コペンハーゲンの街では、抗争の犠牲になった青年の葬列を出せという要求が日増しに高まっているようだ。警察はいいかげんに事件を解決して、安心して歩ける街を取り戻せということだ。

確かに、マークス・ヤコプスンは重圧にさらされている。

「いいでしょう。俺たちをこの階に移動させるなら、特捜部Qは終わりってことです」

「私を試すようなことは言うな、カール」

「おまけに、年間八百万クローネの予算も失いますよ。特捜部Qが自由に使える金は八百万でしたよね？　なんとまあ気前よく出してくれたもんだ！　事務机に、車に、コピー機に、トナーと紙代に……ああそうだ、ローセとアサドと俺にたっぷり支払われる給料もある。それだけのために八百万だなんて、どうかしてる」

殺人課課長はうめき声をもらした。特捜部Qのために承認された八百万クローネの予算がなかったら、マークス・ヤコプスンが率いる課は少なく見積もっても年間五百万クローネは足りなくなる。こうした余剰予算の再配分は創造的再配分と言われ、どこの自治体でもやっていることだが、合法的略奪行為とも言える。

「解決策を考えよう」ヤコプスンは言った。

「だいたい俺たちはこの階のどこに座ればいいんです？」カールはきいた。「便器の上ですか？　それともアサドが昨日座っていた窓枠？　それともこの課長のオフィスですか？」

「外の廊下だ」マークス・ヤコプスンは言いづらそうに言った。「すぐに何とかする。あくまでも暫定的措置だ、カール」

「わかりました。すばらしい解決策だ。だったら、あと必要なのは三人分の新しい机だけです」カールは勝手に立ち上がって、ヤコプスンに手を差し出した。

殺人課課長は握手を拒んだ。「ちょっと待て。何かひっかかるな」

「ひっかかる？　机を三つ足せばいいんですよ。査察員が来たら、ローセをこの階に来させて座らせておきます」

「そんなことでは連中の目はごまかせない、カール」ヤコプスンはそう言いながら少し考えていた。カールの提案に食いついたようだ。「まあ、時が来れば知恵も浮かぶ。祖母の口癖だがね。とにかく座れ、カール。ここに一件事件が来てるんだが、ちょっと見てくれないか。

スコットランド警察の警官を覚えているかね？　三、四年前に捜査に手を貸したことがあっただろう」

カールはしぶしぶうなずいた。課長のやつ、今度はバグパイプ吹きに特捜部Qを侵略させる気か？　けたたましい音楽や羊の胃袋のソーセージが俺の地下室に持ち込まれるのか？　まったくご免だ。口に出しただけでもぞっとする。ときどきノルウェー人が来るだけでもうんざりだというのに、スコットランド人だなんて！

「西刑務所にいたスコットランド人受刑者のDNA標本を向こうに送ったことがあっただろう。バクが担当した事件だ。それでスコットランド警察は殺人事件を解決できたんだ。で、また我々の力が試されそうだ。エディンバラの鑑識官でギリアム・ダグラスという男が、この箱を送ってきた。中に手紙が入っている。瓶に入っていたものらしい。言語学者に相談したら、デンマークから来た手紙と確認されたそうだ」ヤコプスンは床から段ボール箱を取り上げた。「うちで何かわかったら、彼らにも教えてやってくれ。見つけたのは向こうだから、何があったのか知りたいだろうからな。さあ、持って行ってくれ、カール」

ヤコプスンはカールの手に箱を押しつけると、部屋を出て行くように合図をした。

「なんで俺なんですか？」「ばかばかしい。手紙なら郵便局の仕事でしょうが」

ヤコプスンは笑った。「郵便局が何かを解決したことがあるか？」

「仕事ならもう手一杯ですよ」

「わかってる、カール。だが、見てみるくらい、たいしたことじゃないだろう。それに、この件は特捜部Qが扱うべきすべての基準を満たしている。古い、未解決、それに、ほかの部署では取り組む時間も気力もない」

これでまた机に足を投げ出せなくなる。カールは箱を抱えて階段を下りながら思った。まあ、一、二時間、自分が居眠りしたところで、スコットランドとデンマークの友好関係に影響は出ないだろう。

「明日で全部終わります。ローセが手伝ってくれるので」アサドは、今手にしている事件ファイルが、カールが整理して積み上げてあった三つの書類の山のどこに置いてあったか考えていた。

カールはぶつぶつ言いながら、目の前のスコットランドの小包を見た。どうも嫌な予感がした。そして、たいていの場合、その勘は当たるのだ。税関のテープが貼られた段ボール箱は、どう見てもいい感じがしなかった。

「新しい事件ですか？」アサドの目が段ボール箱に釘付けになっている。「誰がこの箱を開けたんです？」

カールは親指で上を指してから、廊下に向かって叫んだ。

「ローセ、来てくれ」

五分後、ようやくローセが現れた。誰に何をいつまでにやれと言われて忙しいとか何とかひとしきり言い訳をした。いつものことだ。

「どうだい、ローセ、自分でひとつ事件を担当してみないか？」カールは箱をそっとローセに押しやった。

パンク風の黒いおかっぱ頭に隠れて目を見ることはできなかったが、あまり喜んでいないことだけはわかった。

「どうせ児童ポルノか、女性の人身売買がらみなんでしょう、カール？　とにかくあなたが避けて通りたい事件ってわけですね。自分でやりたくなきゃ、そこにラクダ使いのおじさんがいるじゃないですか。わたしには他にやることがあるんです」

カールの顔がゆるんだ。語気は荒くないし、部屋を出て行く様子もない。ローセはけっこう上機嫌のようだ。

カールは箱をまた少しローセのほうに押しやった。「瓶の中に入っていた手紙だそうだ。俺はまだ見ていない。一緒に開けてみないか」

ローセはうさんくさそうに鼻にしわを寄せた。猜疑心はローセの永遠の伴侶なのだ。

カールは箱のふたを開けて、発泡スチロールの緩衝材を取り除き、ファイルを引っぱり出して机の上に置いた。さらに発泡スチロールの粒をひっかきまわすと、中からポリ袋がひとつ出てきた。

「何が入ってるんです？」

「たぶん瓶の破片だろう」

「あちらさん、瓶を粉々にしてしまったんですか？」

「いや、分解しただけのようだ。ファイルに組み立て方の説明書が入っている。こんなパズル、まさに君のような才能ある女性にぴったりの仕事だ」

ローセはカールに舌を出し、手でポリ袋の重さを量った。「こんなのたいして難しくないわ。瓶の大きさは？」

カールはローセにファイルを押しやった。「自分で読め」

ローセは段ボール箱をほったらかしにして、廊下に消えた。これで安泰だ。あと一時間で勤務時間は終わる。そしたら、アレレズ行きの電車に乗って、ウィスキーを一本買って帰り、二個のグラスに注いで、一方にはストローを、もう一方には氷を入れて、ハーディと自分に活を入れよう。きっと楽しい夜になる。

カールは目を閉じた。そうやって十秒も経たないうちにアサドがやって来た。

「わかったことがあるんです、カール。ちょっと来て、見て下さい。外の壁のところまで」

ほんの数秒でも完全に現実の世界から遠のいていると、平衡感覚に異常をきたすようだ。カールはぼーっとしたままで廊下の壁にもたれて立っていた。アサドは誇らしげに壁に留めた書類を指し示した。

カールはなんとか現実に頭を戻した。「もう一度言ってくれ、アサド。考えごとをしていた」

「今コペンハーゲンで起きている一連の火災事件ですが、殺人課の課長にこの事件のことをちょっと思い出してもらえばいいんじゃないかと思ったんです」

カールは脚がぐらついていないか確かめると、アサドの人差し指が向けられた壁に近寄っていった。その火災事件は十四年前のものだった。現場から遺体が発見されており、放火の可能性があり、レズオウアのダムフス湖の近くで起きていた。遺体は火災による損傷が激しく、死亡時刻も性別もDNAも確認できなかった。また、発見された遺体に合致するような失踪者がいなかったこともあって、捜査は行き詰まった。結局、事件は未解決のまま捜査は打ち切られた。カールはよく覚えていた。アントンスンが担当した事件だ。

「なぜこれが今現在起きている壊滅的な火災事件と関係があるかもしれないと思うんだ？」

「ナニ的ですって？」

「大損害をもたらした上に、人の命まで犠牲になっていることを言ってるんだ」

「それだからです！」アサドは事件の詳細が書かれた部分を指し示した。「ここに、遺体の小さい指の骨がへこんでいると書いてあるでしょう。他にもまだあります」アサドはボードからファイルを取って、報告書のページを繰った。「ここに書いてあります。〝長年そこに指輪がはめられていたようだ〟と。へこみがぐるりと一周しているんです」

「それで？」

「だって、小さい指ですよ、カール」

「だから？」

「最初の火事が起きたとき、私は上の殺人課にいたんですが、その犠牲者には小さい指がまったくなかったんです」

「わかった。ところで、アサド、小さい指は〝小指〟と言うんだ。一語だ」

「了解です。それで、次の火事で見つかった遺体は小指がへこんでいました。ちょうどこの事件のように」

カールは思わずまゆを上げた。

「三階に行って、今俺に言ったことを課長に話して来い、アサド」

アサドは嬉しそうに言った。「もし、この写真を壁の見えるところにずっと貼ってなかったら、まったく気づかなかったと思います。ね、いいシステムでしょう？」

ローセの装甲車並みの自負心に小さな亀裂が生じかけているようだった。いつものようにカールの机の上に音を立てて書類を置くようなことはしなかった。まず灰皿をどけ、丁重と言ってもいいくらいにその手紙を置いた。

「読めるところはほとんどありません」ローセは言った。「どうやら血で書かれているらしいんですけど、結露した水で滲んでしまっています。その上、へたくそな字で、読みづらくて。でも、最初の言葉だけは疑う余地はありません。〝助けて〟とはっきり書かれています」

カールはしぶしぶ身を乗り出して、活字体の文字で書かれた残りの部分を観察した。かつては白かったかもしれない紙は茶色で、ふちは欠けてぼろぼろになっている。海から引き上げられ広げられた時に、欠けてしまったのだろう。

「向こうはどんな検査をしたんだ？　送り状には何て書かれていた？　発見されたのはいつだ？」

「瓶はオークニーの近くで発見されました。漁網にひっかかっていたんです。二〇〇二年のことだと書かれています」

「二〇〇二年？　七年も前じゃないか。そのときにすぐにこっちに送ろうとは思わなかったのか」

「瓶は窓辺に置かれたまま、忘れ去られていたんです。だから瓶の中で結露が何度も起こったんでしょうね。直射日光にさらされていたそうだから」

「酒を飲み過ぎるんだよ、スコットランド人ってのは」カールはぼやいた。

「ほとんど役に立たないDNAの分析結果が同封されています。それと、手紙の紫外線写真が二枚。手紙に可能な限りの保存処理はしたようです。それと、これ。文章の復元を試みたものです。少しは解読できたみたいです」

カールはコピーされた資料を眺め、スコットランド人を酔っ払い呼ばわりした前言を撤回した。手紙の原本と復元された文章を見比べると、よくここまで読めたものだと感銘を受ける。カールは手紙に目をやった。旅の途中で瓶に手紙を詰めて海に投げると、海の向こうで誰かに読んでもらえるかもしれない。そういう考えは常に人々を魅了してきた。そこから思わぬ冒険が始まることを期待して。

だが、そんなロマンチックな夢想がこのボトルメールを出した理由でないことは確かだった。この手紙には憧れも、白い砂浜も、青い海も出てこない。いたずらでもない。どうやら、冒頭に書かれている通りの目的を持った手紙のようだった。

これは必死に助けを呼ぶ声だ。

5

妻の元を去る瞬間に、彼は家庭での自分を脱ぎ捨てた。そして、二十キロ先のフェアスレウの近くの小さな農場に向かって車を駆った。そこはロスキレの住まいとフィヨルドに面したボート小屋とのほぼ中間点にあった。到着すると、納屋からライトバンを出し、乗ってきたメルセデスを中に入れた。扉の鍵をかけ、急いで風呂に入り、髪を染めた。そして、服をそっくり着替え、鏡の前に十分間立って身だしなみを整えた。戸棚から必要なものをかき集め、荷造りをすると、旅行用の空色のルノーに向かった。大きすぎず、小さすぎず、何の変哲もないライトバンで、ナンバープレートはさほど汚れているわけではないが、判読はしづらい。まったく人目に立たないこの車は、小さな農場を手に入れたときに名乗った名前で登録されている。どちらも彼が片付けなくてはならない仕事を考慮してのことだ。

ここに来るまでに準備は整えてあった。インターネットや数年前からオンラインで利用できるようになった住民登録簿で調べれば、獲物になりそうな住民に関する重要な情報はすべて得られる。彼は常に十分な現金を持ち歩いていた。ガソリンスタンドでも、橋を渡るときにも、適当な紙幣で金を支払う。監視カメラから目をそらせ、人の注意を引くようなことは常に遠ざけている。

今回は、ユトランド半島の中央ユラン地域を狩り場に選んだ。そこはさまざまな新興宗教が集中している上に、最後にその地域で狩りをしてから数年経っていた。確実に死を広めるには入念に時と場所を選ばなければならない。

何回か下見に行き、そのたびに二、三日滞在した。一回目はハザスレウのある女の家に泊まり、二回目と三回目はレネという小さな町に泊まった。だから、ヴィボー周辺で誰かに顔を覚えられている可能性はほとんどないはずだった。

彼は五つの家族を候補にあげた。そのうちの二家族はエホバの証人、あとの三家族はそれぞれ新使徒教会、モルモン教会、神の母教会の信者だ。今のところ、五つ目の家族に気持ちが傾いている。

ヴィボーに着いたのは夜の八時前だった。計画を実行するには、町の規模を考えると少し早すぎたかもしれない。だが、何が起きるかはわからない。

まず、家に泊めてくれそうな女の出現を期待できる店を見つけなければならない。そうした店の基準はいつも同じだ。小さすぎず、少し穴場で、しかも常連客に合わせすぎないこと。ある程度の地位にあって理想としては三十五歳から五十五歳の独身女性に不潔な印象をもたれない店がいい。

一軒目の〈ジュールズ・バー〉は狭すぎて、照明が暗すぎる上に、やたらゲーム機やダーツの的《まと》が置いてあって落ち着かなかった。次の店はかなりよかった。小さなダンスフロアがあり、客層は平均的だった。ただ、ゲイの男がひとりいて、彼を見るとすぐにとなりの椅子に座って身を寄せてきた。お引き取り願ったところで、そこでふさわしい女を見つけたときに、そのゲイ男は必ずまたちょっかいを出しに来るだろう。それでは困る。

五軒目でようやく探していた店を見つけた。そこは十一時にすでに閉店してるはずだったが、人々はまだハンコック・フーカー・ビールを片手に、ロックミュージックが流れる店内でいい気分に浸っていた。この雰囲気なら、誘いに乗ってくる女がいるかもしれない。

彼は入口近くのゲーム機のそばに座っているあまり若くない女に目をつけた。店に入ったとき、その女は小さなダンスフロアで両手をぶらぶらさせながらひとりで踊っていた。わりときれいで、簡単に落とせる女ではなさそうだった。むしろ男を釣り上げるほうだ。この女は信頼できる男を欲しがっている。残りの人生をとなりで目覚めるにふさわしい男を待っている。だが、ここでそんな男と出会えるとは思っていない。忙しい一日が終わって、職場の女友達と繰り出してきた。それだけのことだ。遠くから見ていても、それはわかった。

連れの女はみんなスタイルがよく、そのうちのふたりは喫煙コーナーに立っていて、残りはあちこちのテーブルにばらばらに分かれて座っていた。どうやら、女たちはずいぶん前から盛り上がっていたようだ。だとすると、一時間もすれば、彼の顔など忘れてしまっているだろう。

彼は五分間視線を交わした後、女をダンスに誘った。女はまださほど酔ってはいなかった。よい徴候だ。

「この町のひとじゃないのよね。だったら、ヴィボーなんかで何をしているの？」女はいい匂いを漂わせながら、彼の目をまっすぐに見て、答えを待っている。この町にはちょくちょく来ている。そう言ってほしいのだろう。ヴィボーが気に入っている。学歴があり、独身であるとも言った。じっくり時間をかけて、適切な順序で。言って効果のあることなら何でも言った。

二時間後、彼は女の家でベッドを共にしていた。女は予想以上に満足し、彼はこれから二、三週間は、あれこれきかれずにこの家に滞在できると確信した。もちろん、男女の決まりごとのような問いかけは別だ。本当にわたしが好き？　わたしを愛してる？　わたしが欲しい？　それは予定に入っている。

彼は女に過度の期待を抱かせないように注意した。困ったふりをして、返事をごまかしたり、躊躇したりしても、それは内気な性格のせいだと思わせた。

翌朝六時半、彼は予定通りに目覚めて、身繕いをすませると、女の持ちものをこっそりかき回し、女が目覚めて伸びをする前に、かなりの情報を探り出していた。離婚していることは知っていた。だが成人してとっくに家を出ている子供がいるのは知らなかった。行政関係の仕事に就いていて、職場は少し遠いので、彼女が疲れて帰ってきてくれるとありがたかった。五十二歳でありながら、おとぎの国のお姫様になる気は満々のようだった。

彼はコーヒーとトーストをのせたプレートをベッドのかたわらに置く前に、カーテンを開けて、女の目がすぐに彼の笑顔に向くように取りはからった。

女はぴたりと体を寄せてきた。うっとりとしたまなざしで、穏やかな笑みを浮かべている。彼の頬をなで、傷痕にキスをしようと唇を近づける。だが、届かなかった。彼が顎を上げ、質問を投げかけたからだ。「今夜はホテルに部屋をとったほうがいいかな？　それともまたここに来てもいいかい？」

答えはわかりきっていた。女は鍵の場所を教えると、もう一度彼を優しく抱きしめた。そして、彼は車に向かって歩いて行き、走り去った。

彼はいつも身代金として百万クローネをすぐに支払えそうな家族を選んできた。場合によっては、売り時でない株を売却しなくてはならないかもしれないが、仮にそうしたところで金に困ることのない家族を選んできた。もちろん、財政危機の煽りは受けていて、それだけの身代金にありつくのは容易ではなくなってきた。だが、獲物を慎重に選ぶことで、これまでのところはうまく行っている。今回選んだ家族も、要求にこたえられるだけの財力があり、しかも口は堅いと踏んでいる。

その家族についてはすでに多くのことを知っていた。家族が所属する教区を訪れ、礼拝の後に両親と話もした。いつから信者になったのか、どのように資産を築いたのか、子供たちの名前や、さらには日々のおおまかな過ごし方まで聞き出していた。

一家はドレロプの町はずれに住んでいる。十歳から十八歳まで、五人の子供がいる。五人とも両親と一緒に暮らしており、〈神の母教会〉の熱心な信者だ。

上のふたりはヴィボーの高校に通い、あとの三人は自宅で母親が勉強を教えている。母親は四十代半ばで、七〇年代に次々にできたオルタナティブスクールのひとつ、トゥヴィン・スクールで教師をしていたことがあるが、今は神だけが生きがいだ。家庭では、母親が発言権を持っており、家族も信仰も母親が仕切っている。夫は二十歳年上で、地元の裕福な事業家だ。教会の勧めに従って収入の半分を〈神の母〉に献金しても、この家族にはまだかなりの余裕があった。

家族にはひとつだけ問題があった。彼が狙っている二番目の息子が空手を始めたのだ。それだけで神経質になるには及ばない。まだ体は華奢だし、危険な存在にはならないだろう。ただし、タイミングを逸するおそれがある。

厄介なことになったときに重要なのはタイミングだ。すべての成否はタイミングにかかっている。

とにかく、彼に必要なのは、その二番目の息子と二番目の娘すなわち四番目の子供だけだった。このふたりがいれば、彼のもくろみは成功する。ふたりとも冒険好きで、他の兄弟よりもチャーミングで、しかもイニシアチブを取るタイプだ。母親のお気に入りであることは間違いなかった。ふたりとも真面目に礼拝には通っているが、少しやんちゃな面もある。こういう子供は教団の中で指導的立場になるか、追放されるかのどちらかだ。信仰心があついと同時に性格は激しい。このふたつの要素を持ち合わせていることが重要だった。

彼自身もかつてはそんな子供だったかもしれない。

彼は少し距離を置いて木陰に車をとめると、車の中から双眼鏡で、休憩中の子供たちを観察していた。子供たちは母屋の横の庭で遊んでいる。彼が選んだ娘は隅の木陰でずっと何かごそごそやっていた。きっと、人に見られたくないことだ。やはりこの子を選んでよかった。あの娘が今やっていることは母親にほめられることでも、教会の教えに沿ったことでもない。彼はそう確信してうなずいた。そうした子供は群れの中で一番神に試されやすい。十二歳のマウダリーナもどうやら例外ではないようだ。

彼はライトバンの座席にもたれてさらに二時間、ドレロプの町に向かうカーブのそばにあるその家を観察した。双眼鏡から見ていると、マウダリーナの行動にパターンがあることがわかった。休憩時間ごとに、庭の片隅でひとりでうずくまり、次の授業の開始を告げる母の声が聞こえたとたんに、何かを隠している。

〈神の母教会〉の信者であることを公言している家族の娘には、制約やタブーがたくさんあった。ダンス、音楽、教会以外が発行している印刷物、アルコール、信者以外の人間との交際、動物のぬいぐるみ、テレビ、インターネット。そのすべてが禁じられており、違反すると厳しく罰せられる。家族からも、教会からも追放される。

ふたりの息子が学校から帰ってくる前に彼は車を出した。いい気分だった。まさにうってつけの家族だ。父親の会社の事業報告と納税申告書にもう一度目を通しておこう。明日もまた出かけていって、子供たちの行動を観察することになるだろう。

まもなく後戻りはできなくなる。そう考えると彼は興奮した。

彼を家に招き入れてくれた女はイサベルといったが、容姿は名前ほどエキゾチックではなかった。本棚にはスウェーデンの推理小説とアンネ・リンネッツのCDが並んでいる。人が知らないものには手を出さない主義らしい。

彼は時計を見た。あと半時間ほどで女は帰ってくるだろう。ありがたくない驚きを先に知っておく時間はまだある。彼は机に向かって、女のノートパソコンの電源を入れ、パスワードの入力を求められると、舌を鳴らした。二回試しに入れてはずれたところでデスクマットを持ち上げた。するとインターネット・バンキングから出会い系まで、さまざまなサイトのパスワードが書かれたメモが出てきた。たいていの場合は、こうして見つけることができる。イサベルのような女は誕生日や、子供やペットの名前、電話番号か、あるいは単なる数字を降順で並べてパスワードに使用する。そうでない場合は、パスワードをどこかに書き留めている。そんなメモがキーボードから五十センチ以上離れたところに置かれていることはまずなかった。いちいち立ち上がるのが面倒だからだ。

彼は出会い系サイトにログインし、書き込みを読んだ。どうやらイサベルはしばらく前からそのサイトで男を探していて見つけたようだった。思っていたよりも二、三歳若いようだが、それを断る女はいないだろう。

次に、メールソフトを開いた。ある男の名前が受信箱に頻繁に出てくる。カーステン・イェンソン。兄弟か、別れた夫か、それはどうでもよかった。重要なのは、そのメールアドレスがpoliti.dkで終わっていることだ。それはデンマーク警察を意味する。

くそっ！　これは想定外だった。とりあえず乱暴な行為や下品な言葉は慎むことにしよう。汚れた下着をそのへんに置きっぱなしにするのも駄目だ。出会い系サイトのプロフィールに、そんなことをされたら完全に嫌気がさすとイサベルは書き込んでいる。

彼はメモリスティックをかばんから取り出し、USBポートに差し込んだ。そしてヘッドセットを装着すると、スカイプを使って妻に電話をかけた。

この時間、妻は買い物に行く。いつもこの時間だ。彼はシャンパンを一瓶買ってきて、冷やしておくように言うつもりだった。

十回目の呼び出し音で、彼は眉を寄せた。今まで妻が電話に出なかったことはない。妻が何かに依存しているとしたら、この携帯電話なのだから。

かけ直してみたが、やはり出なかった。

彼は前に身を乗り出して、キーボードを見つめた。顔が熱くなってきた。

このことに関して妻はきちんと釈明しなくてはならない！　妻が自分の知らない一面を見せようとしているのなら、それは妻のためにならない。自分も妻にまったく新しい一面を見せることになるからだ。

妻はそれを絶対に望まないはずだ。

6

「アサドの推測は我々にとって一考に値するものだった、カール」マークス・ヤコプスンはすでに革の上着を手に持っていた。十分後には、北西区域の街角に立って、昨夜の銃撃戦の血の痕を見ていることだろう。そんな立場をうらやむ気にはとうていなれなかった。

カールはうなずいた。「アサドが言うように、昔の火災事件と関連がありそうだと？」

「三人の犠牲者のうち二人の小指の骨に同じようなへこみがあったんだ。それを無視するわけにはいかないだろう。だが、もう少し待ってくれ。今、法医学者が遺体を調べている。何か言ってくるだろう。だが、確かにこれは臭う、カール……」ヤコプスンはくっきりと突きでた鼻を指で軽くたたいて言った。この事件のように捜査員の鼻がきかなかったために、うやむやになっている事件はたくさんある。アサドとヤコプスンの言っていることは正しいのだろう。きっと関連はある。カールもそう感じていた。

「じゃあ、この件はそちらに任せるってことでいいですね」カールは押しつけるように言った。

「差しあたり、そういうことだ」

カールはうなずくと、まっすぐに地下に戻り、特捜部Qに持ち込まれた古い放火事件の資料に〝処理済〟の印を付けた。統計の数字がこれで少し上がった。

「カール、ちょっと来て下さい。ローセがあなたに見せたいものがあるそうです」吠え猿の檻が地下室を占拠したかのような声が鳴り響いた。アサドのやつ、声帯にポリープでもあるんじゃないか。絶対そうだ。

アサドがにっこり笑って立っていた。何かのコピーを手に持っている。見たところ書類ではない。何かはわからないが、とにかくそれを拡大したもののようだ。

「見て下さい、ローセが思いついたんです」

アサドは廊下の突き当たりに建具屋が完成させたばかりの、アスベストの侵入を防ぐ間仕切り壁を指し示した。正確に言うと、アサドは間仕切り壁と思われるところを指し示していた。つまり、間仕切り壁そのものは見えなかった。あるはずの扉も含めて壁一面に、無数の何かのコピーが継ぎ目がわからないように貼り合わされていた。扉を開けて壁の向こうに行こうと思ったら、まずハサミが必要だ。

十メートル手前まで近づいて行くと、貼ってあるのは瓶に入っていた手紙の極大サイズの拡大コピーだとわかった。

〝助けて〟という文字が地下室の廊下を横切っていた。

「A4サイズのコピーが六十四枚。すごいでしょ？　ここにあるのが最後の五枚です。高さが二メートル四十センチ、幅が一メートル七十センチです。ローセってほんとに頭いいですよね」

カールはさらに数歩近づいていった。ローセは尻を高々と上げて、壁の下の隅っこにアサドが持ってきたコピーを貼り付けている。

カールはまずローセの尻を眺め、そして壁に目をやった。極大サイズの拡大コピーには長所も短所もあった。

文字が完全に滲んでしまっているところは、あきれるほど何もわからないままだが、そうでない部分、すなわち文字がぼやけたりゆがんだりはしているが、スコットランドの鑑識官によってある程度見えるようになった部分が、急に意味をなすようになった。

どういうことかというと、少なくとも二十個の文字が、突然、判読できるようになったのだ。

ローセはカールを振り返ったが、カールの挨拶を無視して、はしごを廊下に引きずってきた。

「はしごの上にあがって、アサド。文字があったはずのところに印を付けてもらうから、わかった？」

ローセはカールを脇に押しやると、今しがたカールがいたのと寸分たがわぬ場所に立った。

「強く書いちゃだめよ、アサド。消しゴムで消せるようにしておいて」

アサドは鉛筆を手に持って、はしごの上からうなずいた。

「〝助けて〟の下から始めて、まず〝く〟の前と後よ。それぞれ一文字ずつ入るんじゃないかと思うけど、どう？」

アサドとカールは、灰色がかった黒いひつじ雲のように〝く〟という文字を囲んでいるしみを見つめた。

そして、アサドはうなずいて、〝く〟の両側にスペースを確保する印をひとつずつ入れた。

カールは一歩下がった。確かにローセの言う通りだ。冒頭にははっきりと読める〝助けて〟の下には、合わせて三つのぼやけたしみがあり、その真ん中に〝く〟という文字が何とか見えている。前後の文字は海水と結露水に溶けて紙に染みこんでしまったのだ。

カールは目の前の光景をしばらく見ていた。ローセがアサドに指図をする。まどろっこしい作業が続く。果てしない時間が、果てしない当て推量とともに過ぎていく。これが何のためになる？　瓶に入っていた手紙は何十年も前のものかもしれないし、ただのいたずらかもしれない。へたくそな字だ。小さな子供が書いたみたいだ。ボーイスカウトの子供が指をちょいと切って書いてみただけじゃないのか？

「ローセ、俺が思うに」カールは慎重に口を開いた。「この手紙のことはもう忘れたほうがいいんじゃないか。俺たちの出番を待っている事件は他にも山ほどあるわけだしな」

カールは失言したことをすぐにその目で確かめることになった。ローセの体がわなわなき始め、背中が盛り上がってきた。吹き出す寸前にも見えるが、カールはローセを知っている。

身をさらさないようにするには十分な距離だ。だから、後ろに下がった。たった一歩だが、火花を散らして延々と浴びせられる嘲罵《ちょうば》に直接

いいだろう。ローセは干渉されたくないのだ。その気持ちは理解できなくはない。

カールはうなずいた。言った通り、ローセにやってもらいたいことは他にたくさんあった。すぐに思いつくだけでも重要な案件が二、三件はあるが、そのファイルを顔の上に広げて、居眠りするのも悪くない。ローセがボーイスカウトのゲームに付き合っている間は、他の事件は後回しだ。

ローセは突き刺すような目でゆっくり振り向きながら、カールが後ずさるのを見ていた。

「しかし、よく考えたな、ローセ。いやあ、よくできている」カールはあわてて言ったが、もちろん、ローセはごまかされなかった。

「どっちか選んで下さい、カール」ローセが嚙みつくと、アサドははしごの上で目をむいた。

「あなたが口を閉じないんなら、わたしが家に帰りますから。代わりに双子の姉をここによこしますよ。どういうことかわかってます？」

カールはゆっくりと首を横に振った。そんなこと考えたこともない。「そうだな、てことは姉さんは三人の子供と四匹の猫も連れて来るわけだよな」カールは記憶をたどった。「それに、部屋を又貸ししている四人と、ろくでなしの旦那もいたんじゃなかったか？　それじゃあ、おまえさんの部屋にはとても入りきらない。これで答えになったか？」

ローセは腰に両手を当てて、カールに詰め寄った。「誰に吹き込まれたか知らないけど、

ユアサはわたしと一緒に住んでいて、猫も部屋を又貸ししている人間もいません」黒く縁取られたローセの目が〝バッカじゃないの〟と言わんばかりにぎらぎら光っている。

カールは両手をあげて降参した。

部屋の椅子が戻っておいでと呼んでいた。

「ローセの双子の姉さんがどうしたっていうんだ、アサド？　あんなふうにローセが脅したことってあったか？」

カールはすでに脚に鉛のような重さを感じながら、アサドと並んで階段を上っていた。

「そんなに深刻にとらないで下さい、カール。ローセはラクダの背中に付いた砂みたいなもんです。お尻がむずむずすることもあれば、しないこともある。そのときのお尻の皮の厚さによるんです」アサドはカールのほうを向いて、二列に並んだ真珠のような歯を見せた。おまえさんのケツの皮はさぞかし厚いんだろうな。

「お姉さんの話は聞いたことがあります。ユアサという名前です。スーパーマーケットの名前みたいだから覚えてるんです。でも、ふたりは仲良しじゃないみたいですよ」アサドは言った。

ユアサ？　今どき、そんな古くさい名前の人間がまだいるのか？　三階に着いた頃には、カールの心臓弁はフラメンコを踊っていた。

「いらっしゃい、坊やたち」カウンターの向こうから、聞き慣れた声がした。リスが戻ってきたのだ。リスは四十歳だがスタイル抜群で、脳細胞も柔軟だ。五感に喜びを与えてくれる存在だ。サーアンスン女史とはまるで違う。サーアンスンはアサドにはやさしく微笑みかけ、カールを見ると、挑発されたコブラのように鎌首をもたげた。

「リス、マークさんに、あなたとフランクがアメリカでどんなに楽しく過ごしてきたか、聞かせてあげたらどうかしら」サーアンスンは不敵な笑みを浮かべた。

黙れ、ばばあ。

「あいにくだが」カールはすかさず言った。「課長と約束があるんだ」

カールはアサドの腕を引いたが無駄だった。

おまえなんかくたばっちまえ、アサド。カールは心の中で毒づいた。リスの赤い唇が喜びに輝きながら、四週間のアメリカ旅行をとうとうと語り始めた。どうやら、リスのしおれかかっていた旦那はキャンピングカーのダブルベッドの中で、野牛さながらの力を取り戻したらしい。思わず目に浮かんだ光景をカールは慌てて追い払い、自分の修道僧のような暮らしを恨んだ。

くそっ、呪ってやる。サーアンスンも、アサドも、リスをものにした旦那も。それと、カールの満たされぬ欲望の震源地であるモーナを暗黒のアフリカ大陸におびき寄せた〝国境なき医師団〟もだ。

「ところで、心理学の先生はいつ戻ってくるんです、カール？」会議室の前を通りながら、アサドがきいた。「なんて名前だったかな、モーナさんでしたっけ？」

カールはにやにや笑っているアサドを無視し、マークス・ヤコプスンの部屋の扉を開けた。捜査部Aの主だった顔ぶれがほぼ全員、眠い目をこすりながら座っていた。ここ数日、彼らはずっと世論の圧力にさらされてきたが、アサドの発見で少しは重荷が軽くなるかもしれなかった。

マークス・ヤコプスンは十分間かけて捜査チームのリーダーたちに事件の概要を伝えた。ヤコプスンとラース・ビャアンはかなり興奮しているようだった。何度もアサドの名前が出て、何度もアサドの誇らしげな顔に注目が集まった。捜査員たちはこの素性の知れないラクダ使いが、雑役係から突如として彼らの中に入ってきたことに驚きを隠せないようだった。だが、あからさまにそのことを尋ねる者はいなかった。いずれにせよ、過去と現在の放火事件の関連性に気づき、捜査を進展させたのはアサドだ。焼け跡で見つかった死体はすべて、左手の小指の骨にへこみがあった。唯一の例外は、小指がそっくり欠けていた被害者だけだ。法医学者はそれぞれの小指の特徴に気づいてはいたが、事件を関連づけて考えようとした者はいなかった。

検死報告によれば、被害者のうち二人は小指に指輪をはめていたようだ。しかし、骨のへこみの原因は火災による金属の過熱ではないと法医学者は述べた。被害者はごく幼い頃から指輪をはめていたために、骨組織に痕が残ったと考えるほうがずっと自然だということだった。中国の纏足《てんそく》を例に出して、何か文化的な意味を持った指輪ではないかと言う者もいれば、儀式との関わりを推測する者もいた。

マークス・ヤコプスンはうなずいた。確かにその手の指輪かもしれない。信徒会や兄弟会の儀式で授けられる、一度はめたら二度とはずすことのない指輪。

遺体にはさらに共通点があった。他の指もまったく無傷というわけではなかったのだ。そうなると、さまざまな理由が考えられた。

「今はまず誰に動機があったかという観点から事件を解明していくしかありませんね」ラース・ビャアンは課長の長い話にけりを付けた。

おおかたの者はうなずき、数人はほっと息をついた。動機——確かにそのほうがまだ考えやすい。

「特捜部Qが下でまたよく似た事例を見つけたら、我々に教えてくれるだろう」ヤコプスンが言うと、放火事件の担当ではないとおぼしき捜査員のひとりがアサドの肩をねぎらうようにたたいた。

そして、ふたりは部屋を出た。

「それで、モーナ・イプスンさんとはどうなってるんですか、カール」アサドは中断していた話を再開した。「黙ってないで、早く戻ってきてもらうようにしないと、今は毛糸玉程度の胸のつかえが、大砲の弾みたいに重くなってしまいますよ」

地下室は先ほどまでと変わりなかった。ただ、ローセが極大サイズの手紙を貼った壁の前に椅子を運んできていた。そこにぽつんと座って考え込んでいる。後ろから見ても、むつかしい顔をしているのがわかる。

どうやら、ちっとも進んでいないらしい。

カールは手紙に目をやった。これもまた楽な仕事ではない。それだけは言える。ローセは黒のフェルトペンで、文字をきれいになぞっていた。それで情報量が増えるわけではないが、全体として見やすくなった分、文章の流れを追っていけるようになった。

突然、ローセが色っぽい仕草で黒い鳥の巣頭を指でかき上げた。爪がフェルトペンで汚れている。インクが黒でちょうどよかった。後で黒いマニキュアを塗ればいい、いつものようにな。

「いったいどんな意味があるんだか。そもそも意味なんてあるんですかね？」カールが試しに読んでみようとすると、ローセは言った。

助けて

……く……は……………………に……さ……た―

バレ……の……ウ……ト……プ……………の……バ……ス……………―

男…………一・八……、…………―

ブル……の……………バ……………そして……の……に……あと―

親が……………いる男だ―

……は……………B―
…………を……どして…………………―
……らは……る―
男はま……くの…………弟の…………………―
ぼくらは一時間……車に乗って
……どこ……辺にいる―
……………………―こ……い―
……………―……―
……は……………歳―
………………―
P…………………

〝助けて〟という冒頭のほかには、男、親、弟という単語が読み取れ、どこかに向かって一時間車に乗って移動したらしいこともわかる。そして、Pで始まる署名。それで全部だった。だめだ、意味なんてさっぱりわからない。

何があった？　どこで、いつ、なぜ？

「絶対、これが差出人の名前ですよ」ローセはそう言って、フェルトペンで〝P〟を指し示した。ローセにも脳みそはあるってことだ。

「名前と姓がそれぞれ四文字だってことも自信があるわ」ローセはアサドが鉛筆で記入した印をペンでたたいた。

カールはローセの爪に付いたフェルトペンの汚れと、鉛筆書きの印を何度か見比べた。一度、視力検査を受けたほうがいいだろうか？　名前と姓がそれぞれ四文字だなんて、いったいどうして言えるんだ？　アサドがぼやけたしみの上に印を三個入れているからか？　カールにはさっぱりわからなかった。

「元の手紙と照合してみたんです」ローセは言った。「スコットランドの鑑識官とも話しました。同じ意見でした。ここは四文字がふたつです」

カールはうなずいた。スコットランドの鑑識がそう言ったのなら、そうなんだろう。次はレイキャビークの赤毛の占い師にでもきいてみるといい。誰が何と言おうと、カールの目にはへたくそな字しか見えなかった。

「この手紙は男性が書いたものです。こんな状況でこんな手紙に愛称で署名する人はいないと思うんです。それで調べたんですけど、デンマーク人の女性の名前で、Pで始まる四文字のものはありませんでした。デンマーク語以外だと、ペーカ、パーラ、パーパ、ペレー、ペータ、ピーア、ピーリ、ピーナ、ピング、ピリー、ポージー、プリス、プルーなんかがあります」

ローセはメモ帳を一度も見ずに、これだけの名前を唱えた。まったく、とてつもなく変わってるよ、おまえさんは。

「パーパなんて名前の女の子がいるのか」アサドが顔にはてなマークを浮かべてつぶやいた。この砂漠の野人ほど考え事にどっぷりつかれる者はいないだろう。「パリーしか思いつきませんな」しばらくして言った。目は壁にじっと注がれている。「イスラムの名前にもないな」

「イラン人の名前です」

カールは口をへの字に曲げた。「なるほど。それで、デンマークにはイラン人はいないってか？　まあいい、だったら差出人の名前はポウルかパウルだ。それがわかってほっとした。これで、0・0秒で差出人が見つかるぞ」

アサドの額のしわがさらに深くなった。「0・0秒でどうやって見つかるんですか？」

カールはため息をついた。この助手を一度、逃げた女房のところに送る必要がある。ヴィガと一緒にいたら、0・0秒すなわちあっという間にいろいろな言い回しを覚えられるだろう。そりゃもう、このドングリ眼がむきっぱなしになること請け合いだ。

カールは腕時計を見た。「さて、差出人の名前はポウルってことで合意しないか？　俺は今から十五分間休憩をとる。おまえたちならその間にきっと差出人を見つけられるだろう」

ローセはカールの軽口を極力無視しようとしていたが、鼻の穴がみるみる広がってきた。

「ええ、確かにポウルは手始めとして悪くない選択です。あるいは、ピート、eがふたつのペール、hが入るペア、ピートルも。ピータやフィルも捨てきれません。いいですか、可能性は山ほどあるんですよ、カール。今や多民族国家ですから、新しい名前だってたくさんあります。パコ、パキ、パール、ペイジ、パーシ、ペドル、ペペ、ペレ、ペロー、ペルー……

……」

「おい、ローセ、落ち着けって！　俺たちは名簿じゃないんだから。しかも、ペルーって何だ？　それは国の名前だろ、人間の名前じゃ……」

「……ペティ、ピン、ピノ、ピウス……」

「ピウス？　そんな名前を付けるのはローマ教皇だけだ。ええと、確か……」

「ポンス、プラン、プター、パック、プフィリ」

「終わったか？」

ローセは答えなかった。

カールは再び壁の署名に目をやった。手紙を書いたのはPで始まる名前の人物であることは間違いない。だが、Pとは誰なんだ？

「ふたつでひとつの名前という可能性もあるんじゃないか、ローセ。間にハイフンがないとは言えないだろう？」カールはぼやけたところを指し示した。「たとえば、ポウル＝エリクとか、パコ＝パキとか、ピリ＝ピンとか」カールはローセの顔になんとか笑みを浮かび上がらせようとしたが、この手のユーモアはローセには通じなかった。くそっ、もう勝手にしろ！

「とにかく、そのすばらしくでかい手紙はしばらく放っておいてだな、ほかの仕事を先に進めることにしないか？　ほら、その汚れちまった爪にまた黒いマニキュアを塗ってさ」カールは締めくくった。「ここに来たら、いつだって眺めることはできるんだ。ひょっとしたら、そのときに何か思いつくかもしれない。クロスワードパズルを便所に置いといて、便座に座るたびに答えを埋めていくのと同じだ」

ローセとアサドが不思議そうにカールを見ている。どうやら二人は便所でクロスワードパズルはしないらしい。

「ところで、そこに手紙をずっと貼っておくわけにはいかないだろう。いちおう出入り口だからな。君たちも知っているように、保管文書の一部は扉の向こうにある。古い事件のファイルだ。聞いたことないか？」カールはそう言い残すと、心地よい椅子が待っている自分の部屋に向かって針路を取った。ちょうど二メートル進んだところで、ローセのとがった声がナイフのように背中に突き刺さった。

「こっちを向きなさい、カール」

カールがゆっくり振り向くと、ローセが後ろの自分の芸術作品を指さして立っていた。

「わたしの爪が気にくわないってんなら、あなたの仕事はできないわ。それともうひとつ。あの一番上の言葉が見えてないの？」

「見えるとも、ローセ。それどころか、俺が自信を持って判読できる唯一の言葉だ。はっきりと書かれている。〝助けて〟と」

すると、ローセは人差し指をカールに突きつけた。黒いネイルアートが武器のように見える。「その言葉をよく覚えておくのね。あなたもたった一枚の紙を手放すときがきたら、その言葉を最初に思いつくはずよ。そして、声を限りにその言葉を叫ぶはずよ。わかった？」

ローセの目は怒りに燃えていた。

カールはアサドについてくるように目くばせをした。

そろそろ誰がここのボスか教えてやる時がきたようだ。

7

鏡を見ていると、もっと別の人生があったはずだと彼女は思う。テューアゴーズで学校に通っていた頃、〝桃のような肌〟と友人に言われ、〝いばら姫〟という愛称も付いた。そのイメージは今も変わっていないと思う。服を脱いだときに自分の体を眺めて、嬉しい驚きを感じることもある。だが、自分しかそのことを知らないのだと思うと、むなしさがこみ上げる。

夫との距離はあまりにも大きくなりすぎた。夫は彼女をもう見なくなった。

夫が帰ってきたら言おう。二度と置き去りにしないでほしい、ほかの仕事を見つけてほしいと。あなたのことが知りたい、あなたが何をしているのか知りたい、そして、毎朝、あなたのとなりで目覚めたいのだと。

そう言おう。

トフテバゲン通りのはずれの精神病院の裏手は、以前は古いマットレスや錆びたベッドフレームが捨てられていたごみ捨て場だった。そこが今はフィヨルドと町一番の高級住宅街を眺めることができる小さな緑のオアシスになっている。

彼女はこの場所が好きだった。そこに立って、ヨットハーバーや青いフィヨルドを見渡すのが好きだった。

好きな場所で、好きな景色を眺めているときというのは、偶然の出来事に無防備にさらされているものなのかもしれない。だから、〝ええ〟と答えてしまったのかもしれない。若い男性が自転車から降りて、一緒にコーヒーでもいかがですかときいてきた。彼女と同じ地域に住んでいて、ときどき買い物をしているときに会釈をしたことのある男性だ。その彼が今、目の前に立っていた。

彼女は時計を見た。息子を迎えに行かなくてはならないが、まだ二時間はある。コーヒーを一杯飲むくらいどうってことはない。

だが、それはとんでもない思い違いだった。

その夜、彼女は老婆のように安楽椅子に座って前後に体を揺すっていた。体を抱え込んで高鳴る心臓を鎮めようとしていた。自分のしたことが理解できなかった。いったいどうしてしまったんだろう？　あの感じのいい男性に催眠術をかけられてしまったようだった。誘われて十分後には、携帯電話の電源を切って、自分のことを語り始めていた。そして、彼は耳を傾けてくれた。

「ミア、なんてきれいな名前なんだ」彼は言った。

最後に自分の名前を耳にしたのはいつのことだっただろう。あまりにも久しぶりだったので、ひとの名前のように聞こえた。夫は名前で呼んでくれたことがなかった。気さくな男性だった。いろいろなことを質問してきた。そして彼女が何かをきくと、きちんと答えてくれた。軍人で名前はケネトと言った。きれいな目をしていた。二十人以上の客がいる前で手を重ねられてもいやな感じひとつしなかった。ケネトは彼女の手を軽く押さえ、それからしっかりと握った。

彼女はそのままにしていた。

そのあと、あわてて託児所に走って行った。その間もずっとケネトがそばにいるような気がしていた。

いつのまにか夜になっていたが、時間も闇も彼女の動悸を鎮めることはできなかった。ずっと唇を噛んでいた。ソファーテーブルの上で電源を切った携帯電話が、とがめるようにこっちを見ている。彼女は何も見通せなくなってしまった。相談できる人も、罪の赦しを与えてくれる人もいなかった。

この先どう進んでいけばいいのだろう?

空が白みかけても、彼女はまだ服を着たままそこに座っていた。そして、うろたえていた。昨日、ケネトとしゃべっている間に、夫が電話をかけてきたようだ。気づいたのはついさっきのことだ。ディスプレイを見ると、三回も着信している。夫に説明しなければならない。

なぜ電話に出なかったのかと夫は尋ねるだろう。もっともらしい作り話をしたところで、嘘は見抜かれる。夫は自分より頭がよく、年も上だ。それだけ人生経験も多い。ごまかしはきかない。彼女はおののいた。

いつも通りなら、夫は八時三分前に電話をかけてくる。彼女がベンヤミンを連れて出かける直前だ。だが、今日は少し出かけるのを遅らせよう。夫に問いただす時間を与えたほうがいい。だからと言って、問い詰められてはならない。そうなったら、もうおしまいだ。

すでにベンヤミンを抱き上げていたときに、テーブルの上で携帯電話が震え始めた。こんなに小さな、いつでも手の届くところにある物が世界に通じる入口なのだ。

「おはよう、あなた!」彼女はことさら陽気に呼びかけたが、耳の中では脈が激しく打っていた。

「何度もかけたんだぞ。なぜ、かけ直してこなかった」

「今かけようと思っていたのよ」彼女はうっかり口を滑らした。これで尻尾をつかまれた。

「何を言ってる、ベンヤミンともう出かける時間じゃないか。八時一分前だ。ごまかされないぞ」

彼女は息を止めて、息子を慎重に床に下ろした。「それがね、この子、少し具合が悪いのよ。鼻水が出ているときに、託児所に連れて行くと嫌がられるでしょ。少し熱もあるみたいだし」彼女はゆっくりと息を吸いこみ、体に酸素を与えた。

「そうだったのか」

夫は黙り込んだ。彼女は不安になった。夫はこっちから何か言うのを待っているのだろうか？　自分は何かを言い忘れているのだろうか？　彼女は意識を集中できるものを探した。二重ガラスの向こうに目を向けた。風に揺れている門に。葉の落ちた枝に。職場に向かって足早に通り過ぎていく人々に。

「昨日、何度も電話をしたんだ。そう言わなかったか？」夫がきいた。

「ああ、そのことね。ごめんなさい。携帯電話の電池が切れてしまったのよ。そろそろ新しいバッテリーを買わなくちゃいけないと思うわ」

「ふたつとも火曜日に充電したばかりだ」

「おかしいわね。普通なら、わたしのほうが長く持つのに」

「それで、今はどうなんだ？　自分で充電できたのか？」

「ええ、だって」彼女は屈託のない笑い声を立てようとしたが失敗した。「しょっちゅうあなたのそばで見ていたもの」

「充電器がどこにあるかも知らないと思っていたよ」

「そんなことないわよ」両手が震えていた。夫はおかしいと感づいている。次は、どこに充電器があったかきいてくるだろう。どこにあるか見当もつかなかった。

考えるのよ、早く！　さまざまな考えが頭の中を駆け巡る。

「わたしだって……」彼女はそこで声を張り上げた。「だめよ、ベンヤミン。だめだったら！」彼女は子供を軽く蹴って、声をあげさせた。そして、ベンヤミンの涙で光った目を見て、もう一度蹴った。

「それで充電器はどこにあった？」そうきかれた時、息子はとうとう泣き始めた。

「ごめんなさい。また後にして」焦っているふりをした。「ベンヤミンが頭を打ったの」

彼女は携帯を折りたたんで、息子の前にしゃがみ、オーバーオールを脱がせた。そして、頬にキスをしてなだめた。「いい子ね。ごめんね、ほんとにごめんね。ママ、うっかりして、蹴飛ばしちゃった。まだ痛い？ ビスケット食べる？」

ベンヤミンは鼻をすすり、母親を許し、悲しそうな顔でうなずいた。ミアは息子に絵本を持たせると、自分の嘘が招いた危機的状況に向き合った。この家の広さは三百平方メートル。握りこぶしほどの大きさしかない充電器を見つけられるだろうか。

一時間かけて、一階にある引き出し、家具、棚はすべて探した。

もし、充電器が一台しかなかったら？ 彼女はふと思った。夫が持って出ているのかもしれない。夫の携帯電話が自分と同じメーカーなのかどうかもわからなかった。

彼女はベンヤミンのとなりに座って食事を食べさせながら、絶望的な気持ちに陥っていた。ああ、どうしよう。夫は充電器を持って行ったのだ。

だが彼女は気を取り直して、息子のべたべたに汚れた口にスプーンを運んだ。携帯電話を買ったら、充電器も一台備えるのが普通だ。携帯電話が入っていた箱が取扱説明書と一緒にどこかにあるはずだ。そして、使っていない充電器もおそらくそのあたりにあるのだろう。

一階に置いていないだけだ。

彼女は階段に目をやった。禁じられているこの家には彼女がほとんど一度も足を踏み入れたことのない部屋がある。禁じられているわけではない。ただ入らないだけだ。夫も彼女の裁縫室には入ってこない。ふたりとも自分の興味や、安らぎの場所や時間には相手を立ち入らせたくなかった。ふたりで、分かち合うことはなかった。だが、夫のほうがその傾向がはるかに強い。

彼女は息子を抱き上げ、階段をのぼっていき、夫の書斎のドアの前でしばらく決心がつかずに立っていた。もし、夫の引き出しや戸棚の中に充電器が入った箱があったら、そこを探したことをどう説明すればいいのだろう。

彼女は思い切ってドアを開けた。

そこは真向かいにある彼女の部屋とはまったく違っていた。その部屋にはエネルギーというものがまるで感じられなかった。彼女の部屋にあるような、色や創造力が放つ人を惹きつける力というものがまるでなかった。ただベージュと灰色の床があるだけだった。

彼女は作りつけの戸棚をすべて開けて中をのぞいた。ほとんど空っぽだった。彼女の戸棚なら、日記とか、アルバムとか、悩みなどなかった頃の友人との思い出の品々が出てくるだろう。

本棚にはわずかな本しか並んでいない。銃器や警察をテーマにした専門書で、おそらく仕事に必要な本なのだろう。その下には新興宗教に関する本があった。エホバの証人、神の子供たち、モルモン教、ほかにも聞いたことのない宗教の本が何冊かあった。妙な気がした。つま先で立って一番上の棚をのぞいた。

たいしたものはなかった。

再びベンヤミンを抱き上げると、あいた手で机の引き出しを開けていった。父親が魚用のナイフを研《と》ぐのに使っていたような灰色の砥石《といし》以外は、とりたてて目を引くものはない。紙やゴム判、そして今どきめずらしいフロッピーディスクが入った箱がいくつかあるぐらいだ。

書斎を出てドアを閉めると、すべての感情が凍ってしまったような気がした。一瞬にして、自分のことも夫のこともわからなくなった。ただ驚くばかりで、現実のこととは思えなかった。こんなことはいまだかつて経験したことがなかった。

ベンヤミンの頭がことんと肩に落ちてきて、首すじに静かな寝息が触れた。

「まあ、この子ったらもう寝ちゃったの？」彼女はささやき、息子をベビーベッドに寝かせた。今は自分を見失っている場合ではない。何もかもいつも通りにしなくては。

彼女は深く息を吸って、託児所に電話をかけた。「ベンヤミンは風邪をひいているので、今日は家で休ませます。みなさんにうつしてはいけませんから。ご連絡が遅くなって申し訳ありません」彼女は通り一遍の挨拶をすませると、お大事にという相手に礼を言うのも忘れて電話を切った。

そして廊下に向き直ると、夫の書斎と寝室の間にある幅の狭いドアを見つめた。引っ越しのとき、彼女は夫を手伝って数え切れないほどの段ボール箱を運び上げた。ふたりの大きな違いは、この家に持ち込んだ荷物の数だ。彼女は学生寮から二、三のＩＫＥＡの家具を持ってきただけだったが、夫は二十年という彼女との年齢差のせいか、たまったもののすべてを持ってここにやって来た。だから、そこらじゅうにさまざまな時代の家具があり、この狭いドアの向こうは、何が入っているのか彼女は知らない段ボール箱でいっぱいになっている。ドアを開けて中をのぞいたとたんに気力がなえた。一メートル半ほどの幅しかない部屋だが、引っ越し用の段ボール箱を四列に並べて積み重ねられる広さはあった。段ボール箱の向こうにかろうじて天窓が見えている。箱は少なくとも五十個はありそうだった。

ほとんどが両親と祖父母の遺品だと夫は言っていた。もう処分したっていいんじゃないの？　相談しなくてはならない兄弟姉妹もいないのだから。

彼女は箱の壁を目にするとすぐにあきらめた。ここで充電器を探しても無駄だ。この部屋は夫の過去がしまい込まれている場所に過ぎない。

そうは思ったものの、大きな襟が付いたコートが何枚か一番奥の箱の上に山積みにされているのが気になった。真ん中あたりがこぶのように盛り上がっている。コートの下に何か隠されているように見えた。

つま先立って手を伸ばしたがコートには届かなかったので、箱の上にあがって、ひざをつき、はうようにして前に進んだ。コートを持ち上げると、何もないことがわかってがっかりした。するとそのとき、片方のひざが箱のふたを突き破った。

しまった！　ここに入ったことが夫にばれる。

彼女は少し後ろに下がって、箱のふたを開け、中身に支障がないことを確かめた。新聞の切り抜きを見つけたのはそのときだった。おかしなことに、記事はさほど古いものではなく、夫の両親が集められるはずがないものだった。おそらく夫自身が集めたのだろう。仕事のためだろうか？　あるいは単なる興味からだろうか？

「変よね」彼女はつぶやいた。いったい何のために、エホバの証人の記事を切り抜いて集めたのだろう？

彼女は切り抜きに目を通していった。ひと目ではわからなかったが、内容はさまざまだった。新興宗教に関する記事の間に、株式市況や、科学捜査やＤＮＡの分析方法を取材した記事もあった。十五年も前のホアンス・ヘアエズの夏の別荘の販売広告まであった。こんなものがまだ必要なのだろうか。一度、この部屋を空けてもらえないかきいてみよう。そうすれば、この部屋をウォークイン・クローゼットにできる。そのほうがいいに決まっている。

彼女は箱の山から下りると、少し気が軽くなっていた。あることを思いついたのだ。念のために、もう一度、積み上げられた箱を見渡した。真ん中あたりの箱のへこみは特に目をひかなかった。大丈夫、夫は気づかないだろう。

彼女は部屋を出てドアを閉めた。

彼女が思いついたのは、新しい充電器を買うというアイデアだった。それくらいのへそくりはある。今すぐ自転車に乗って、アル通りのソノフォンの店に行こう。買ってきたら、べンヤミンの砂場で少し汚して新品には見えないようにして、玄関のかごの中にベンヤミンの帽子や手袋と一緒に入れておこう。夫が帰ってきて、充電器のことを尋ねられたら、かごを指させばいい。

もちろん、夫は変に思うだろう。なぜこんなところにあるのかと。そしたら、あなたが入れたんじゃないのととぼけてみせる。そして、あなたじゃないなら、きっと誰かが忘れていったのねと言えばいい。客が来ることはめったにないし、この前に人が訪ねてきてから、ずいぶん日が経つが、それでも客がなかったわけではない。前の家主が来たことがあったし、看護師が訪ねてきたこともある。誰かが忘れていったというのは、理論的にはありえない話ではない。ただ、携帯電話の充電器を持ってひとの家を訪ねる者なんているだろうかと考えると心もとなくはあったが。

ベンヤミンが昼寝をしている間に充電器を買いに行けるだろう。充電器を見せろと言われて、難なくかごから取り出して見せたときの夫の驚いた顔を思い浮かべて、彼女はほくそ笑んだ。そして夫に自然に聞こえるように何度も口に出して練習した。

「あら、じゃあ、これはうちのじゃないってこと？　おかしいわね。だったら、きっと誰かが忘れていったのね。もしかしたら、ベンヤミンの洗礼のときかしら？」

これなら夫を納得させられる。完璧だ。

8

ローセが自分の言葉に責任をもつ女だということは先刻承知だった。そうでなければ、カールはもうこんなことはとっくにやめていた。疲れた声を張り上げて、ローセの際限なく続くボトルメールの謎解きに付き合ってコメントする余裕など本当はなかった。ローセが目をむき、歯の間から不満そうな声を漏らすと、勝手にしろと言いたかった。ついでに瓶の破片をケツに突っ込んでやれたらどんなにいいかと思った。

だが、カールがそうする前に、ローセはバッグを投げるように肩に掛けてさっさと立ち去った。アサドでさえ、ぼう然と立ち尽くし、ちょうど食べようとしていたグレープフルーツの切れ端を持ったまま、立ち去っていくローセを目で追った。

ふたりとも驚きのあまりしばらく口がきけなかった。

「お姉さんが来るんでしょうか？」

「祈禱用の膝敷きはどこだ？」カールはうなった。「祈れ、何事も起きないように。祈りが通じたら、おまえはただ者じゃないぞ」

「タダモン？」

「すごいやつってことだ、アサド」

カールはアサドに巨大な手紙の前に来るように合図した。「壁からコピーをはがそう、ローセがいない間だけでも」

「〝はがそう〟って言ったんですか？」

カールはうなずいた。「ああ、そうだな、アサド。はがしてくれと言うべきだった。はがしたら、おまえのすばらしい赤と青の荷造りひもを使ったファイリングシステムの横に、並べて貼っておいてくれ。だが、二メートルくらい間をあけておくんだぞ、いいか？」

カールは気持ちを集中させて、手紙の原本を観察した。すでに多くの人の手を経ている上に、重要な証拠物件かどうかもわからない。そうはいっても、手袋をせずにこの手紙に触れようとは誰も思わないだろう。

それだけ紙はもろくなり、破れやすくなっていた。こうしてたったひとりで証拠資料を目の前にしていると、いつも奇妙なことが起きる。そうした現象にカールはいつも敏感に反応した。マークス・ヤコプスンはそれを〝カールの鼻〟と呼び、元同僚のバクは〝第六感〟と言い、逃げた女房は単純に〝勘〟という言葉を使った。とにかく、この小さな紙きれのせいで、カールはいま体の内側がむずむずするのを感じていた。証拠資料としての信憑性を伝えるかのように、手紙はカールに向かって文字通り輝きを放っていた。それは急いで書かれた手紙だった。おそらく紙の下は平らではなかったのだろう。血液と、何かわからない筆記具で書かれている。ペンだろうか、ペンを血に浸して書いたのだろうか？　いや、違う。線が不規則すぎる。まるで制御できていない。強く押しつけすぎているところもあれば、かすれてほとんど色がないところもある。カールは拡大鏡を取り出して、紙のへこみやでこぼこした感触をつかもうとした。だが、紙が傷みすぎていた。かつてへこみのあったところは、湿気でふやけて逆に膨れあがっている。

ローセの考え込んでいた顔が目に浮かび、カールは手紙をわきに置いた。明日、ローセが来たら言ってやろう。どうしてもと言うなら、今週はずっと手紙に取り組んでいいぞ。だが、その後はまたこちらが頼む仕事をしてくれと。

アサドに砂糖汁みたいなコーヒーを淹《い》れてもらいたかったが、廊下に響いている嘆き声の様子では、アサドはまだ、脚立を開いて閉じて、あっちにこっちに運んで、上って下りて、手紙のコピーを移動させているようだった。公務員葬祭保険基金の部屋にもう一台脚立があるぞと教えてやったほうがいいのかもしれないが、今のカールはまったくそんな気になれなかった。

カールは古いレズオウアの火事のファイルを手に取った。読み終わると、ヤコプスンの机に置いておきたくなった――それも、一番高くそびえ立っている書類のタワーのてっぺんに。

それは一九九五年にレズオウアで起きたある火災事件のファイルだった。貿易会社があったダムフスデールの多層建造物の葺き替えたばかりの瓦屋根が、突然真っぷたつに壊れ、噴き上げた炎が数秒のあいだに最上階を焼き尽くしてしまった。鎮火後、現場から男性の遺体が発見された。貿易会社のオーナーはその男性を知らなかったが、近隣の住民は一晩じゅう天窓に明かりが点いていたと述べている。遺体の身元は確認できず、おおかたホームレスがまだ完全には閉じていなかった屋根から建物に侵入し、キッチンのガス栓を閉め忘れて寝てしまったのだろうと推測された。ガス供給会社のHNGからガス栓は開いていなかったという報告があがってきて初めて、事件はレズオウア署の暴力犯罪捜査部に委《ゆだ》ねられた。だが事件はファイルキャビネットの中で朽ちていき、そのまま特捜部Qが新設された日を迎えた。だが、特捜部Qでも、アサドが遺体の左手の小指のへこみに気づいていなければ、おそらくそのまま放っておかれただろう。

カールは電話をつかんで、マークス・ヤコプスンを呼びだそうとした。サーアンスンの声が耳に届くやいなや、カールの失望感の目盛りが一気に振り切れた。

「ちょっとお尋ねしたいんだが、サーアンスンさん」カールは言った。「何件の……」

「マークさん？　すぐに誰かに代わりますわ。あなたがそんなにお困りにならなくていい者に」

そのうち、サーアンスンのケツの下にサソリを置いてやる。

「お待たせ、ダーリン」リスの甘ったるい声が聞こえた。

へえ、ひょっとして、サーアンスンにも思いやりってものがあったというわけか。

「ちょっと教えてくれないか。最近の火災事件で、犠牲者の身元がわかっている事件が何件あるか。それと、全部で何件起きているかもだ」

「最近のでいいのね？　三件よ、でも、名前がわかっている犠牲者はひとりだけ。それだって確信はないわ」

「確信はない？」

「遺体が首にかけていたロケットにファーストネームが刻まれていたの。でも、それが彼のものかどうかなんてわからないじゃない？」

「なるほど。もう一度、火事があった場所をささっと言ってくれ」

「ファイルを読んでないの？」

カールは大きくため息をついた。「うちにあるのはレズオウアの一件だけだ。一九九五年の事件だ。で、そっちは……？」

「……先週の土曜日にウスタブローのストックホルム通りで一件、エムドロプで一件、最後は北西地区で起きてるわ」

「ストックホルム通りだなんて高級そうな響きだな。じゃあ、損壊状況が一番ましだったのはどれかわかるか？」

「北西地区の火事だと思うわ。ドーデア通りよ」

「三件の火災に何か関連性はあるのか？　所有者は？　修繕はしてなかったか？　隣人が夜中に明かりを見てないか？　放火を示すものは？」

「わたしじゃわからないわ。でも、何人か捜査にあたってるから、誰かにきいてみて」

「ありがとう、リス。邪魔したな」カールはリスがうっとりしてくれることを期待してきざっぽく決めた。

カールはファイルを机に置いた。そのとき廊下から声がした。まったくしつこい連中だな。また労働環境監督署の石頭がアスベストがどうのこうのとほざきに来たのだろう。

「はい、中にいます」アサドの声がした。あの裏切り者が。

カールは部屋の中をぐるぐる軌道を描いて飛んでいるハエを見据えた。査察員がちょうど入ってきたときにその頭にハエを叩きつけてやれないだろうか。

カールはハエ叩きの代わりにレズオウアのファイルを掲げて、ドアの真後ろに立った。

ところが、戸口に現れたのは見たことのない顔だった。

「こんにちは」カールに手を差し出してきた。「ユーディングといいます。西部署の警部補です。アルバッロンから来ました。そんなことは言うまでもないですね」

カールはうなずいた。「ユーディングさんっていうのは名前？　それとも苗字で？」

男はただ微笑んでいた。

「ここ最近に起きている火災事件のことで来たんですよ。一九九五年のレズオウアの火災事件の捜査でアントンスンの助手をしていたので。マークス・ヤコプスン課長から報告を受けて、あなたと話をして助手の方を紹介してもらうようにと言われました」

カールは安堵のため息をついた。「それなら、今さっき、あんたが話していた男だ。外のはしごに上っているのがそうだ」

ユーディングはけげんそうに目を細めた。「廊下にいた人？」

「ああ。彼では何か問題があるとでも？　ニューヨークの警察学校を出て、スコットランドヤードでDNA鑑定と画像解析の特別コースを修了した男だぞ」

ユーディングは感心したようにうなずいた。

「アサド、ちょっと来てくれ」カールは声をかけると、ファイルでハエを払いのけて、ユーディングとアサドを引き合わせた。

「貼り替え作業は終わったか？」カールはきいた。

アサドのまぶたは鉛のように重そうだった。それが十分答えになっていた。

「マークス・ヤコプスン課長が、レズオウアの事件ファイルの原本がここにあるとおっしゃってたんですが」ユーディングはそう言うと、アサドの手を握って力強く振った。「どこにあるかわかりますか？」

アサドはちょうどハエを叩こうとしてファイルを振り上げたばかりのカールの手を指し示した。「あれです」アサドは言った。「ほかに何か？」アサドは明らかに調子が悪そうだ。きっと、ローセのことがこたえているのだろう。

「ヤコプスン課長に事件の詳細をきかれたんですが思い出せなくて。ちょっとファイルを見せてもらえませんか」

「どうぞ」カールは言った。「われわれは急ぎの用があるので、申し訳ないが失礼するよ」

カールはアサドを引っぱって連れ出すと、アサドの部屋の机の前に座って、砂色の廃墟を描いた美しい複製画を見上げた。タイトルに〝ラサファ〟と書かれている。

「やかんに何か入ってるか、」アサド？」カールはサモワールを指さした。

「飲んでしまって下さい、カール。自分はまた新しいのを淹れますから」アサドは笑った。

そうしてくれたらありがたいと目が言っていた。

「あいつが帰ったら、出かけるぞ、アサド」

「どこにですか？」

「北西地区だ。焼け落ちかけた建物を見に行く」

「でも、それは私たちの担当じゃないでしょう。行っても嫌な顔されるだけですよ」

「そんなのは最初だけだ」

アサドは納得していないようだった。すると表情が変わった。「それはそうと、廊下の壁の手紙の文字がもうひとつわかったんです。嫌なことを考えてしまいました」

「どんな……？」

「まだ言えません。笑われますから」

笑えるなら、今日のいいニュースじゃないか。

「ありがとうございました」ユーディングは戸口で礼を言うと、カールが口にしている象が踊っている絵のコーヒーカップを見つめた。「ファイルをヤコプスン課長のところまで持って上がりたいんですが、かまいませんか？」

ふたりはうなずいた。

「ああ、そうだ、もうひとり古い知り合いに挨拶をしてきます。さっき上の職員食堂で会ったんですよ。鑑識のラウアスンに」

「トマス・ラウアスンか？」

「ええ」

カールは眉を寄せた。「彼はナンバーくじで一千万クローネを当てて退職したはずだ。もう死体を見るのは耐えられないとか言って。こんなところで何をやってるんだ？　また鑑識のつなぎを着てたか？」

「いいえ、残念ながら。鑑識課なら彼の能力を発揮できるでしょうにね。彼が服の上に着ていたのは、いや、巻いていたと言ったほうがいいかな、エプロンだけですよ。上の職員食堂で働いているんです」

「それはびっくりだな」カールの目にエプロンを巻いた筋肉隆々のラグビー選手の姿が浮かんだ。「何があったんだ？　あちこちの企業に投資していたはずだが」

ユーディングはうなずいた。「そうなんですが、うまくいかなかったらしくて、今はすっからかんだそうです。ばかなことをしたものです」

カールは首を横に振った。うまい話には乗らずに地道に働いている者にとっては、またひとつの慰めになった。だが、一文無しになるだけの金がもともとあったわけだから、そんなに愚かでもないのかもしれない。

「いつからここに戻ってきてるんだ？」

「一カ月ほど前です」ユーディングは言った。「上の食堂には行かないんですか？」

「馬鹿なことを言っちゃいけない。あの食堂まで何段階段があると思う？　エレベーターはもうずっと前から止まったままだ」

六百メートルほど続いているドーデア通りに今もある会社や施設は、必ずしも一部リーグで活躍しているという感じではなかった。何をしてるのかわからないインフォメーションセンターやレコーディング・スタジオのほかに、自動車教習所、文化センター、多文化協会などがあった。古い商業地域というのは完全に抹殺されてしまうわけではないらしい――K・フランスン・エングロス社の倉庫で起きたような火災でもない限りは。

現場の片付け作業はあらかた終わっていたが、捜査員の仕事はそうではなかった。同僚たちはカールに挨拶もよこさなかったが、こっちもごめんだった。

カールはK・フランスン社のかつての入口付近に立ち、破壊の状況を眺めた。建物は失っても惜しくない代物《しろもの》のようだが、亜鉛めっきのフェンスの真新しさが目を引いている。

「シリアでもこんな現場を見たことがあります。石油ストーブが過熱してドカン……」アサドは風車の羽根のように腕を回した。

カールは二階を見上げた。屋根は一度舞い上がって元の位置に落ちてきて激突したように見える。雨樋の下から噴き出た煙でスレート屋根が上に向かって真っ黒に煤《すす》けている。天窓はどこかに吹き飛んでしまったらしい。

「それならよくあることだが」カールは答えながら、神に見放されたこんな殺風景な場所に自ら進んで留まる人間がいる理由を考えていた。

「特捜部Qのカール・マークだ」カールはそばを通りかかった若い捜査員に声をかけた。「二階に上がって、少し見せてもらってもかまわないか？　鑑識の仕事は終わってるのか？」

若い捜査員は肩をすくめた。「こんな現場じゃ、全部ひっぺがすまで終わりませんよ」とぼやいた。「でも、中に入るなら気をつけてください。落ちないように床に板を敷いてはいますが、保証しませんよ」

「K・フランスン・エングロスという会社はそもそも何を輸入してたんですか？」アサドがきいた。

「印刷用品です。ちゃんとした会社ですよ」若い捜査員は答えた。「会社側は建物の中に人がいたのを知らなかったようです。ホームレスだったにせよ、従業員は相当ショックを受けています。すべて灰にならずにすんでよかったですよ」

カールはうなずいた。この手の会社は消防署から六百メートル圏内にあることが望ましい。ここは幸いその圏内にあるし、地元の消防署がEUのばかげた民営化の波にのまれていなかったことも幸いした。

予想通り二階は完全に燃え尽きていた。すじかいに張られた断熱材はずたずたになり、間仕切り壁はぎざぎざの塔のようにそびえ立っている。〝グラウンド・ゼロ〟の煤で汚れた破壊現場を少し思い出させた。

「遺体はどこにあったんです?」カールは保険会社で火災原因の調査にあたっているという年配の男にきいた。

保険会社の男は床のある場所を指し示した。

「激しい爆発がほとんど間を置かずに二回起きています。一回の爆発で火が燃え上がり、二回目で部屋のすべての酸素が奪われて、火は消えていったようです」男は説明した。

「では、一酸化炭素中毒で死亡するような燻煙火災ではなかったんですね?」カールはきいた。

「ええ、ちがいます」

「男性は爆発で即死したんでしょうか、それとも徐々に窒息していって焼け死んだんでしょうか? どう思います?」

「それはわかりません。ほとんど燃えてしまっていますから、何とも言えません。こういう焼死体にはたいてい気道が残っていないんですよ。ですから、肺や気管の煤の濃度もわかりません」男は首を横に振った。「これほど短時間でここまで遺体が焼けてしまうというのは信じがたいですがね。先日、エムドロプの火事でも刑事さんにそう言ったんですよ」

「どういうことです?」

「いえね、私はこの火事は仕組まれたものだと思っているんです。火事はただの見せかけで、犠牲者は実際はまったく別の場所で焼死したんじゃないかと」

「遺体は動かされたということですか? で、警察は何て言ってました?」

「私と同じ考えのようでした」

「では、殺人だと？　男性は殺害されて焼かれた後に、別の火災現場に運ばれたってことですか？」

「もちろん、今の段階では確信を持って言えるわけじゃありませんよ。しかし、私の考えでは、遺体が動かされた可能性が高いですね。いくら激しい火災でも、これほど短時間で骨だけになってしまうというのは、およそ考えられませんから」

「三件の火災現場すべてに行かれたんですか？」アサドがきいた。

「私はあちこちの保険会社の仕事を請け負ってましてね、行けないことはなかったんですが、ストックホルム通りは別の者が行きました」

「他の火災現場もここと似たようなものですか？」カールはきいた。

「いいえ、ここ以外は空き家でした。だから犠牲者はホームレスだという憶測に至りやすいんですよ」

「では、あなたは毎回、同じパターンで事件が起きていると思ってるんですね？　空き家に焼死体が運ばれて、そこでもう一度焼かれていると？」アサドがきいた。

保険会社の男はアサドを珍しそうに眺めた。「さまざまな点からそう考えられます。私にはそうとしか思えませんね」

カールは頭を反らして、屋根の真っ黒になった骨組みを見た。「あとふたつお聞きしたら、もうお邪魔はしません」

「どうぞ」

「なぜ二度も爆発させたんでしょう？　さっさと死体を焼き払えばすむことじゃないですか？　それについて何かご意見はありますか？」

「私に考えられることといえば、放火犯は損害の規模を大きくしたかったってことくらいですかね」

「ありがとうございます。では、最後の質問です。またわからないことがあれば、電話をかけさせてもらっていいですか？」

男は微笑んで、ポケットから名刺を取り出した。「もちろんですよ。トーベン・クレステンスンといいます」

カールはポケットを探ったが名刺は一枚もなかった。ローセが戻ってきたら、すぐに頼もう。

「私には理解できません」アサドはふたりの横に立って、煤で真っ黒のすじかいに指で線を引いた。アサドは指についたわずかな汚れで、服も何もかもを汚すことのできる人種に属しているらしい。とにかく線を引き終わった今、服にも顔にも、小さな田舎町ならまるごと煤まみれにできるくらいの煤がついていた。「おふたりの話がよくわからないんです。でも、すべてつながっているはずですよね。指輪や欠けた指とも、遺体とも、火事とも、とにかく全部です」突然、アサドは保険会社の調査員のほうを振り返った。「あなたの保険会社はこの火災にいくら支払うんですか？　こんなに古い汚い建物ですけど」

う。トーベン・クレステンスンは額にしわを寄せた。保険金詐欺の可能性を考えているのだろう。「確かにこの建物はさほど価値の高いものではありませんが、それでも会社には補償金を要求する権利があります。われわれが扱っているのは火災保険であって、建物の腐朽や木材のカビに対する保険ではありませんからね」

「で、いくらですか？」

「そうですね、七十万から八十万クローネといったところだと思います」

アサドは口笛を吹いた。「燃え残った一階の上に、新しく二階を建てるんでしょうか？」

「それは被保険者つまりこの会社しだいです」

「では会社が望めば、全部取り壊すこともできるんですか？」

「ええ、そう望んでおられます」

カールはアサドを見た。アサドはまた何かつかんだようだった。

車に戻りながら、カールは近々敵を出し抜ける気がしてきた。今回の敵は悪党だけではない、殺人捜査課も含まれている。

先手を打つことができたら、大勝利だ！

現場にまだ残っている捜査員たちがカールに会釈をした。彼らと話をする気はなかった。知りたきゃ、自分で調べろ。

アサドは公用車の横に立って落書きを見ていた。きれいに化粧漆喰《しっくい》を塗った壁に、緑や白や黒や赤の派手な文字が躍っている。

〝イスラエルはガザ地区から出て行け。パレスチナをパレスチナ人に返せ〟とデンマーク語で書かれている。

「つづりが間違っています」アサドはそう言って車に乗った。

おまえは間違わないのか？　カールは心の中で突っ込みを入れた。

カールは車を発進させると、助手席をちらりと見やった。アサドは目を計器盤にじっと注いだまま、どこか遠くに行ってしまっていた。

「おい、アサド、今どこにいるんだ？」

アサドの目に変化はなかった。「ここです、カール」アサドは言った。

その後は警察本部に戻るまで、二人はひと言も言葉を交わさなかった。

9

小さな信徒会館の窓は真っ赤に焼かれた金属の板のように見えた。もう礼拝は始まっている。

彼は、控室でコートを脱ぐと、いわゆる汚れた女たちに挨拶をした。生理中の女は中には入れず、喜びの歌を外から聞いていなければならない。彼は忍び足で二重扉から中に入った。礼拝はすでに会衆が最後に立ち上がり始めるところまで来ていた。彼は何度か出席しているが、典礼はいつも同じだった。今、牧師は自分で縫った祭服に身を包んで祭壇の前に立ち、ここでは〝生きる慰め〟と呼んでいる聖餐式の準備をしている。まもなく牧師の合図で子供もおとなもみんな立ち上がり、無垢《むく》な白いシャツ姿で、頭を垂れ、早足で牧師に向かって歩いて行くだろう。

こうして祭壇まで歩いて行きながら、信者たちは一週間のクライマックスを迎える。祭壇では牧師の姿をした神の母が会衆に聖杯とパンを与える。まもなく全員が母の広間で踊り始め、聖霊によってイエス・キリストを生んだ神の母を賛美する声が次々とあがる。口からあふれでる言葉で、まだ生まれぬすべての子供のために祈り、互いに抱き合い、神の母が神に身を委ねたことを思い起こし、さらに言葉は尽くされていく。

なにもかもがまったくのナンセンスだった。

彼は後ろの壁際にすばやく移動すると遠慮がちにそこにじっと立っていた。敬虔な信者が微笑みかけてきた。誰でも歓迎するという意味だ。そして会衆はまもなく忘我の境地に入ると、彼が神の母に引き寄せられ、彼らのもとに来たことを感謝する。

その間、彼は今回のために選んだ家族を観察していた。父親と母親と五人の子供。ここの信者の中では子供の数はこれでも少ないほうだった。

上のふたりの息子の後ろに白髪まじりの頭の父親が見え隠れしている。その前で三人の娘が長い髪をリズミカルに揺らして立っている。そのさらに前で、母親が他のおとなの女たちに混じって、目を閉じ、口を開け、両手を乳房の上に置いて立っている。女たちはみなそうやって立っている。現実を離れ、体を揺らし、神の母を身近に感じてトランス状態に陥っている。

若い女のほとんどは妊娠していた。ひとりは明らかに出産間近でシャツの胸のあたりに乳がしみ出ている。

男たちはその姿をうっとりと眺めている。〈神の母〉の信者にとって、生理の時期を除いて、女たちの体は何よりも神聖なものなのだ。

多産を賛美するこの集会の間じゅう、男たちは両手を股間の前で組み合わせている。年端のいかない子供たちは笑ったり、わけもわからずおとなの真似をしたりしている。三十五人典がひとつになっていた。こうして共にひとつになることこそが、〝母の教令〟と呼ばれる教典に細かく説かれているこの教会の教えだった。共に神の母を信じ、妻を信じ、それをよすがとして暮らしのすべてを築きなさい。それを聞いたとき、彼は吐きそうになった。

どの宗派にも、凡人にはとうてい理解できない独自の真理というものがある。牧師が信者たちにパンを授けながら恍惚として意味不明の言葉を口走っている間に、彼はその家族の真ん中の娘のマウダリーナを見ていた。

マウダリーナは物思いにふけっていた。聖餐式の意味を考えているのだろうか？ それとも、庭に隠している物のことだろうか？〈神の母教会〉の奉仕者に任命され、服を脱がされ、新鮮な羊の血を塗りたくられる日のことだろうか？ 男と引き合わされ、陰部をたたえられ、その男の子供をたくさん産むことを請われる日のことだろうか？ 理由ならいくらでもありそうだった。そもそも十二歳の少女の頭の中などわかるはずもない。わかっているのは本人だけだ。

彼が生まれ育ったところでは、儀式に耐えなければならないのは少年たちだった。少年たちは夢も希望も憧れも教会に委ねなくてはならなかった。もちろん肉体も。そのことを彼は十分すぎるほどよく覚えている。

だがここでは、それが少女たちに課せられている。

彼はマウダリーナと目を合わせようとした。やはり庭の穴のことでも考えているのだろうか？　それとも、彼女の中に信仰よりも強い力が目覚めたのだろうか？

どうやらマウダリーナはとなりに立っている兄よりも手強そうだった。だから彼は、ふたりのうちのどちらを選べばいいのか決めかねていた。

ふたりのうちのどちらを殺せばいいのかを。


一家が礼拝に出かけた後、彼は一時間待ってから家に侵入した。三月の太陽はすでに地平線に向かっていた。彼は二分で窓のかんぬきを抜き、子供部屋のひとつに忍び込んだ。

すぐに末娘の部屋だとわかった。だが、ここにはピンク色のものは一切なく、ハート型のクッションも並んでいない。バービー人形もなければ、クマの飾りが付いた鉛筆もない。ベッドの下に流行の靴もない。この部屋にはデンマークの平均的な十歳の女の子の目に映っているものは一切なかった。ここが末娘の部屋だとわかったのは、壁にまだ洗礼式用の晴れ着が掛けられていたからだ。それは〈神の母教会〉の慣わしだった。洗礼服は教会から貸し出されたもので、大事に手入れをし、いつか時が来れば家族の次の子孫に引き継がれる。それまで最後に生まれた子供が守ることになっている。毎週土曜日の安息の時間の前になると、ていねいにブラシをかけ、復活祭の前には襟とレースにアイロンをかける。

この神聖な服を長く守れることは、末子として生まれた子供の特権であり、格別に幸せなことだと言われている。

彼は父親の書斎に入ると、探しものを手早く見つけた。この家族の豊かさを裏付ける書類、すなわち最新の納税申告書だ。この申告書によって〈神の母教会〉は教区民のひとりひとりの居場所を確かめている。そして最後に電話番号帳を見つけた。中をのぞくと、〈神の母〉の国内外の信者の分布状況がわかった。この前に〈神の母〉で〝仕事〟をしたときから、中央ユラン地域だけでおよそ百人の信者が新たに加わっていた。

とんでもないことだ。

すべての部屋を見てまわった後、彼は再び窓から外に出た。そして、庭の片隅を見た。マウダリーナは悪くない場所を選んでいた。そこは家の中からも、庭のほかの場所からもほとんど見えなかった。

顔を上げると、雲に覆われた空が徐々に暗くなりかけていた。じきに真っ暗になる。急がなくてはならない。

どこから探そうかと思ったときに、芝生の端に小枝が突き出ているのを見つけた。彼は思わず笑みを漏らして、その小枝を慎重に横にのけた。そして手のひらほどの芝生を持ち上げると穴が現れた。

穴には黄色いビニール袋が敷かれていて、その上に折りたたんだ紙がのせられていた。

紙を広げるとまた笑みが漏れた。

そしてその紙をポケットにしまった。

信徒会館の中で、彼は長い髪のマウダリーナと、気の強そうな笑みをたたえた兄のセームエルを観察した。ふたりは安心しきって、ほかの信者たちと一緒に並んで立っていた。何も知らずに無邪気にこの先も生きていくことが許されている信者たち、そして、じきにある恐ろしいことを知って、耐えがたい思いを抱えながら生きていかなければならない信者たちと一緒に。

その恐ろしいことこそ、彼がこれからふたりにしようとしていることだ。

歌が終わると、会衆が一団となって彼を取り囲んだ。そして、彼の頭や上半身をさすり始めた。そうやって彼が神の母を求めてここに来たことを喜んだ。そうやって彼の信頼と期待に感謝した。誰もが彼に永遠の真理への道を示すことを許されたことに感激し、まるで酒に酔ったかのように恍惚としていた。そのあと、みんなは一歩下がって両手を上に伸ばした。まもなく、彼らは手のひらで互いをさすり始めるだろう。それは誰かひとりが突然倒れて、その震えている体に〝神の母〟が入り込むまで延々と続けられる。彼は誰が倒れるか知っている。その女の瞳孔はすでに恍惚とした輝きを放っている。背の低い若い女で、その最大の偉業はまわりを跳ね回っている三人の子供を産んだことだ。

女が倒れたとき、彼は他のみんなと一緒に天井に向かって叫んだ。ただ違っていたのは、他の者たちがあらん限りの力で解き放とうとしたものを、彼は自分の中に押しとどめたことだ。心の中の悪魔を。

会衆が階段の上で互いに別れを告げているとき、彼はそっと前に出て、兄のセームエルの足の前に自分の足を置いた。セームエルの体は階段の最上段から宙に投げ出されて下に落ちていった。セームエルの膝が床を打つ音が彼には死の音に聞こえた。首を吊って首の骨が折れたときの音のようだった。

すべてはあるべき通りに進んでいた。

これからの主導権は彼にある。これから起きることはすべて、変えることはできないのだ。

10

コンクリートブロックの家並みからテレビの光や音がもれ、キッチンの窓に主婦の姿が影絵のように浮かび上がっているレネホルト公園通りの自宅に帰る途中、カールはそんな街並みを眺めながら、まるで楽譜を持たずにオーケストラの真ん中にいる楽団員のような気分になる。

今日までどうしてそうなるのかわからなかった。なぜそれほどの疎外感を覚えるのか。胴回り一五四センチの会計係と腕が爪楊枝ほどしかないコンピューターおたくでも、結婚して一緒に暮らしていけるなら、なぜ自分もさっさとそうしないのだろう?

隣人のスージーがキッチンの青白い明かりの下で何かを焼いている。気づかれたので、カールはさりげない挨拶を返した。カールの枕の上で朝を迎えた後、彼女はちゃんと自分の家に戻っていた。そうでなかったらどうなっていたことか。

カールは疲れた目で表札を眺めた。いつのまにか新しい名前が加わり、カールとヴィガの名前を覆ってしまっている。まあ、モーデン・ホラン、イェスパ、ハーディと一緒にいれば寂しさは感じない。今も生け垣の向こうから何やら騒がしい音が聞こえている。これも一種の家庭と言えないこともない。

自分が夢見ていたものとは違うというだけで。

カールは、いつもなら家に入ったとたん、においで夕食の献立の見当が付いた。だが、今、鼻の穴に押し寄せてくるにおいはモーデンが思いつきで作る料理のにおいではなかった。そうだとしたら大変なことになる。

「ただいま」カールはモーデンとハーディが楽しくやっているはずの居間に声をかけた。誰もいない。その代わりに、外で何かが始まっていた。テラスの真ん中あたりの屋外用のヒーターの下に、ハーディのベッドが点滴装置やその他もろもろと一緒に置かれている。そのまわりをダウンジャケットを着たご近所さんやソーセージや缶ビールが囲んでいる。みんな、もうできあがっているようだった。

家の中に漂うにおいを追っていくと、カールはキッチンに行き着いた。テーブルの上に鍋が置いてあり、缶詰の肉のようなものが焦げて真っ黒になっていた。

「なんの騒ぎだい？」カールはテラスに出て行くと、上掛けを四枚重ねてぼんやりと微笑んでいるハーディを見ながらきいた。

「ハーディの腕に感じるポイントがあるのは知ってるよね」モーデンは言った。

「ああ、ハーディはそう言ってる」

モーデンは女性のヌード写真が載った雑誌を初めて手にして、今から広げようとしている

少年のようだった。「それから、片方の手の中指と人差し指にわずかな反射が見られること
も知ってるよね？」
カールはハーディを見つめて、ため息をついた。「何なんだこれは？　神経医学のクイズ
か？」
モーデンは赤ワインの飲み過ぎで変色した歯をむき出して笑った。「二時間前に、ハーデ
ィの手首が少し動いたんだよ。カール、ほんとうなんだ。それを聞いたらもうびっくりして
鍋を焦がしちゃったよ」そう言うと、モーデンが感激して両手を広げた。肉付きのよいその
体を、カールは思わず抱きしめたくなった。
「見てもいいかい、ハーディ？」カールは冷静に対応した。
モーデンは上掛けをのけて、ハーディの生白い肌をあらわにした。
「さあ、相棒、見せてくれ」カールが言うと、ハーディは目を閉じて、顎の筋肉が飛び出る
ほど歯を食いしばった。まるで体のすべての神経に指示を送ってみんなが注目している手首
に向かわせているようだった。顔の筋肉が震えはじめ、最後に息を吐き出すとハーディは力
を抜いた。
みんなは失望の声をもらし、考えられる限りの励ましの言葉をかけた。だが手首はぴくり
ともしなかった。
カールは励ますようにハーディにウィンクをして、モーデンを生け垣に引っぱって行った。
「説明しろ、モーデン。こんなおまつり騒ぎが何の役に立つ？　ハーディに対してもっと責

任を持て。それがおまえの仕事だろう。もうやめろ。哀れな男に希望をもたすな。何よりも、ハーディを見世物にするようなことはやめてくれ。俺は今から二階に上がってジャージに着替えてくるから、おまえは客を家に帰して、ハーディを元の位置に戻しておけ。わかったか？」

カールはモーデンのいいかげんな話には一切耳を貸す気になれなかった。聞いてほしけりゃ、ほかを当たれ。

「もう一度聞かせてくれ」半時間後、カールは言った。ハーディは元相棒の顔を穏やかな目で見ていた。こんな状態で長く寝たきりになっていても、堂々としてみえた。

「嘘じゃない、カール。モーデンは見てなかったが、そばに立っていた。手首がほんとうに少し動いたんだ。それに肩のところが少し痛む」

「だったら、どうしてもう一度できないんだ？」

「自分でも何をしたのかよくわからないんだが、勝手に動いたわけじゃない。あれは痙攣《けいれん》なんかじゃなかった」

カールは全身不随の相棒の額に手を置いた。「俺が医者から聞いている話じゃ、そんなことはありえないらしい。でも、おまえを信じるよ。あたりまえだろ。ただ、どう考えたらいいのかわからないだけだ」

「思うんだけどさ」モーデンが口を挟んだ。「ハーディの肩に感じるポイントがあるでしょ。そこが痛むって言ってるところ。そのポイントを刺激してみたらどうかな」

カールは首を横に振った。「ハーディ、どう思う？　俺は代替療法なんてものは信じないが」

「どうせ僕はここにいるんだし、害にはならないでしょ？」モーデンがきいた。

「うちの鍋が全部駄目になっちまう」

カールは廊下を見やった。フックに掛かっているはずのジャケットがまたひとつ足りない。

「イェスパは一緒に食べないのか？」

「ブレンスホイのヴィガのところに行ってる」

何だって？　イェスパのやつ、くそ寒い掘っ立て小屋に何しに行ったんだ？　ヴィガの新しい男を嫌っていたじゃないか。でかいメガネをかけた詩なんか書いている若造だぞ。詩を読んで聞かせては感想を求めてくるからうっとうしいと言っていたじゃないか。

「何やってんだ、まったく。あいつまた学校をさぼってるんじゃないだろうな？」また心配の種が増えた。大学入学資格試験まであと数カ月しかない。馬鹿げた成績評価システムや、おそまつな教育改革のことを考えると、イェスパはもう一度本気で腰を据えて猛勉強しなくてはならないはずだ。

するとハーディが言った。「落ち着け、カール。イェスパは毎日学校から帰ってきたら俺と一緒に勉強してる。ヴィガのところに行く前に、あいつにいろいろ質問して答えさせた。

あいつは大丈夫だ」

大丈夫だ？　あまりにも楽観的な意見だ。「そもそもなんで母親のところに行ったんだ？」

「むこうが電話してきたんだよ」ハーディが答えた。「ヴィガは参ってるらしいぞ、カール。人生にうんざりして、うちに帰りたいそうだ」

「うちに？　ここにってことか？」

ハーディはうなずいた。その瞬間、カールはほとんど気絶しかけた。モーデンはウィスキーを二回も取りに行った。


眠れぬ夜を過ごしたカールは、ふらふらしたまま朝を迎えた。

ようやく自分のオフィスの席についたときには、昨晩ベッドに入る前よりも疲れていた。

「あの後ローセから何か言ってきたか？」カールが尋ねると、アサドは、正体不明な団子のようなものがのった皿を黙って差し出した。まずは食べて元気になれということらしい。

「昨夜、ローセに電話をしましたが留守でした。お姉さんにそう言われました」

「そうか」カールはしつこく飛び回っているハエを手で追っ払い、皿の上のシロップから一匹を何とかして取り除こうとしたが、とてつもなく強情なやつだった。「今日は来るって、姉さんは言ってたか？」

「はい、お姉さんのユアサが来ます。ローセは来ません。出かけたそうです」

「どういうことだ？　ローセはどこに行ったんだ？　姉さんがここに来る？　何だそれは？」カールはシロップのハエから目を上げた。

「ユアサが言うには、ローセはときどき一日、二日行方をくらますことがあるけど、どうってことないそうです。また帰ってくるし、いつものことだと言ってました。でも、その間はユアサが来て、ローセの仕事を引き継いでくれます。ローセに入るお給料をあきらめる余裕はないと言ってました」

カールは激しく頭を振った。「何だと？　正規職員が勝手に消え失せといて、どうってことないだと？　そんなわけないじゃないか。その姉さんって頭がおかしいんじゃないのか？」まあ、それはローセが出てきたらわかることだ。「そのユアサってやつ、上の警備を通ってここに来ることなんてできないだろう」

「はい、ですから、守衛室とラース・ビャアン副課長には連絡しておきました、カール。その件は処理済みです。ビャアンさんはどうでもいいらしくて、お給料もほとんどそのままローセに支払われて、ローセが病気の間はユアサが仕事を代行することになりました。ビャアンさんはともかく人手があればいいって喜んでました」

「ビャアン？　処理済み？　それに病気と言ったか？」

「ええ、こういう場合はそう言うんでしょ？」

いや、ちがう、これは反乱だ。

カールは電話をつかむと、ラース・ビャアンの番号にかけた。

「もしもーし！」リスだ。

いったい今度は何が起きてるんだ？

「リス、これはラース・ビャアンの番号だよな？」

「そうだけど、今はわたしが面倒みてるの。ビャアンは今、本部長とヤコプスンと人事の件で会議中よ」

「悪いがちょっとつないでくれないか？　五秒でいい。彼と話があるんだ」

「ローセのお姉さんのことでしょ？」

カールの顔が引きつった。「どうして知ってるんだ？　君には関係ないだろ？」

「カール、わたしが業務代行者のリストを作成してないとでも？」

そんなものがあるとは初耳だ。

「じゃあ、ビャアンはローセの代行を俺にききもしないで勝手に決めたって言うのか？」

「カール、落ち着きなさいよ」リスは目を覚ませと言わんばかりに指をならした。「人手が足りないのよ。今だったら、ビャアンは誰でもオーケーするわ。見ればわかるじゃない。誰もよその仕事をやってる余裕はないのよ」

リスの玉を転がすような笑い声もこのときばかりは役に立たなかった。

K・フランスン・エングロス社は自己資本金こそ二十五万クローネそこその株式会社だが、評価額は一千六百万クローネだった。紙の倉庫だけでも、前年度は経済事情が大きく変わらない限りは八百万クローネと見積もられている。だが、K・フランスン社の主な取引先が週刊新聞と無料新聞である以上、経済危機の影響を間違いなく受けていることが問題だった。カールの試算では、経済危機による受注の低迷はK・フランスン社にとって大きな打撃だったはずだ。

だが、実際に興味が湧いてきたのは、同様に焼失したエムドロプとストックホルム通りの会社の類似点が明らかになってからだった。エムドロプの会社はJPP株式会社という名で、二千五百万クローネの年間売上げがあり、主に建設市場に建築用木材を供給している。昨年は好調だったと思われるが、今年は息も絶え絶えのはずだ。そして、ストックホルム通りの会社パブリック・コンサルトも、大手建築会社のために建築契約を取ってくることを生業としており、この景気の低迷を肌でひしひしと感じていると思われた。

しかし、不況のあおりを相当食っていることを除けば、この不運に見舞われた三つの会社に共通点はなかった。所有者も取引先も違っていた。

カールは指で机を叩いた。一九九五年のレズオウアの火災はどうだったのだろう？　やはり、突然きりもみ状態に陥った会社で起きた事件だったのだろうか？　ローセがいたらやってもらいたい調べ物がまたひとつ増えた。

「トントン」戸口で小さな声がした。

ユアサだな。カールは時計を見た。九時十五分。遅刻じゃないか。

「いったい何時に来てるんだ？」カールはドアに背中を向けたまま言った。何かで読んだことがある。相手に安心して背中を見せられる上司は強いリーダーシップの持ち主だと。カールは本気だった。

「約束してましたっけ？」鼻にかかった男の声がした。

カールはあまりにも勢いよく椅子を回したので、四分の一回転行き過ぎた。

トマス・ラウアスンだった。懐かしい顔だ。鑑識官でラグビー選手。ナンバーくじで莫大な金を当てて、また無一文になり、今は最上階の食堂で働いているという。

「トマスじゃないか。下りてきてくれたのか」

「有能な助手さんに、気が向いたら立ち寄ってくれと言われましてね」

戸口にアサドが茶目っ気たっぷりの顔を見せた。アサドのやつ、何しにラウアスンのところに行ったんだ？　本当に上の食堂まで行ったのか？　腹がびっくりするほどスパイスの効いた自慢料理にはもう飽きたのか？

「バナナを一本もらいに行ったんですよ」アサドはそう言って、黄色いものを振ってみせた。

バナナ一本のために最上階まで行ったって？

カールはうなずいた。アサドはどことなく猿に似ている。前々からそう思っていた。

カールとラウアスンは力強い握手を交わした。以前と変わらない心地よい痛さだった。

「嬉しいよ、ラウアスン。ところで、アルバツロンのユーディングから聞いたが、やむにやまれぬ事情で戻ってきたようだな」

ラウアスンは頭を前後に揺らした。「まあ、自分で招いたことです。銀行にしてやられましたよ。投資するのに銀行から金を借りることになって、以前は簡単にできたんですよ。いくらでも金をつぎ込めた。それが今は紙くずだ」

「銀行にも尻ぬぐいさせるべきだよな」カールは言った。ニュースで誰かがそう言うのを聞いたことがあった。

ラウアスンはうなずいた。そういうわけでまたここにいる。食堂の下っ端従業員として、パンを配って皿を洗う。デンマーク警察の最も優秀な鑑識官のひとりだったのに、なんてもったいない使い方をするんだ。

「満足してますよ」ラウアスンは言った。「昔の仲間に大勢会えるし、僕自身はもうみんなと一緒に出かけなくていいですからね」ラウアスンは変わらない笑みを浮かべた。「僕はもう自分の仕事が楽しめなくなってたんです。特に、一晩じゅう、バラバラ死体を捜し出さなくちゃいけない時なんかはね。五年間ずっと、こっそり姿を消そうと思わない日はなかったぐらいです。一文無しになってしまったけど、金のおかげで僕は足を踏み出せた。そういう見方もできるってことです。どんなことにも何かしらいい面はある」

カールはうなずいた。「君はアサドを知らないが、俺と食堂のメニューの話をしたり、ハッカ茶を楽しんだりするために、君をここまで引っぱってきたわけじゃないはずだ」

「ボトルメールの話をしてくれました。ある程度のことはわかると思います。その手紙を見せてもらえますか？」

なんだ、そうだったのか。もちろんだとも！

ラウアスンは腰を下ろし、カールはファイルから慎重に手紙を取り出した。アサドは彫刻の入った盆に小さなカップを三つのせ、バランスを取りながら踊るような足取りで中に入ってきた。

ハッカ茶の香りが部屋じゅうに広がった。「このお茶はきっとお気に召しますよ」アサドは歌うように言って、茶を注いだ。「このお茶は何にでも効くんです、ここにも」アサドは一瞬股間をつかむと、意味ありげにふたりを見やった。なるほど、そういうことか。

ラウアスンはもうひとつライトを点けて、証拠品の手紙に近づけた。

「誰が保存処理したかわかってますか？」

「エディンバラのラボです。スコットランド北部の」アサドはそう言って、カールがどこに置いたか考える間もなく、検査結果報告書を引っぱり出した。

「これが分析結果です」アサドがラウアスンの前に置いた。

「なるほど」ラウアスンは目を通すと言った。「思った通り、ギリアム・ダグラスが検査を指揮したんだな」

「知ってるのか？」

ラウアスンはブリトニー・スピアーズを知ってるか？　ときかれた五歳の少女のような目でカールを見た。特に尊敬しているというわけではなさそうだったが、カールは好奇心をかき立てられた。ギリアム・ダグラスって誰なんだ？

「これ以上掘り出せることはあまりないと思います」ラウアスンはそう言って、二本の指でカップを持ち上げた。「スコットランドのラボはできることはすべてやってますよ。紙を保存処理して、さまざまな光学技術と化学を用いて文字が見えるようにした。ごくわずかに印刷用インクの付着が認められていますが、どうやら紙の出所を特定しようとはしなかったようです。実際、物理的検査の大部分は我々に委ねられています。ところで、この手紙、ヴァンレーセの科学捜査部には回したんですか？」

「いいや。まさか、科学的な調査がまだ終わってないとは思ってもみなかった」カールはしぶしぶ答えた。こちらの落ち度だ。

「ほらここに書いてあります」ラウアスンは検査報告書の最後の行を軽くたたいた。

なんてこった。なぜ気づかなかったんだろう？

「ローセが気づいて言ってくれましたが、私は紙の出所なんか知る必要はないと思ってました」アサドが申し訳なさそうに言った。

「だったら、ずいぶん思い違いをしたってことですね。ちょっと待って」ラウアスンは立って、ズボンのポケットに指先をむりやり押し込んだ。鍛えた太ももにぴちぴちのジーンズをはいている。

カールは、ラウアスンがポケットからようやく取り出したルーペを何度も見たことがあった。小さな四角形で折りたたみ式になっていて、見たい物の上に立てることができる。下の部分は小さな顕微鏡に似ていた。切手収集家の標準装備品であり、ツァイス社製の最高級レンズが付いたプロ仕様のルーペは、ラウアスンのような鑑識官の必携アイテムだ。

ラウアスンは手紙の上にルーペを置くと、ぶつぶつぶやきながらレンズをずらしていった。左から右へ、一行一行、規則正しく。

「そのガラスを通して見たら、もっと読めるようになるんですか？」アサドがきいた。

ラウアスンは無言で首を横に振った。

ラウアスンが手紙の半分まで来たところで、カールは煙草が欲しくなった。

「ちょっと用をすませてくる、いいかい？」

ラウアスンもアサドもその言葉にはほとんど反応しなかった。

廊下に出ると、カールは机に座って、使われずに雑然と置かれた機械類を見つめた。スキャナー、コピー機、がらくたの数々。たったひとつ腹立たしいのは、ローセが出勤してきたら、また仕事を放り出して逃げられないように、言い分を認めてやって好きなようにさせてやらなければならないことだ。なんてお粗末なリーダーシップだ。

上司としての器のなさを認めたこのとき、階段から騒々しい音が聞こえてきた。バスケットボールがスローモーションで跳ねながら階段を落ちてくるような音に続いて、タイヤがパンクした手押し車のような音が聞こえてきたのだ。こっちに向かってきたのは、フェリーに乗ってスウェーデンに食料品の買い出しに行ってきた主婦みたいな女だった。とてつもなくかかとの高い靴にタータンチェックのプリーツスカートをはき、スカートとほとんど同じ柄のショッピングカートを引っぱり、古き良き五〇年代そのままの雰囲気を放っていた。そして、その格好の上に、ローセのクローンのような顔がきちんとパーマがかかったブロンドの髪に覆われてのっかっていた。カールはまるでドリス・デイの映画の中に迷い込んで、非常口を探しているような錯覚に襲われた。

煙草にフィルターが付いていなかったら、やけどをするところだった。

「あちっ！」カールはあわてて床に吸殻《すいがら》を捨てた。色鮮やかなスカートが足のすぐ前に迫ってきた。

「ユアサ・クヌスンよ」女はそれだけ言うと、爪を真っ赤に塗った指を二本差し出した。

これほど似ていながら、これほどかけ離れた双子が世の中にいるとは思ってもみなかった。

カールは最初の一秒からリーダーシップをとろうと固く心に決めていたにもかかわらず、わたしのオフィスはどこかときかれ、あそこの紙がはためいている壁の向こう側だと即座に答えていた。言おうと思っていたことはすっかり忘れていた。自分が誰で、どういう肩書きで、姉妹が同じ所で働くのは規則違反であり、こんなことはできるだけ早くやめてくれと言うはずだった。

「落ち着いたら、ざっと打ち合わせをしましょう。一時間後でいいかしら？」それが彼女の返事だった。

「何だったんですか？」カールが部屋に戻ると、アサドがきいた。

カールは陰鬱な目をアサドに向けた。「何だったかって？　問題発生だよ。そうだ、おまえが何とかしろ！　きっちり一時間後に、ローセの姉さんに事件のあらましを教えてやってくれ。いいな？」

「じゃあ、さっき通っていったのがユアサだったんですね？」

カールは目をつむってうなずいた。「わかったな、アサド。おまえが彼女と打ち合わせてくれ」

そして、カールはほぼ手紙を読み終えたラウアスンのほうを見た。「何かわかったか、ラウアスン」

皿洗いになった元鑑識官はうなずいて、小さなプラスチック片の上のまったく目には見えないものを指し示した。

顔を近づけて見ると、確かに毛先ほどの大きさの何かのかけらが載っていて、その横には何か丸くて小さくて平べったい透明なものがあった。

「こっちは木のかけら」ラウアスンが指さした。「手紙を書くのに使った道具の先が欠けたものだと思います。紙にささっていた方向が字を書く方向と一致していましたから。で、こっちは魚のうろこです」

ラウアスンは体を起こして、肩をまわした。「少し前進です、カール。ですが、この手紙はヴァンレーセに送って下さいよ。木の種類は比較的早く特定してくれるんじゃないかな。でも、うろこで魚の種類を特定するには、海洋生物学者が必要です」

「とても興味深いです」アサドは言った。「とても優秀なひとに来てもらえましたね、カール」

カールは頰を搔いた。「ほかに何かあるか、ラウアスン？　気になることとか」

「ええ、手紙を書いた人物が右利きか左利きがわからないんです。普通はこういう透水性のある紙だとわかるものなんですが、なぜわからないかと言うと、一定方向にしょっちゅう字の乱れが見られるんですよ。とても書きづらい条件下で書かれた手紙と言えますね。紙の下がでこぼこだったのかもしれないし、両手を拘束されていたのかもしれない。あるいは、字を書くことに慣れていなかったのかもしれない。それから、この紙は魚を包んでいた紙です。粘液が付着している。きっと魚の粘液です。瓶が密封されていたことを考えると、この粘液は海を漂っていた間に入り込んだものじゃありません。紙に付いているこの影みたいなものについてはよくわかりません。何でもないのかもしれないし、元からしみの付いた紙だったのかもしれない。でも、おそらくは瓶の中で付いたものだろうな」

「面白い！　ところで、実際のところ、この手紙をどう思うんだ？　引き続き我々で捜査を進める価値があるのか、それともばかげたいたずらか」

「ばかげたいたずらですって？」ラウアスンは上唇を引き上げて歪んだ前歯をむき出した。笑おうとしているわけではない。とすれば、ラウアスンの話を聞いたほうがよさそうだ。

「この紙には書いていた時に手が震えていたことを意味する傷がついています。ここを見て、木の先端が紙を離れる前に、細くて深いひっかき傷を付けているでしょう。こうした傷が一定の間隔ではっきりと見られる。レコード盤の溝みたいにね」ラウアスンは首を横に振った。

「カール、いたずらとは思えません。繰り返しますけど、この手紙は誰かが手を震わせながら書いたように見えます。不器用なだけかもしれないけれど、死ぬほどの恐怖を覚えていたのかもしれません。とにかく、これは本気で書かれたものですよ。僕ならそう即答しますね。

もちろん、実際のところはわかりませんが」

アサドは口を挟んだ。「紙の傷がそんなにはっきり見えるなら、文字ももう少しわかりませんか？」

「ああ、少しならね。だが、筆記具の先が折れたところまでだ」

アサドは手紙のコピーを差し出した。

「これに書き加えてもらえませんか？」

ラウアスンはうなずいて、再び手紙の原本の上にルーペを置いた。そして、一行目をさらに数分ほど調べた後で言った。「こうだと思うけど、責任は持てませんよ」

ラウアスンが数字と文字を書き入れたコピーを差し出した。

彼らはしばらくの間、ラウアスンが字を書き入れた文章を見ていた。沈黙を破ったのはカールだった。

「一九九六年て書いてあるな。てことは、あの瓶は引っ張り上げられるまでに六年間も海中にあったわけだ」

ラウアスンはうなずいた。「年数についてはかなり自信があります。〝9〟がふたつとも左右逆になってますけどね」

「だからスコットランドの連中は読めなかったのかもしれないな」

ラウアスンは肩をすくめた。その可能性はある。

その横でアサドが難しい顔をしていた。

「どうした、アサド?」

「やっぱりそうか、思っていた通りだ」そう言って、アサドは四つの単語を指さした。

カールは手紙に見入った。

「ここのところにこれ以上文字がないとすると、おかしいですよね」アサドは言った。

カールはようやくアサドが言っていることの意味がわかった。地球上のどこに行っても、誰よりも先にアサドは問題に気づくに違いない。まったく信じられない。この国に来てまだ数年の男にカールは出し抜かれたのだ。

アサドが指摘した四つの単語はそれぞれ〝二月〟、〝誘拐〟、〝バス停〟、〝髪〟に読めるが、すべてつづりに欠けた部分があった。

この手紙を書いた人物が正しく単語をつづれないことがこれで明らかになった。

11

ローセの部屋からユアサが何かしているような音はほとんど聞こえてこなかった。いい徴候だ。そのまま三日もいてくれたら、お払い箱にできる。そしたらローセは戻って来ざるをえない。金が必要だとユアサが言っていたからだ。

ファイルの中に一九九六年二月に誘拐事件があったことを示すものはなかったので、カールは古い火災事件のファイルを取り出して、レズオウア署のアントンスン警部に電話をかけた。アントンスンは食えないベテラン警察官だが、ユーディングのような役立たずにきくよりはましだった。いったいどうしてあのユーディングとかいうアホ野郎は、焼失した会社の経済状況について捜査報告書で一切触れていないのだろう。カールには考えられなかった。こんなことは第一級の職務怠慢だ。

「これはこれは」アントンスンは大きな声で言った。「カール・マークが電話をかけてくるとは何事かね？　迷宮入り事件のほこりを払い落とす男だからな」アントンスンはくっくと笑った。「アルプスのアイスマン殺害事件は解明したのかい？」

「ええ、エーリク五世の暗殺事件もね」カールは答えた。「で、まもなくそちらの古い事件も解決できるんじゃないかと思っているんです」

アントンスンは笑った。「何のことかはわかってるよ。昨日、マークス・ヤコプスンと話をした。きみは一九九五年の火災事件について知りたいんだろう？　報告書は読まなかったのかね？」

カールは鼻っ柱の強いアントンスンにあえて悪態をついた。「読みましたとも。だが、この報告書ときたらまったくの紙くず同然だ。いったい誰がこんなものを書いたんです？」

「馬鹿なことを言っちゃ困る、カール。ユーディングはちゃんと仕事をする男だ。何が不足だ？」

「焼けた会社についての情報ですよ。ユーディングはそのちゃんとした仕事とやらで、その情報についてはまったく触れていません」

「ああ、そんなことじゃないかと思っていたよ。だが、うちのどこかにまだ何か資料が残っているはずだ。というのは、火災の数年後にある告発を受けてその会社に会計検査が入ったんだ。結局、何も出てこなかったんだが、商売に関する情報ならさらにある。ファックスで送ろうか？　それとも、こっちから平身低頭出向いていって、君の玉座の前に献上したほうがいいかね？」

カールは笑った。自分が投げた球をこれほど当意即妙に打ち返してくる者にはそう出会えるものではない。カールの心はすっかり和《なご》んでいた。

「いえ、俺が行きますよ、アントンスン警部。コーヒーの用意をよろしく」

「おやおや」そう言って、電話は切れた。

カールはしばらくじっと座ったまま、テレビの画面に見入っていた。延々と流れるニューステロップでは、ギャングの抗争事件に巻き込まれて射殺された罪のないイラク人青年について報道されている。警察はどうやらコペンハーゲンの街頭を青年の葬列が練り歩くことを許可したようだ。だが、この決定を苦虫を嚙み潰したような顔で見ている保守的なデンマーク人も相当いることだろう。

そのとき、戸口で突然低い声が響いた。「何かすることあるかしら？」

カールは思わず体をすくませた。ふだん足音をしのばせて歩くような人間はここにはいなかった。しかも、ついさっきヌーの群れが通り過ぎるような騒々しい音を立てて歩いていたユアサが、突然音もなく現れたのだ。

ユアサは何かを手で追い払った。「やだ、ハエじゃない。気持ち悪い」

カールはハエを目で追った。いったいどこからわいて出てきてるんだ？　カールは机の上のファイルに手を伸ばした。ハエ一匹討ち取れないなんてことがあるもんか。

「落ち着いたんで、部屋を見たかったらどうぞ」ユアサは言った。聞き違えるほどローセの声と似ていた。

部屋を見たいかだって？　そんなわけないだろう。

カールはハエは放っておいてユアサのほうを向いた。

「じゃんじゃん仕事が欲しいって？　そりゃいい。だったらここは君にうってつけの職場だ。

手始めに、火事にあった会社の役員室に電話をかけてくれ。K・フランスン・エングロス、パブリック・コンサルト、JPP株式会社の過去五年間の決算書を請求して、当座借越額と短期借入金を見てくれ。いいな?」カールは三つの会社の名前をメモ用紙に書いた。

ユアサは何か卑猥なことでも言われたような顔でカールを見つめた。「いやよ、そんなの」

「なんでだ?」

「インターネットで探すほうがはるかに簡単なのに、電話にへばりつく理由がないからよ。ネットなら十分で片付くわ」

カールは恥ずかしくてユアサのスカートのひだの間に隠れたくなった。もしかすると、ユアサはけっこう使えるかもしれない。

「カール、ちょっと見てください」アサドは戸口でそう言うと、少し脇に寄って、部屋を出て行くユアサを通した。

「長い間眺めていたんですけど」アサドはボトルメールのコピーを差し出した。「しばらくすると、二行目に〝バレルプ〟という町の名前が見えてきたんです。それで、地図を見てバレルプのすべての道を調べたら、たったひとつここに当てはまる通りの名前がわかったんです。〝ラウトロプヴァング〟です。やはりつづりは少し違っていますが」

一瞬アサドは天井の下を飛び回っているハエに目をとめてからカールの顔を見つめた。

「どう思います、カール? これで合ってると思いますか?」アサドは手紙のその箇所を指さした。アサドが加筆したコピーにはこう書かれていた――
助けて
ぼくらは一九九六年二月…六日に誘拐された―
バレルプのラウトロプヴァングのバス停で―
男は身長一・八……、……髪―

カールはうなずいた。これで合っているように見える。いや、間違いない。すぐに文書保管室に行って該当する事件がないか調べる必要がある。

「うなずきましたね。合ってると思うんですね。ああ、よかった」アサドは叫んで、机に身を乗り出し、カールの頭のてっぺんにキスをした。

カールはびっくりして頭を引っ込め、アサドをにらみつけた。シロップ漬けの菓子や砂糖汁のようなお茶はまだいい。だが、アラブ式の感情の爆発はごめんこうむる。

「とにかく一九九六年二月の十六日か、二十六日のどちらかだってことはわかりました」アサドは真剣な顔に戻って話を続けた。「誘拐が起きた場所もわかりました。さらに、犯人は男で、身長が一八〇センチ以上あることも。この行で欠けているのはあと犯人の髪に関するわずかな単語だけです」

「そうだな、アサド。それと残りの六十五パーセントを解読するだけだ」カールは言った。

だが解釈はこれで間違っていないように思えた。

カールはアサドが加筆したコピーを手に、拡大コピーを見に廊下に出た。ユアサが指示通りに会社の決算報告書に取り組んでいるとは思っていなかったが、案の定だった。ユアサは廊下の真ん中に立ち、周りの世界から完全に切り離されて、ボトルメールに見入っていた。「おい、ユアサ」カールは声をかけた。「ちょっとどいてくれ、それは俺たちで片付けるから」だがユアサは一ミリたりとも動かなかった。

姉妹というのは行動様式まで似ることがよくわかったところで、カールは肩をすくめてユアサを放っておいた。そんな姿勢で立っていたら首が痛くなるぞ。

アサドと一緒にカールはユアサの横に立った。アサドの解読案と、壁に貼られた拡大コピーを見比べると、さっきまでは読めなかった文字がぼんやりと輪郭を現した。

アサドの解釈は確かになるほどと思わせた。

「見当違いってことはなさそうだな」カールは言った。そして、一九九六年にバレルプのラウトロプヴァングで誘拐があったことを示すような届け出がないか調べるようにアサドに言った。

戻るまでに調べをすませておくように指示すると、カールはレズオウアに向かった。

アントンスンは狭いオフィスで、パイプや細い葉巻の煙がよどんだ政治的に正しくない空気に包まれて座っていた。うわさでは、じっくり腰を据えて煙草を吸うために、全員が帰宅するまで残業しているという。夫は煙草をやめたのよと彼の妻から聞いたのはもう何年も前のことだが、妻が何でも知っているとは限らないようだ。

「これがダムフスデールの会社の会計検査の結果だ」アントンスンはそう言って、カールにプラスチック製のファイルを差し出した。「最初のページに書いてあるように、旧ユーゴスラビアの共同経営者とやっていた輸出入の会社だ。バルカン半島で内戦が勃発して国が崩壊した時は大変だったにちがいない。〈アムンゼン＆ムラジッチ〉といって今はかなり景気のいい会社だが、火災が起きた頃は、経営状態は最悪だった。だが当時の会社に不審な点はなかったし、今も我々は疑いを持っていない。だが別の言い分があるなら聞こう」

「アムンゼン＆ムラジッチですか。ムラジッチというのはユーゴスラビアの名前ですよね」

カールはきいた。

「ユーゴスラビアでも、クロアチアでも、セルビアでも、たいした違いはないさ。それに、アムンゼンもムラジッチももう会社に残っていないはずだ。だが、興味があるんなら、調べてみるといい」

「正直に言ってもらえませんか」カールは旧知の同僚の顔を見つめた。

アントンスンはちゃんとした警官だ。カールよりいくつか年上で、給与号級も常に上だった。だが何件か一緒に仕事をしたときに、ふたりがまるで同じ木で彫られたように性格が似ていることがわかった。

ふたりとも追従《ついしょう》は嫌いだし、宴席での政治的な談合などへとも思っていない。警察内で外交的な仕事にふさわしくない者がいるとすれば、このふたりだ。だから、アントンスンは本部長にはなっていない。カールがなる見込みもまったくなかった。

そんなふたりの間にたったひとつわだかまりができていた。それがこの妙な火災事件だ。その事実は変えるわけにはいかない。事件当時すでに、アントンスンはここの責任者だったのだから。

「俺が思うに」カールは先を続けた。「今コペンハーゲンで連続している火災事件を解明する鍵がこのレズオウアの事件にありそうなんです。この事件で見つかった遺体には、長年同じ指輪をはめていた痕跡と思われる指の骨の変形が認められています。同じ特徴が先日の三件の火災のうちの二件の犠牲者にもありました。だから、お尋ねしてるんですよ。正直に言って、アントンスン警部、当時この事件は徹底的に捜査されたんですか？　あなたにこうして直接きいてるんだから、答えてください。それで俺としてはけりがつきます。とにかく知っておく必要があるんですよ。あなたは、その会社といったい何があったんです？　当時から、このアムンゼン&ムラジッチと何かつながりでもあったんですか？」

「君は私が何か違法なことをやったと言ってるのかね、カール・マーク」アントンスンの表情は目に見えて険しくなり、友情の片鱗《へんりん》も感じられなくなった。

「いいえ。ただわからないんです。なぜあなた方が火事の原因を解明できなかったのか。なぜ遺体の身元が判明しなかったのか」

「つまり、君は私がいわば捜査妨害をしたと言ってるのか？」

アントンスンはカールにツボルグ・ビールを一本手渡した。カールはそのビールをそのまま持っていたが、アントンスンはすぐにゴクリと一口飲んだ。

古狐は口をぬぐうと、下唇を前に突き出した。「その事件は我々の眠気を吹き飛ばすような事件じゃなかったんだよ、カール。屋根が燃えて、ホームレスが死んだ。それだけだ。それと正直に言って私の手には負えなくなったんだ。だが、それは君が思っているようなことじゃない」

「だったら、どういうことです？」

「ローラがその頃、ここの管区の警察官と浮気をしていてな、私はそのせいで酒浸りになっていた」

「あのローラが？」

「ああ、ざまはないよ。だが、聞いてくれ、カール。家内と私は最悪の時期を切り抜けた。今は元に戻っている。だが、君の言う通りだ。私はもっと事件に集中することができたはずだ。それについては君に責められてもしかたがない」

「了解しました、アントンスン警部。この件はこれで終わりにしましょう」

カールは立ち上がって、砂漠に乗り上げた帆船のように横たわっているアントンスンのパイプに目をとめた。すぐにまた活躍し始めるにちがいない。ここにいる以上は。

「待ってくれ」カールが部屋を出かけたときにアントンスンは言った。「ちょっと聞きたいことがある。夏にレズオウアの高層住宅であった殺人事件のことは覚えているか？　あのとき私は君に、私の部下だったサミル・ガジが警察本部できちんとした扱いを受けなかったら黙っちゃいないと言っただろう。ところが、サミルがこっちに戻りたがっているという話が耳に入ってきた。転勤願いも出ているそうだ」アントンスンはパイプを手に取って軽くこすった。「サミルがなぜそんなことを言うのか、何か知らないか？　サミルは私には何も言わないし、私が知る限りでは、ヤコプスンもサミルを高く評価しているようなんだが」

「サミルがですか？　いや、わかりません。彼のことはほとんど知りませんからね」

「そうか。じゃあ、君にも伝えておいたほうがいいかもしれんな。捜査部Aの連中もわけがわからないそうだ。いっしょに聞いた話なんだがな、君の部下と関係があるかもしれないそうだ。何か聞いていないか？」

カールは思案した。なぜアサドが関係してなきゃならないんだ？　アサドは初日からサミルとは距離を置いていたはずだ。

今度はカールが下唇を突き出した。だが、そもそもなぜアサドはサミルと距離を置かなければならなかったのだろう？

「知りませんが、聞いてみますよ。ですが、サミルは最高の上司のところに戻りたいだけなんじゃないですか？　その可能性だってありますよ」カールはアントンスンに軽くウィンクしてみせた。「ローラによろしく」

ユアサはカールが出て行ったときとまったく変わらず、廊下の真ん中の極大サイズの手紙のコピーの前にいた。すっかり手紙に心を奪われているようだ。難しい顔で、フラミンゴのように片脚を上げて立っている。服装は別として、ユアサはまるでローセの等身大の複製だった。幽霊みたいで気味が悪かった。

「決算報告書はもう調べ終えたのか？」

ユアサはうわの空で額を鉛筆で叩きながらカールを見つめた。こいつは俺がここにいるのがわかっているのか？

カールは肺一杯に息を吸いこむと、ユアサの耳元でさっきと同じことを二度繰り返した。ユアサはびくっと身をすくませたものの、それが唯一の反応だった。

カールがこの妙ちきりんな姉をどうしたものかと思いながら、ちょうど背中を向けようとしたとき、ユアサがちゃんと聞けと言うようにひと言ひと言区切りながら言った。

「わたしはね、スクラブルとか、クロスワードパズルとか、知能テストとか、数独とかが得意なのよ。堅信礼とか、銀婚式とか、誕生日とか、記念日のために、それはそれはすばらしい詩が書けるの。なのに、これはなかなかうまくいかない」そう言うと、ユアサはカールのほうを向いた。「しばらくそっとしておいてもらえないかしら？　わたしがこの手強い手紙とじっくり取り組めるように」

何だって？　カールがレズオウアに行ってる間ずっとそこに立っていたくせに、まだしばらくここにいたいだと？　しかも、そっとしておいてくれときた。もうがまんできない。とっととあの買い出し袋に荷物を詰めて、タータンチェックのスカートに似合いのバグパイプでも吹き鳴らしながら家に帰れってんだ。

「親愛なるユアサ君」カールは決心すると口を開いた。「二十七分以内に、俺がどこを捜査すればいいのかコメントつきで年度末決算書を持ってくるか、それとも、俺が三階のリスに頼んでやるから、まったく余計な仕事をやってくれた四時間分の賃金の小切手を持ってすぐに帰るか、どっちかにしろ。わかったな？」

「あらまあ、一度にそんなにたくさんのことを言われてもわかんないわよ」ユアサはにっこり笑った。「ところで、さっきから言おうと思ってたんだけど、そのシャツとてもお似合いよ。ブラッド・ピットもそんなのを着てたわ」

カールは目を落として生協のスーパーマーケットで買ったチェック柄のシャツを見た。そのとたん、ユアサには何を言っても無駄だという気がしてきた。

カールがアサドの部屋に入っていくと、アサドは一番上の引き出しに脚を乗せ、青黒い無精ひげに受話器を押しつけていた。その前には、カールの部屋から持ってきたとおぼしき十本のボールペンが転がっていて、その下には名前や数字やアラビア文字が書かれた紙がたくさんあった。アサドはゆっくりと明瞭にあきれるほど正しい言葉でしゃべっていた。堂々とした体は威厳を放ち、香り高いトルココーヒーが入った小さなカップを親指と人差し指でつまむように持っている。何も知らなければ、三十五人の石油王のためにジャンボ機を一機チャーターしているアンカラの旅行業者に見えるだろう。

アサドは額にしわを寄せながらカールのほうを向くと、微笑んでみせた。

どうやらアサドも邪魔をしてほしくないようだ。

やれやれ、どいつもこいつもこの俺を邪魔にしやがって。その間にまぶたの裏側にレズオウアの火事の映像が流れて、目を開けたときには事件が解決していたらどんなにいいだろう。

だったら椅子に座ってちょっと居眠りでもするか。カールが椅子に座って脚を上げたちょうどそのとき、寿命を延ばしてくれるであろうこの魅力的な居眠り計画も、ラウアスンの声に阻止された。

「カール、瓶はまだありますか？」

カールは目をしばたたいた。「瓶？」カールはラウアスンの油染みだらけのエプロンに目を向け、机から足を下ろした。「ハエの糞ほどの大きさしかない三千五百個のガラスのかけらでよかったら、このポリ袋の中に入っているよ」

カールは透明の袋を取り出し、ラウアスンの顔の前に差し出した。「これがどうかしたのか？」

ラウアスンはうなずいて、一枚のかけらを指さした。それは他のかけらよりほんの少し大きいもので、袋の底に入っていた。

「さっき、スコットランドの鑑識のギリアム・ダグラスと話をしたんですが、瓶の底にある一番大きな破片に血液が付着しているから、それを探し出してDNAを分析したらどうかって言ってくれたんです。これですよ。肉眼でも見えるでしょう」

カールはルーペを貸してくれと言いかけたが、肉眼でもそれは見えた。決して多くはないが、血が固まっているようだった。

「そうなんです。手紙の血文字しか調べなかったみたいで。でも、あまり期待はしないほうがいいとも言ってました」

「スコットランドでは調べてなかったのか？」

「どうして？」

「分析するには量が少ないし、時間が経ちすぎているのはまず間違いないですからね。それに、瓶の中の環境や海水に浸かっていたことが遺伝子プールに影響を与えている可能性もあります。熱や寒さ、わずかな海水の侵入、光の変化。どれをとってもＤＮＡがもう残っていない理由になりますよ」

「つまり、劣化の過程でＤＮＡは変化するということか？」

「いや、変化はしません、分解されるだけです。ですが、不利な要因を考え合わせると、その分解が起こっている可能性が高いです」

カールはガラス片に付着した小さな点を見つめた。「もしも使えるＤＮＡが見つかったらどうなる？　俺たちは何から始めたらいい？　遺体がないから、遺体の身元を突き止める必要はないし、誰だかわからないんじゃ、血縁者のＤＮＡと照合する必要もない。そもそも誰がこの手紙を書いたのか、皆目見当もついてないんだ。だったら、何の役に立つんだ？」

「少なくとも肌の色、目の色、髪の色は特定できます。それだって役に立つんじゃないですか？」

カールはうなずいた。だったら試してみる価値はある。法医学研究所の法遺伝学課のスタッフがすばらしいことは知っている。カールはそこの副課長の講演を聴きに行ったことがあった。被害者が体に麻痺があって発音障害があるテューレから来た赤毛のグリーンランド人であることを突き止められる者がいるとしたら、それは法遺伝学課の連中だ。

「このがらくたを持って行ってくれ」カールは言って、ラウアスンの肩を叩いた。「近いうちにヒレ肉のステーキを食いに食堂に行くよ」

ラウアスンは笑った。「だったら、肉は自分で持って来て下さいね」

12

彼女の名前はリーサ。だが今は、ラーケルと名乗っている。七年間、ある男と一緒に暮らしたことがあったが、そのときは妊娠できなかった。粗末な小屋で来る日も来る日も不毛な暮らしを送っていた。最初はジンバブエ、次はリベリアだった。教室には褐色の肌に象牙のような歯がこぼれる子供たちの笑顔があふれていた。だが子供たちに勉強を教えるためには、リベリア国民民主党の地方議員や、挙げ句の果てはチャールズ・テーラー率いるゲリラ兵との交渉に何百時間も費やさなければならなかった。平和と救援を祈る日々だった。自由教員養成学校で教育を受けただけの新米教師が授業の準備に割いていられる時間はまったくなかった。さらに至る所に多くの罠や、越えることのできない溝があった。だが、それがアフリカだった。

ラーケルが通りがかりのリベリア国民愛国戦線の兵隊たちに暴行されたとき、一緒に暮らしていた男は助けようともせずに、彼女を運命に委ねた。

その男とはそれで終わった。

暴行された夜、ラーケルは傷ついた体でベランダに膝をつき、血まみれの手を合わせた。

神を畏れてこなかった人生で初めて天国を身近に感じた。「わたしをお赦し下さい。このまま何事も起きませんように」ラーケルは闇夜の空の下で祈った。「わたしに新たな人生を見つけさせてください。平和な暮らしを。良き夫とたくさんの子供たちとの暮らしを。お願いです、神様」

次の朝、荷造りをしていると生理が始まった。ラーケルは神に声が届いたことを知った。ラーケルの罪は赦された。

ラーケルを助けに来てくれたのは、隣国コートジボアールのダナネに新しくできた小さな教会の信者だった。ラーケルは、学校を出てから避難民たちに混じって、危険に満ちた幹線道路を二週間かけて歩いてバオブリに向かった。さらに国境を越えた後、国道A七〇一号線に突然現れた彼らがラーケルを穏やかな顔で迎えて宿を提供してくれたのだ。彼らはラーケルの姿を見て、傷が癒えるには時間がかかることを知った。この時を境に、ラーケルの新たな生きがいが開花していった。神はラーケルの声を聞いて、どの道を選べばよいのか示してくれた。

翌年、ラーケルは再びデンマークの地を踏んだ。悪魔とその悪行のすべては浄められ、ラーケルに子供を授けてくれる夫を見つける用意が整っていた。

夫の名前はイェンスと言ったが、今はヨシュアと名乗っている。親から引き継いだ農業機械の賃貸業をひとりで営むこの男にラーケルの肉体は惹かれていった。そして、イェンスもラーケルの脚の間に喜びを与えることに神の道を見いだした。

まもなくヴィボーの町はずれの教会は新たにふたりの信者を得て、その十カ月後にラーケルは最初の子供を産んだ。

そのときから、〈神の母〉はラーケルに新しい人生を与え、ラーケルに慈悲深くなった。十八歳のヨーセフ、十六歳のセームエル、十四歳のミーリアム、十二歳のマウダリーナ、そして十歳のサラはその証しだった。子供たちはぴったり二十三カ月の間隔を置いて生まれてきた。

〈神の母〉はあなた方を気にかけておられるのです。そんな声が聞こえるようだった。

ラーケルは新たに礼拝に加わった男に何度か教会で会っていた。ラーケルが〈神の母〉を讃えて歌っていると、男はよく彼女や子供たちを眺めていた。男の口からはラーケルがうれしくなるような言葉しか聞いたことがなかった。誠実そうで、愛想がよく、思いやりも感じられた。容姿もよいので、そのうち結婚して似合いの妻を教会に連れてくるだろうと思っていた。

男はみんなと打ち解け、周囲によい印象を与えていた。ヨシュアも真面目そうな男だと言っていた。

その夜、男が教会に来たのは四度目だった。ラーケルは男がここに留まる決心をしたのだと確信した。そして男にうちに泊まってくれと申し出たが、男は礼を言って断りながら、もう宿はあり、実はここに引っ越してくるつもりで、家を探しているところだと言った。あと

二、三日は滞在するので、近くに行ったときにはぜひお邪魔したいとも言った。

彼がこの土地で家を探している。そのことはもちろん教会で、特に女たちの話題になった。たくましい手とライトバンを持っている男は教会にとってはありがたい存在だ。おまけに男はかなり羽振りがよさそうだった。いつも身なりがよく、礼儀正しく、そつがなかった。将来は牧師になれるかもしれない。あるいは宣教師に。

彼ならどこに行っても好意的に迎えてもらえるにちがいなかった。

その翌日、男はラーケルの家の玄関の前に立っていた。あいにくタイミングが悪かった。ラーケルは生理が始まったばかりで頭痛を抱えていた。そんなときは、とにかく子供たちには部屋から出ないでほしかったし、ヨシュアには自分で自分の面倒を見てほしかった。

だが、ヨシュアは玄関のドアを開け、男をキッチンのオークのテーブルに招き入れた。

「だって、こんな機会はめったにないかもしれないよ」ヨシュアはそう小声で言って、ラーケルにソファから立ち上がってくれと切願した。「十五分だけだ、ラーケル。そしたら、また休めばいいから」

教会が新しい血を歓迎することを思い、ラーケルは立ち上がった。手で下腹を押さえてキッチンに歩いて行きながら、ラーケルは〈神の母〉が自分を試すためにあえてこのタイミングを選んだのだと自分に言い聞かせた。痛みは神の手に触れられている以外の何ものでもない。そのことを思い出さなくてはいけない。吐き気は燃えるように熱い砂漠の砂にすぎない。

彼らはみな学ばなければならない使徒なのだ。肉体が行動の邪魔をすることがあってはならないことを。

そして顔色の悪いラーケルは、無理に笑顔を浮かべて毅然《きぜん》として男に歩み寄ると、神の贈り物を接待した。

男は熱いコーヒーを飲みながら、レウレングとエルスボーで小さな農家を見て来たと言った。明後日か月曜日には、ラウンストロプとレーセンにも魅力的な物件があるので見に行くつもりだと。

「ジーザス！」ヨシュアは思わず驚きの声をあげたが、すぐに妻の顔をすまなそうに見た。ラーケルは〈神の母〉の息子の名前がみだりに使われることを嫌がるからだ。

「レーセンだって？」ヨシュアは先を続けた。「シュロプの森に行く道沿いにある家かい？ティーオド・ボネスンの家？　だったら、適正価格で買えるように便宜をはかってあげられるよ。あそこはもう八カ月は空き家になってるからね。いや、もっと経つかな」

男の目がぴくりと引きつった。ヨシュアは気づかなかったが、ラーケルは気づいた。その瞬間、ラーケルは何か違和感を覚えた。

「シュロプの森？」男は繰り返すと、止まり木を探しているかのように部屋を見回した。「それはどうだったかな。でも、まず家を見に行ってから、月曜日に連絡しますよ」男は笑顔に戻った。「子供たちは？　宿題ですか？」

ラーケルはうなずいた。男は特に話好きというわけではなさそうだった。もしかしたら、自分は少しこの男のことを買いかぶっていたのかもしれない。「今はどこに泊まってらっしゃるの？」ラーケルは話題を変えなかった。「ヴィボーに？」

「ええ、街中に昔の同僚がいましてね。数年前まで一緒に仕事をしてたんだが、彼のほうはもう年金暮らしなんです」

「もう？　燃え尽きるのが早すぎる人が多いですよね」ラーケルはそう言って、男と目を合わせた。

ラーケルを見ている男の目は穏やかだった。男はただ用心深いだけなのかもしれない。それは決して悪いことではない。

「燃え尽きる？　いえ、彼はそんなんじゃありませんよ。チャーレスは交通事故で腕を失ったんです」

男は手刀で、友人の腕が切断された場所を示した。それはラーケルの嫌な記憶を呼び起こした。男は品定めをするような目でしばらくラーケルを見ていたが、視線を落とすと言った。「あれはまったくひどい事故でした。それでも、彼はうまく折り合いをつけてやっていますよ」

突然、男は顔を上げた。「そうだ！　明後日にヴィネロプで空手の試合があるんです。セームエルを誘って一緒に見に行こうかと思っていたんですが、膝の具合はどうです？　まだ早すぎるかな。階段から落ちたとき、骨は折れたんですか？」

ラーケルは笑顔に戻って夫を見た。まさに隣人をこうして思いやり、心配するために、彼らの教会はあった。「あなたの隣人の手をとり、それをやさしくなでなさい」牧師がいつもそう言っているように。

「いや、幸い折れずにすんだんだ」夫は答えた。「膝と太ももの区別がつかなくなってるがね。二、三週間もすれば腫れもひくだろう。ヴィネロプで空手の試合が？　へえ、そんなものがあるのか」夫は顎をなでていた。それはもっと詳しく聞きたがっている証拠だ。「ちょっとセームエルに聞いてみるか。どうだい、ラーケル？」

ラーケルはうなずいた。安息の時間までに帰って来られるなら、そんなありがたいことはない。行きたいと言えば、ほかの子供たちも一緒に行けるかしら？

すると、男は表情を変え、申し訳なさそうに言った。「もちろん、みんなお連れしたいところなんですが、前の座席は三人しか乗れないし、後ろには人を乗せられないんですよ。でも、ふたりなら連れて行けますよ。ほかの子たちには申し訳ないが、また次の機会ということで。マウダリーナはどうです？　興味ないかな？　利発そうな娘さんだが。セームエルとは歳も近いですよね？」

ラーケルは微笑み、今度は夫も笑った。男の言葉のひとつひとつに愛情が感じられた。ラーケルがこのふたりの子供にどれほど心を寄せているかを知っているかのようだった。セームエルとマウダリーナ。このふたりは五人の子供の中でも自分に似ていた。

「じゃあ、そうさせてもらいましょうか、ヨシュア？」

「ああ、そうしよう」ヨシュアは微笑んだ。問題がないとわかれば、ヨシュアは人の誘いを断らない男だった。

ラーケルはテーブルの上に置かれていた客の手を軽く叩いた。冷たい手だった。

「セームエルもマウダリーナもきっと行きたがるわ」ラーケルは言った。「何時に出かければいいかしら？」

男は目的地までの所要時間を計算した。「試合が始まるのは十一時だから、十時でどうです？」

男が帰った後、神の平安に家が包まれたようだった。男はコーヒーを飲み終えると、至極当たり前のことのように、カップを流しに運んできれいに洗った。彼らに微笑みかけ、もてなしに感謝の言葉を述べ、そして別れを告げると帰っていった。

下腹の痛みはまだあったが、吐き気は消えていた。

隣人愛とはなんてすばらしいのだろう。神から人間への一番すてきな贈り物かもしれない。

13

「いい知らせはありません、カール」アサドは言った。

カールはアサドが何の話をしているのか見当もつかなかった。デンマーク放送協会のニュースチャンネル〈Ｕｐｄａｔｅ〉が、十億クローネ規模の環境救済策について二分間報じたのを見ただけで、カールはすでに夢うつつの状態にあった。

「何のいい知らせがないんだ、アサド？」自分の声が遠くで響いていた。

「方々調べ回って、いま確実に言えることは、問題の場所で未遂を含めて誘拐があったという報告がまったくないってことです。バレルプにラウトロプヴァングという名前の通りはあっても事件の報告はないんです」

カールは目をこすった。なるほど、アサドが言うように確かにあまりいい知らせではなかった。ただし、それはボトルメールのメッセージが真剣に書かれたものだという場合のことだ。

アサドはカールの前に立って、研いですり減ったジャガイモの皮むき用ナイフを、アラビア文字の表示しかない得体の知れない物が詰まったプラスチック容器に突っ込んだ。そして、期待に満ちた笑みを浮かべながら、何かを切り取って口に押し込んだ。そのアサドの頭上をまたあのハエがブンブン飛び回っている。

カールは天井を見上げた。少しばかりエネルギーを使って、あいつを天井に叩きつけてやろう。カールは適当な武器がないかと探した。すると目の前にいいものがあった。修正液の小瓶。最高品質の硬質プラスチック製。これなら致命傷間違いなしだ。

目標は定まった。カールは小瓶をハエに向かって思いっきり投げつけた。その瞬間、瓶のふたがちゃんと締まっていなかったことを知った。

アサドは白いどろっとしたものが壁をゆっくり垂れ落ちていく光景を愕然と見ていた。

ハエは逃げた。

「変なんですよ」アサドはつぶやきながら何かを噛み続けていた。「最初、ラウトロプヴァングっていうのは住宅街だと思っていたんです。でも、実際は会社や工業用地しかないんです」

「それで？」カールはアサドが食べているベージュ色のかたまりが発するにおいが気になってしかたなかった。これはバニラの香りか？

「だから、会社と工業用地なんです」アサドは繰り返した。「そこで何をしてたんでしょう？　誘拐されたと言っている人物は」

「そりゃ、働いてたんじゃないのか？」カールは言った。

すると、アサドはどう見ても疑っている目で言った。「それはないです、カール。通りの名前さえ正しくつづれないほど、字がちゃんと書けないんですよ」

「よその国で生まれていたら、そういうこともあるだろう、アサド。心当たりはないか？」

カールはコンピューターに通りの名前を入力した。

「見てみろ、アサド。会社のほかに、職業学校とか、工科大学とか、こんなにたくさんあるじゃないか。外国生まれの者や、若い者が大勢出入りしているはずだ」カールはある住所を指さした。「たとえば、このラウトロプゴー支援学校だ。ここは情緒面や社会的な問題を抱えている子供のための学校だ。そうか、だったら、やっぱりいたずらかもしれないな。ま、結論を急ぐのはよそう。手紙の残りの部分の解読がすんだら、教師に対する嫌がらせだったなんてことがわかるかもしれない」

「じゃあ、会社で働いていたとしたらどうです？　何社かありますよね」

「なあ、従業員が消えて、会社が警察に届け出ないなんてことがあると思うか？　忘れちゃならないのは、ボトルメールが示している地域に該当するような届け出が一切ないってことだ。他にラウトロプヴァングという地名はあるか？」

アサドは首を横に振った。「つまり、あなたは本当に誘拐があったとは思ってないんですね？」

「ああ、そうだ」

「その判断は間違っていると思います」

「言うじゃないか。だが、ちょっと待て、アサド、仮に誘拐があったとして、誘拐された人間が身代金を払って解放されたってことはないか？　その可能性はあるだろう？　解放された後、すべては忘れ去られた。その場合はもちろん捜査を進めることは難しくなるだろうな。何が起きたか知っているのは、秘密を打ち明けられたごくわずかの人間だけだろうからな」

アサドはしばらくカールの顔を見つめてから言った。「ええ、カール、私たちは何もわかっていません。その上、この事件の捜査はもうやめたほうがいいとあなたが言うんなら、私たちは何もわからずじまいになるってことですよね」

あとはひと言もしゃべらず、アサドは荒々しい足音を立てて部屋を出て行った。プラスチックの入れ物とナイフをカールの机の上に置き去りにして。何なんだ？　移住者ならつづりを間違うと言われたことが気に障ったのか？　ふだんならもう少し何かしゃべっていくだろうに。それとも、この事件に取り憑かれてしまって他に何も考えられなくなっているのか？

カールは頭を横に傾げて、アサドとユアサが廊下でしゃべっている声に聞き耳を立てた。不平不満のオンパレードだった。

そのとき、アントンスンに尋ねられたことがふと頭に浮かんで、カールは立ち上がった。

「いちゃついてるところ悪いが、ちょっと邪魔していいか？」カールは拡大コピーの前に根が生えたように立っているふたりに向かって歩いて行った。火災に遭った会社の年度末決算報告書をカールに提出した後、ユアサはすでにまたそこに張りついていた。要するに四、五時間そこにいたことになる。それなのに足元に置かれたメモ用紙にはまだ何ひとつ書かれていない。

「いちゃついてるですって？　その口を開ける前に、頭の中で考えていることを遠心分離器にかけたほうがいいわよ」そう言い捨てると、ユアサはまた手紙に向かった。

「アサド、聞いてくれ。レズオウア署の警部にサミル・ガジから転勤願いが届いている。サミルはむこうに戻りたいそうだ。そのことで何か知ってるか？」

アサドはわけが分からないという顔でカールを見たが、明らかに警戒していた。「なぜ私が知ってなくちゃいけないんですか？」

「おまえはサミルを避けてるだろ？　お互いあまり好感を持ってないんじゃないのか？」

アサドのやつ気分を害しているのか？

「あの男のことはよく知りません。たぶん前の職場に戻りたいだけでしょう」アサドは少し大げさに笑ってみせた。「ここの水が合わなかったんじゃないですか？　旅人を引き止めてはいけません」

「アントンスンにそう言っていいんだな？」

アサドは肩をすくめた。

「少しわかったわ」ユアサが言った。

ユアサははしごをつかんで、目的の場所に引っぱって行った。

「鉛筆で書くわね、また消せるように」はしごの上から二段目で言った。「さて、これでどうかしら。あくまでも一案だけど。特に、〝髪〟から後の言葉を少し考えてみたの。なぜかというと、この手紙を書いた人物は単語を正しくつづる能力に重大な問題を抱えている。だけど、それがわかると、解読できる箇所はけっこうありそうよ」

アサドとカールは顔を見合わせた。それは俺たちが彼女に言ってやったんだよな？

「たとえば、ここは自信があるわ。一字足りないけど、〝脅した〟って言ってるのよ」

もう一度、ユアサは自分の作品を見た。「そうだ、ここもかなり自信があるわ。〝ブルー〟よ。でも、自分の目で一度見てちょうだい」

ユアサの加筆により、またいくつか新たな言葉が浮かび上がってきた――

助けて
ぼくらは一九九六年二月……六日に誘拐された――
バレルプのラウトロプヴァングのバス停で――
男は身長一・八……、……髪――
……………そして右の……に傷あと――
ブルーのライトバン……………………――
親が知っている男だ――
……は…………B――男はぼくらをおどして…………――
ぼくらは殺される――
男はまずぼくの……………弟の………………――

ぼくらは一時間近く車に乗って

……どこかの海辺にいる――――ここは臭い――

……………………――

……は……………………歳――

……………………――

P……………

「どう?」ユアサはカールとアサドに背中を向けたまま言った。

カールは手紙の文章を何度も読み返した。説得力があると認めざるをえなかった。この手紙は、いまや、教師や誰か嫌なやつに対する悪ふざけのようには見えない。

それでもこのSOSが本物かどうかを判断できるのは、結局は専門家だけだ。専門家がこの手紙の信憑性を証明したら、憂慮すべきことがこの文章の中にふたつ書かれている。

まず誘拐犯は〝親が知っている男〟とある。知人の子供を誘拐するとはどんな了見の男だ。

そして、〝ぼくらは殺される〟と書かれている。

その後に〝かもしれない〟とは続いていない。

「誘拐犯の体のどこに傷痕があるのかがわからないのよね。それが腹が立つわ」ユアサは金色の巻き毛に両手を埋めた。「ここに入りそうな体の部分って多いのよ。腕、足、膝……おまけに正しく字が書けない人が書いてるわけだし、何だってありうるわ。ねえ、傷痕は手足のどこかだと考えていいかしら？　頭部や胴体で適当なのが思いつかないんだけど。あなたたちはどう？」

「そうだな」カールは少し考えた後に言った。「〝右の〟とあるから、耳と尻くらいだな。それ以外は思いつかないし、尻ってことはないだろう。尻はたいてい隠れているから、傷があっても見えない。脚もそうだ」

「こんな冷蔵庫みたいな国で、二月に外から見えてる体の部分ってどこだろう」アサドがうなった。

「服を脱いだのかもしれないわ」ユアサはそう言って目を輝かせた。「猥褻《わいせつ》行為があったのかもしれない。そのために誘拐したのかも」

カールはうなずいた。残念ながらその可能性はある。

「寒いときに見えているのは首から上だけです」アサドはカールの耳をじっと見つめた。「髪があまり長くなければ、耳は見えますよ。目はどうです？　目に傷痕がつくことってありますか？」アサドは想像した。そしてようやく判定を下すと言った。「目じゃないです、それはありえない」

「なあ、おまえたち、ちょっと休もう。まず俺たちに必要なのは明確なイメージだ。法医学研究所の遺伝学ラボが役に立ちそうなＤＮＡを見つけてくれることを期待しよう。だが、残念ながらそれには時間がかかる。それまでは我慢だ。待っている間にここで何かできることはあるか？」

ユアサが振り向いた。「腹ごしらえよ！　甘いパンでもどう？　トースターも持ってきたわ」

ギアの切り替えがスムースに行かなくなったら、油を差さなければならない。それに今は、特捜部Qがセカンドギアに切り替えることは難しい。オイル交換の時だとカールは思った。

「もう一度、事件を全部洗い直して、別の観点からも検討してみよう。一緒にやるか？」

ふたりはうなずいた。アサドは少しためらっていたかもしれないが。

「すばらしい。では、株式会社の年度末決算書はおまえが引き継いでくれ、アサド。ユアサ、きみはラウトロプヴァングの企業、施設すべてに電話をかけてくれ」

カールは自分を納得させるようにうなずいた。これでいい、事務員に文書保管室まで下りてもらうには、若い元気な女性の声が必要だ。

「古い職員や従業員に突然来なくなった生徒や同僚を覚えている者がいないか、管理部の人間に聞いてもらってくれ」カールは言った。「それと、ユアサ。話を聞くときに、一九九六年二月に何があったかすぐに思い出せるようなキーワードをいくつか言ってやるといい。確かこのあたりは当時整備されたばかりだったはずだ」

そのときアサドがうんざりした様子で立ち去った。役割分担が気に入らないことは容易に察しが付いた。だが、決定権があるのはカールだ。それに、火災事件のほうがはるかに実質がともなっていることは今も変わっていない。なんと言っても三階の捜査部Aの連中を出し抜けるのはこの火災事件の捜査のほうだ。だから、アサドは怒りをのみ込んで、さっさと腕をまくって仕事にかかり、ユアサはのらりくらりとボトルメールに時間を費やしていればいいのだ。

カールはユアサが立ち去るのを待って部屋に戻ると、ホアンベクの脊椎損傷専門病院の電話番号を調べた。

「医長先生とお話しできますか。他の先生しかいらっしゃらないなら、けっこうです」カールはそう言ったものの、おそらく聞き入れてもらえないことはわかっていた。

五分後、第一助手の医師が電話に出た。

あまり嬉しそうではなかった。「ええ、あなたがどなたかは、ようくわかっていますよ」疲れた声で言った。「ハーディ・ヘニングスンさんのことですね？」

カールはざっと状況を説明した。

「なるほど」医師は鼻にかかった声で言った。なぜ医者というのはちょっと昇格したとたんにこういう声になるのだろう？

「つまり、ハーディ・ヘニングスンさんのようなケースで神経索が再生する可能性があるかどうかってことですね」医者は先を続けた。「いいですか、ハーディ・ヘニングスンさんの場合、もはや我々がこの病院で毎日観察できる状況ではないということが問題なのです。ですから、我々が本来やらなくてはならない評価もできていません。そちらのご希望でお宅に引き取られたんです。どうかそのことをお忘れなく。我々はご忠告申し上げたはずです」

「ええ、ですがね、ハーディはその病院にいたら、とっくに死んでいたでしょう。今は少なくともある程度は生きる意欲を取り戻しています。それって大切なことじゃないですか？」

医者は口をつぐんだ。

「そちらのどなたかに一度来ていただいて、診てもらうことはできませんか？」カールは続けた。「ひょっとすると、すべてを評価しなおすきっかけになるかもしれません。彼にもあなたにも悪い話じゃないと思いますが」

「彼は手に何かを感じているとおっしゃるんですね？」医者はようやく口を開いた。「以前にも指骨の何本かに痙攣《けいれん》は見られましたから、それと混同しているのかもしれません。反射性のものだと考えられます」

「つまり、脊髄にあれだけの損傷を受けたら、二度と機能しなくなるということですか？」

「カール・マークさん、今ここでお話ししているのは、彼がまた歩けるようになるかではありません。それなら、答えはノーです。ハーディ・ヘニングスンさんは首から下が麻痺していて、ベッドに寝たきりです。しかし、その腕の一部で何かを感じられる可能性があるかどうかはまた別の問題です。まあ、私としてはそうした小さな収縮が起きたからといって期待はしないほうがいいと思います、決して」

「手を動かせてもですか？」

「そんなことは考えられません」

「では、来てはもらえないんですね」

「そうは言ってません」紙を繰る音が聞こえた。おそらくカレンダーだろう。「いつがいいんですか？」

「できるだけ早くお願いします」

「とりあえず診てみましょう」

少し経ってから、カールがアサドの部屋に行くと、もぬけの殻《から》だった。

机の上にメモが置いてあった。〝これが数字です〟と書かれていて、その下にはよそよそしく〝敬具　アサド〟とあった。

あいつそんなに怒っているのか？

「ユアサ」カールは廊下越しに呼んだ。「アサドはどこだ、知ってるか？」

答えはなかった。

相手が折れて来なければ、自分のほうから折れて出ろということか。カールはユアサの部屋に向かった。そして部屋をのぞいたとたん、鼻先に雷が落ちたかのように、後ろに飛びのいた。

ローセのモノクロで統一されたシンプルで味気ない部屋が、キラキラ光るバービー人形の夢の世界をこよなく愛する十歳の少女でも思いつかないような部屋に突然変異していたからだ。どこもかしこもピンクだらけ、マスコットだらけだった。

カールはぐっとこらえて、視線をユアサに移した。「アサドを見なかったか？」

「三十分前に出て行ったわ。明日また来るって言って」

「何か用事があったのか？」

ユアサは肩をすくめた。「ラウトロプヴァングについての報告書なら半分できてるわよ。持って行く？」

カールはうなずいた。「何かわかったのか？」

ユアサはサクランボ色の唇をゆがめた。「全然。ねえ、誰かに言われたことない？　あなたの笑顔、グウィネス・パルトロウとそっくりだわ」

「グウィネス・パルトロウって女じゃなかったか？」

ユアサはうなずいた。

自分の部屋に戻ると、カールはローセの自宅に電話をかけた。あと二、三日、ユアサと一緒にいたら、何の保証もできなくなりそうだった。特捜部Qがうさん臭いなりにもその水準を保とうとするなら、ローセに大至急自分の机に戻って来てもらわなければならない。

今度は応答メッセージが聞こえてきた。

「ローセとユアサはただいま女王様に謁見中です。祝宴が終わりましたら、折り返しお電話します。お名前とご用件をどうぞ」そして発信音が鳴った。

ふたりのどっちがしゃべっているのか、神様だって知りたいだろう。

どっと疲れた気分でカールは椅子に体を沈めると、手で煙草を探った。誰かが郵便局に今ならいい仕事があると言っていたことを思い出した。

その誘いに心が惹かれた。

カールの気分は、一時間半後に自宅の居間に足を踏み入れ、医者がハーディのベッドをのぞき込み、そしてその医者の横にヴィガが立っていることを知ると、またしても上向きになり損ねた。

医者に丁重に挨拶すると、カールはヴィガを脇へ引っぱって行った。

「ここで何をやってるんだ？　用があるなら、まず電話をかけてこい。こんなふうに勝手に来られるのを俺が嫌がることぐらい知ってるだろ」

「カールったら、かわいい」ヴィガは髭をじゃりじゃりいわせながらカールの頬をなでた。「毎日あなたのことを考えているのよ。だから、またここに引っ越してくることに決めたの」ヴィガの説明にはかなり説得力があった。

カールは驚いて目をむいた。ヴィガは本気だ。この離婚したも同然のど派手な女房が。

「ヴィガ、駄目だ、ありえない。そんなこと、まったく俺には想像できない」

ヴィガは二、三回まつげをぱたつかせた。「わたしには想像できるわよ。それに、この家の半分は今でもわたしのものなのよ。そのことを忘れないで！」

その瞬間、カールは医者がすくみ上がるほどの怒りの発作を起こした。ヴィガはそれに涙で応酬した。タクシーがヴィガを乗せてようやく走り去っていくと、カールは家の中で一番太いフェルトペンをつかみ、表札のヴィガ・ラスムスンと書かれたところに極太の線を一本引いた。くそっ、もう潮時だ。こうしてやる。遅すぎたくらいだ。

そしておそらく離婚の潮時でもある――その場合、ヴィガにどれだけ金を払うことになるのだろう。

カールは一晩じゅうベッドの上に背筋を伸ばして座ったまま、想像上の離婚弁護士と果てしないやりとりをした。

離婚すればカールは破産することになりそうだった。

ホアンベクの病院から早速医者が来てくれたこともカールの慰めにはあまりならなかった。医者は実際にハーディの腕に恐ろしく弱いものではあるが神経の活性を認めた。

そのことは医者をよい意味で動揺させた。

次の朝、カールは五時半に警察本部の守衛室の前にいた。ベッドの上で座り続けているよりはましだった。

「おやおや、こんな時間におでましですか、カール」柵越しに当直の警官が言った。「助手さんがびっくりするんじゃないですか」

カールはきき直した。「どういうことだい？　アサドがもう来てるのか？」

「ええ、ここ数日、いつもこの時間には来てますよ。知らなかったんですか？」

そんなことは初耳だ。

やはりアサドは来ていて、おまけに廊下で祈りを捧げたらしい。祈禱用の敷物が置きっぱなしになっていた。こんなことは初めてだ。儀式はいつもアサドの部屋で行われている。彼のプライバシーだからだ。

アサドは誰かと電話でしゃべっていた。相手は耳が聞こえにくいのだろう。会話はすべてアラビア語で進行していたが、アサドの口調は必ずしも友好的とは言えなかった。だが、アラビア語の場合、そのあたりのことは判断がつきにくい。

アサドの部屋をのぞくと、やかんからもうもうと湯気が出ていてアサドの後頭部のまわりを漂っていた。アサドの前にはアラビア語で書かれたメモが置かれ、コンピューターの画面には口ひげを生やして大きなヘッドホンを付けた年配の男の顔が粗い粒子の中に浮かんでいた。そのとき初めてアサドもヘッドセットを付けていることに気がついた。ということは、スカイプを使ってシリアの家族とでも話をしているのだろう。

「おはよう、アサド」カールは声をかけた。カールがこんな時間に出勤してきたら、アサドが驚くのは当然だった。だがこれほどまでの反応は予想していなかった。カールはアサドの全身に衝撃が走るのを見た。

アサドとしゃべっていた老人が不安そうにカメラに顔を近づけている。おそらく、老人のモニターにはアサドの後ろに立っているカールの姿が映っているのだろう。

老人は早口で何かをつぶやくと接続を切った。アサドは椅子からずり落ちそうになって、床に落ちたものを拾い集めようとしている。

いったいここで何してるんです？　と目が言っている。まるでカールがビスケットの缶ではなく、金庫に両手を突っ込んでいるのを見とがめているような目だ。

「すまなかった、アサド。驚かすつもりはなかったんだ。大丈夫か？」カールはアサドの肩に手を置いた。シャツは冷たく、汗で湿っていた。

アサドはスカイプのシンボルマークをすばやくクリックしてモニターの画面を切り替えた。誰とコンタクトを取っていたのかカールに見られたくないのだろうか。

申し訳なさそうにカールは両手をあげた。「邪魔はしないよ、アサド。先に用事をすませてくれ。その後で俺の部屋に来てくれないか」

アサドはひと言も発しなかった。そんなことはこれまでほとんどなかったことだった。

自分の部屋の椅子に腰を下ろしたときには、カールは精も根も尽き果てていた。ほんの数日前はまだ、警察本部のこの地下室は自分を解放してくれる場所だと思っていた。ふたりの忠実な部下がいて、日によっては居心地がいいと言ってもいいくらいの雰囲気があった。それが今、ローセは妙ちきりんな女に取って代わられ、おまけにアサドまで以前とは変わってしまった。こんな状況では、絶えず打ち寄せてくる日々のわずらわしさからここに逃げてくることもできなくなる。今だって、ヴィガに全財産を取られそうで頭を抱えているというのに。

こんちきしょう。

目を上げると、数カ月前に自分で壁に貼った〝デンマーク国家警察長〟の募集広告が目に入った。こんな職に就きたいものだと思った。ぺこぺこへつらう部下に囲まれ、ただで旅行に行け、騎士十字勲章や、ヴィガも口を閉じるくらいの給料がついてくる。こんないい仕事がほかにあるか？　七十万二千二百七十七クローネに手当までつくそうだ。たいそうな額だ。だが募集の期限は過ぎていた。志願し損ねたことに腹を立てていると、突然アサドが現れた。

「カール、さっきのことについて説明しなくちゃいけませんか？」

さっきのことって何だ？　スカイプをしていたことか？　こんな早朝に出勤していたことか？　あんなに驚いていたことか？

どれも妙なことではあった。

カールは首を横に振って、時計を見た。通常の始業時刻までまだ一時間あった。「なあ、アサド、こんな朝早くに来てすることといったら大事な用件だったにちがいない。俺だってめったに会えない誰かとしゃべりたい気持ちくらい理解できるさ」

アサドはほっとしたようだった。やっぱり何かがおかしかった。

「レズオウアのアムンゼン&ムラジッチ社と、ドーデア通りのK・フランスン社、それにJP社とパブリック・コンサルトの年度末決算書を調べました」

「了解。で、何か俺に言っておきたいようなことはあったか？」

アサドは頭をかいた。「みんなかなりしっかりした会社のようです。だいたいのところは」

「それで？」

「ただし、火災前の数ヵ月はそうでもありません」

「何を見てそう思ったんだ？」

「その時期にお金を借りています。それに、受注が減っています」

「つまり、まず受注が減って、金がなくなって、それで金を借りているんだな？」

アサドはうなずいた。「ええ、そうです」

「で、その後はどうなった？」

「それについてはレズオウアの事件しかわかりません。他の火災はまだ起きたばかりですから」

「で、レズオウアではどうなった？」

「まず、火災が起きて、次に保険金が入って、借金を返しています」

カールは煙草に手を伸ばし、一本取り出して火を点けた。それはまた古典的な手口だな。保険詐欺としか言いようがない。だが小指に特徴のある遺体はそこで何をしていたんだ？

「どんな種類の借金だった？」

「短期の借入です。一年間の。先週の土曜日に火災があったストックホルム通りのパブリック・コンサルトの場合は、たったの六ヵ月です」

「で、借入の期限がきたときに会社には返す金はなかったんだな？」

「はい、私が見た限りでは」

カールが煙を吐き出すと、アサドは二歩後ろにさがって手で払いのけた。カールは無視した。自分の縄張りで自分の煙草を吸って何が悪い。ここのボスは誰だ？

「金の借入先はどこだった？」カールはきいた。

アサドは肩をすくめた。「いろいろです。コペンハーゲンの銀行でした」

カールはうなずいた。「わかった、いくつか名前を教えてくれ。それと銀行の背後関係もな」

するとアサドはほんの少しうなだれた。

「わかった、わかった、慌てなくていい、アサド。銀行が開いてからでいい。それまでまだ二時間ある。気楽に考えろ」

だが、アサドはほっとして見せるどころか、まるで逆だった。

まったく何なんだよ、ふたりとも！　廊下で大声でしゃべってカールに対する反感を隠そうともしない。まるでユアサとアサドでタッグを組んでいるみたいだった。仕事の分担を決めるのは俺だ。こんな状態が続くようなら、ふたりとも緑色のゴム手袋をはめて、地下室の床を自分の姿が映るまで磨くことになるぞ。

アサドは頭を上げると、無言でうなずいた。「私もあなたのお邪魔はしませんよ、カール。用がすんだら、私のところに来て下さい、いいですね」

「どういうことだ？」

アサドがにやりと笑ってみせた。いったい今度は何なんだ。「後できっと大忙しになるだろうと思って」アサドはそう言って、意味ありげに片目をつむった。

「何だよ、それ？　おい、アサド、何の話をしてるんだ？」

「もちろんモーナさんですよ。とぼけたって駄目ですよ。彼女が帰ってきたこと知ってるんでしょう」

14

アサドが言った通り、モーナ・イプスンが帰ってきた。熱帯の太陽の光を放っていたが、ずいぶん変化も見られた。魅力的だが、見過ごせない小じわが目の周囲に刻まれていた。

カールはその朝、長い間、地下室に引きこもり、モーナの防御メカニズムをただちに骨抜きにできそうな言葉を練習していた。彼女がここを通りかかったときに、カールに穏やかな目を向け、少し立ち寄っていこうかしらという気にさせる言葉を。

だが、そんなことは起きなかった。その朝、地下室に下りてきた女性は相変わらずユアサだけだった。ユアサはショッピングカートを引っぱって出勤してくると、その五分後には廊下に立ちはだかっておそろしく高い声を張り上げた。「みんな、焼きたてのトーストはいかが！　手数料はとらないわ！」

かんべんしてくれ。こんなことならさっさと上に行っていればよかった。

しかし、待てど暮らせど姿を現さないモーナ・イプスンをカールが自分から探しに行ったのはその数時間後だった。

居場所をきいて階段を上がっていったカールは研修生と親しげに話しているモーナを見つ

けた。革のベストを着て、洗いざらしのリーバイスのジーンズをはいている。人生最大の挑戦を成し遂げてきた女性のようにはまったく見えなかった。

「あら、こんにちは、カール」モーナはそう言ったあと、言葉を付け加える気はないようだった。職業的なまなざしが、目下のところふたりに共通の案件がないことを示していた。カールは笑っているほかなかった。ひと言も言葉が出てこなかった。

その後は一日、自分の気の弱さにじっくり向き合いながら、ひとりでうだうだ過ごすはずだった。だが、ユアサがそうはさせてくれなかった。

「わたしたちにツキが回ってきたわ、バレルプで」ユアサは前歯の間にパン屑を挟み、目を輝かせてカールを嬉しそうに見つめた。「ここ数日、わたしは幸運の天使なの。星占いにそう書いてあったわ」

カールはユアサを見上げた。だったら、その天使の翼にさっさと彼女を大気圏外に連れ去ってもらいたいもんだ。そうしたら、自分はここで静かに座って、我が身の悲しい運命を憐れんでいられる。

「ここまでたどり着くのは大変だったんだから」ユアサは先を続けた。「まず、ラウトロプゴー支援学校の校長と話をしたんだけど、二〇〇四年に赴任した人だから何も知らなくて、次は創立当時からいる女の先生と話をしたんだけど、やっぱり何も知らなかったわ。で、次に用務員さんと話して、やっぱり何も知らなくて、次に……」

「ユアサ！　それはまだ続くのか？　だったら、あいだははしょってくれ。俺は急いでるんだ」カールはだるい腕をさすりながら言った。

「まあ、いいわ。で、次に、工科大学に電話をかけたの。そしたら、ツキが回ってきたってわけ」

どういうわけか、それで腕が目覚めた。「すばらしい！」カールは叫んだ。「どんなツキだ？」

「ある教授と話をしたの。ラウラ・マンといって、長い間病気で休んでたんだけど、今日がなんと復帰第一日目だったの。すごいでしょ。一九九五年から大学にいる先生でね、彼女の記憶によると、該当する事例は一件しかないそうよ」

カールは背筋を伸ばしてきいた。「それで、どんな事例だ？」

ユアサは首を横にかしげてカールを見た。「へーっ、さすがのあなたも興味をそそられるってわけね」ユアサはカールの毛深い腕を軽くたたいた。「本当に聞きたい？　どう？」

いったい何なんだ？　長年の間に自分は何百件もの厄介な事件に取り組んできた。それなのに今はここに座って、黄緑色のタイツをはいた臨時雇いの助手とクイズ・ショーをやらなくちゃいけないのか？

「その教授は何を覚えていたんだ？」カールは繰り返すと、戸口に顔をのぞかせたアサドに入ってくるように合図をした。アサドは顔色が悪かった。

「アサドが昨日、大学の秘書課に電話をかけて同じ質問をしていたの。でね、今朝のコーヒータイムにその話題が出て、教授はそれを耳にしていたらしいわ」ユアサは続けた。

アサドは興味深そうに聞き入っている。またふだん通りに戻ったようだった。

「だから、わたしが電話したときに彼女はその話をすぐに頭の中から引っぱり出せたの」ユアサは言った。「当時、大学には飛び級で入った学生がいたの。ナントカ症候群の学生よ。まだ年齢は満たないのに、物理と数学の成績が抜群によかったそうよ」

「症候群？」アサドの顔にはてなマークが浮かんだ。

「ある方面の能力はものすごく優れているのに、他の面では障害を抱えているといったようなことよ。何だったかしら？」ユアサは額にしわを寄せた。「そうだ、アスペルガー症候群、それよ」

カールは笑みをもらした。そういえばそういう男を描いた映画があった。やっぱりユアサはかなり映画好きなようだ。

「それで、その学生がどうしたんだ？」カールはきいた。

「彼は入学して最初の学期をトップの成績で走って、突然降りちゃったの」

「どういうことだ？」

「冬学期の最後の日に、彼は弟を連れてきて、大学を見せてあげていたらしいわ。そして、そのあと二度と大学に来なかったそうよ」

アサドもカールもすっと目を細めた。それだ。「で、彼の名前は？」カールはきいた。

「ポウルよ」

カールは背筋が寒くなった。

「やったぞ！」アサドは声をあげ、あやつり人形のように手足をバタバタさせた。

「教授は言ってたわ。ポウル・ホルトは大学に入る前から、将来のノーベル賞候補だと言われていた。だから、よく覚えているって。それに、後にも先にも彼のような特殊なタイプのアスペルガー症候群の学生はいなかったそうよ。まさに特別な子だったって」

「だから覚えていたんだな」カールはきいた。

「ええ、そうよ。それにまだ一年生だったから」


半時間後、カールは工科大学で同じ質問を繰り返し、同じ答えを得ていた。

「ええ、そういうことは覚えているものですわ」ラウラ・マンは黄ばんだ歯を見せて微笑んだ。「あなたも初めて逮捕した人のことは覚えてるんじゃありません？」

カールはうなずいた。アマー島のイングランド通りの真ん中で寝ていた小汚いアルコール依存症の男だった。その酔っ払いを安全な場所に引きずっていこうとしたときに、警察バッジの上にぽとりと落ちてきた鼻汁を、今でもありありと思い浮かべることができる。初めて人を逮捕したときのことは決して忘れられない。鼻汁を落とされようが、落とされまいが。

カールは目の前の女性を観察した。代替エネルギーに関する専門家としてときどきテレビに出てくる女性だった。名刺にはラウラ・マン博士と書かれており、ほかにも肩書きがいくつか添えられていた。カールは名刺を切らしていてよかったと思った。

「彼は一種の自閉症だったんですよね？」

「ええ、確かにそうでした。でも、穏やかなタイプでした。アスペルガー症候群の人は優れた才能を持っていることがよくあるんです。たいてい〝オタク〟呼ばわりされてしまいますがね。ビル・ゲイツタイプとか、小さなアインシュタインとも。でも、ポウルには実際に役立つ能力も備わっていました。人より秀でたところがたくさんあったんです」

アサドが微笑んだ。彼も教授のべっ甲縁の眼鏡と、団子にまとめた髪型に気づいたようだ。ポウルのような学生にはうってつけの先生だったのだろう。似たもの同士と言ってもいいかもしれない。

「ポウルはその日、弟を連れてきた。一九九六年二月十六日だったと、あなたはおっしゃいましたね。そして、その後、彼の姿は見られなくなったと。どこから正確な日付がわかったんですか？」カールはきいた。

「一年生のときは出席簿を付けるんです。それを見ればいつから来なくなったかすぐにわかりました。彼は休暇が終わったあと出てきていません。二度と大学には来なかったんです。出席簿をご覧になりますか？　となりの秘書課にありますけど」

カールはアサドを見やった。彼もさほど興味がなさそうだった。「いえ、けっこうです。あなたの話で十分ですよ。ところで彼が来なくなってから大学側は家族と連絡をとったはずですよね？」

「ええ、もちろん。でも拒絶されました。特に、お宅にうかがってポウルと話をさせてもらいたいと申し入れたときは、けんもほろろでしたね」

「電話で彼と話したりはされなかったんですか？」

「ええ、ポウル・ホルトとはこのわたしの部屋でしゃべったのが最後でした。冬学期が終わる一週間前のことです。家に電話をかけたんですけど、お父さんから、ポウルは電話に出たくないと言っていると聞かされ、もうそれ以上は何もできませんでした。ポウルはちょうど十八歳になったところでした。人生をどうしたいか、自分で判断できる年齢です」

「十八ですか？　もう少し上だったんでは？」

「いいえ、彼は通常より早く、十七歳で大学入学資格を取得しましたから」

「何か彼に関する資料をお持ちですか？」

教授はにっこり笑った。もちろん、とっくに用意してあったのだ。

カールが大声を出して資料を読むのをアサドはあきれ顔で見ていた。

「ポウル・ホルト、一九七七年十一月十三日生まれ。ビアゲレズ高校における得意科目は数学および物理。平均点九・八」

そのあとに住所が書かれていた。さほど遠くはなかった。車で四十五分もあれば行けそうだ。

「天才にしては平均点が控えめじゃないですか？」

「ええまあ。自然科学系の全科目で十三点すなわち満点を取っても、人文科学系がすべて七点だとそういうことになります」教授は答えた。

「つまり、彼は国語が苦手だったということですか？」アサドがきいた。

教授は微笑んだ。「筆記が苦手だったんです。彼のレポートは語法の点では間違いだらけでした。ですがそういうことはよくあるんです。口頭での発表も、あまり興味のないテーマだとあっさりしたものでした」

「このコピーはいただいてもいいですか？」カールはきいた。

ラウラ・マンはうなずいた。彼女の指が煙草のヤニでこれほど黄ばんでおらず、肌がこれほど脂ぎっていなければ、抱きしめたいところだった。


「すばらしいですね、カール」アサドはポウルの資料に書かれていた家に近づいてくると言った。「私たちは課題をもらってから一週間以内で解いたんですよ。手紙を書いた人物がわかったんです！　そして今その家族の家が目前に迫っています」興奮のあまり、アサドはダッシュボードを叩いた。

「そうだな」カールはうなずいた。「だったらすべてがただの悪ふざけだったことを願おうじゃないか」

「もしそうだったら、ポウルに何かひとこと言ってしまうかもしれません」

「もしそうでなかったら？」

アサドはうなずいた。また新たな課題が生じることになる。

ふたりは裏庭の門の前に車をとめた。だが表札の名前はホルトではなかった。

呼び鈴を鳴らしてかなりの時間が経った後、車椅子に乗った男が扉を開けた。男は一九九六年からこの家に住んでいるのは自分だけだと誓った。カールはすぐにこれは何か変だと思った。それはただの勘以上のものだった。

「じゃあ、あなたはホルトさんからこの家を買ったんですね？」カールはきいた。

「いいえ、私はエホバの証人から買ったんです。牧師のような立場の方でした。広間を集会室に使っていたようです。中に入ってごらんになりますか？」

カールは首を横に振った。「では、あなたはここに住んでいた家族とは一度も会ってないんですね？」

「ええ」

カールとアサドは礼を言って立ち去った。

「おまえもこれであのボトルメールは悪ふざけじゃないっていう確信をもったか、アサド？」

「カール、引っ越したからといって……」アサドは門のところで立ち止まった。「なるほど、カール、あなたが何を言ってるのかわかりました」

「どうだい？　ポウルのような特別な若者があんなことをでっちあげるか？　それにエホバの証人の信者だった兄弟なら、こんなことをしてかそうなんてそもそも思いつかないんじゃないか？」

「それはわかりません。ただ、彼らが嘘を禁じられていることは知っています。少なくとも信者同士のあいだでは」

「誰か信者を知っているのか？」

「いいえ、でも厳格な宗教を信仰している人たちはそういうものです。信者同士で互いに外の世界から身を守るんです、あらゆる手段を講じて。だから、外の世界に対してはいざとなれば嘘をつくこともあります」

「その通りだ。しかし誘拐事件が作り話でしかないんなら、無用な嘘をついたことになる。だったら、それはよくないことだ。エホバの証人もそう考えるんじゃないか」

アサドはうなずいた。これで意見は一致した。

さて、次はどうするかだ。


ユアサは森の小道を行く蟻の群れのように、自分の部屋とカールの部屋を休みなく走って行き来していた。目下のところ誘拐事件はユアサの事件であり、すべてを詳しく知りたがった。それもほんの少しずつ。ポウルの先生ってどんな女性？　ラウラ・マンはポウルのこと何て言ってた？　ポウルが住んでいた家ってどんな感じ？　家族についてほかにどんなことがわかった？　エホバの証人の信者ってことは別としてよ。

「とにかく落ち着け。アサドが住民登録課にあたっている。もう見つかるだろう」

「ねえ、ちょっと廊下まで一緒に来てちょうだい、カール」ユアサはなかば引きずるようにして拡大コピーの前までカールを連れ出した。一番下にユアサはポウルの名前を書き入れ、さらにいくつかの短い言葉を書き加えていた。

助けて
ぼくらは一九九六年二月……六日に誘拐された——
バレルプのラウトロプヴァングのバス停で——
男は身長一・八……、短い髪——
……………………そして右の……に傷あと——
ブルーのライトバン……………………——
親が知っている男だ——
……は………B——男はぼくらをおどして……………——
ぼくらは殺される——
男はまずぼくの…………………………弟の……………——
ぼくらは一時間近く車に乗って……どこかの海辺にいる——
………………………——ここは臭い——
……………………——
……は…………………歳——
……………………………——
ポウル・ホルト

「彼の名前はポウル・ホルト。つまり、彼は弟と一緒に誘拐された」ユアサは要約した。「ユアサは一時間近く車に乗ったと書いている。しかも、どこかの海辺にいるってことよね」ユアサは両手を細い腰にあてた。意見を述べるときの正しい姿勢だ。

「この子がアスペルガーなら、〝一時間近く車に乗って海に行った〟なんて話を作ったりしないと思うわ」ユアサは振り向いてカールを見た。「どう?」

「弟が書いた可能性だってある。厳密に言うと俺たちはそれについては何もわかっちゃいないんだ」

「そうだけど。んもう、カール、正直になりなさいよ。ラウアスンが手紙に魚のうろこがついていたのを見つけてるじゃない！　弟がいたずらで書いたボトルメールに本物っぽく見えるように魚の粘液を塗り付けたかもしれないなんて、ほんとにまだ思ってるわけ?」

「頭のいいチビだったのかもしれない。兄貴みたいに。タイプが違うだけで」

するとユアサは、吹き抜けの天井にあたって返ってきたこだまが地下の廊下の端でまたはね返ってくるほど激しく地団駄《じだんだ》を踏んだ。

「ふざけないで！　ひとの話を聞けって言ってるの！　ちょっとは脳みそを働かせたらどうよ！　ふたりはどこで誘拐されたの?」ユアサはカールの肩を払った。そうすることで自分のとんがった声をいくらか鎮めようとしているようだった。

カールはかなりのフケが肩に落ちていることに気づいた。「バレルプだ」カールは答えた。

「ええ、それでどう思う?　バレルプで誘拐されて、一時間近く車で走って、海辺に着いたとしたら。北のフネステズに行ったわけじゃないわね。バレルプからだと一時間もかからないもの。せいぜい三十分ってとこよ」

「南のステウンスに行った可能性だってあるんじゃないか」カールは心の中でつぶやいた。こんなことで知的能力をくそみそにけなされたらたまらない。

「そうだわ！」ユアサはまた床を踏み鳴らした。床下のネズミは今のうちに逃げたほうがいいぞ。

「ボトルメールがただの作り話なら」ユアサは続けた。「どうしてこんなややこしい書き方をする？　三十分車に乗って海辺に着いたでいいんじゃない？　話をこしらえたいだけなら、そう書くわよ。一番わかりやすい自然な文章を選ぶと思うわ。だから、わたしはこの手紙の内容は作り話じゃないと確信してるの。いいかげん本気で考えるのね、カール」

カールは深く深く息を吸った。この事件に対する自分の見解をユアサに話す気はなかった。ローセならその気になるかもしれない。だが、ユアサはごめんだ。

「わかった、わかった」カールはユアサをなだめた。「ちょっと待とう。家族が見つかったときの展開を見てからだ」

「どうしたんです？」アサドが小さな自分の部屋から首を出した。また喧嘩でもしてるのかと心配になったらしい。

「カール、家族の住所がわかりました」アサドは紙を一枚差し出した。「一九九六年以降、何度も引っ越していて、今はスウェーデンにいます」

なに？　スウェーデン？　世界一でかい蚊はいるし、食い物はぱっとしない。あんな国のどこがいいんだ。

「それはそれは」カールは言った。「だったら北の果てのトナカイが走り回ってるようなところに住んでくれてるんだろうな。ルレオとかケブネカイセとか？」

「ハッラブロです。ハッラブロという町で、ブレーキングにあります。ここから約二百五十キロほどです」

二百五十キロ。残念ながら行けない距離じゃない。これで今週末は休みなしだ。

カールは振り返った。「まあいい。どっちみち同じことの繰り返しだろうがな。訪ねて行ったら留守。先に電話を入れておいても留守。家にいたって彼らはきっとスウェーデン語をしゃべる。ユトランド生まれの俺にそれをどうやって理解しろっていうんだ？」

アサドが怪訝《けげん》そうに見ている。彼がすべてを理解するには一度に言い過ぎたようだ。「電話をかけてみました。家にいましたよ」

「何だって？　電話したのか？　だったら明日は絶対家にいないぞ」

「大丈夫です。名乗りませんでしたから。むこうが出たらすぐにガチャンと切りました」

やれやれ、俺の助手どもときたら。

カールは体を引きずるようにして自分の部屋に戻ると、モーデンに電話をかけて、留守中にヴィガが来たときの対処のしかたを手短かつ明確に指示した。ヴィガが次に何を考えつくかわかったものではなかった。

それが終わると、アサドに火災事件の捜査を続けるように指示し、ユアサに次の仕事を説明してやってくれと頼んだ。「ユアサが仕事にかかれるように宗教団体のリストを渡してやってくれ。それからラウアスンのところまでひとっ走りして、法医学研究所に電話をかけてもらってくれ。DNAの分析を少し急いでもらえるように。頼むぞ」

カールは拳銃をポケットに入れた。今回のスウェーデン出張は何が起きるかわからない。彼らがデンマークの出身でもそれは同じことだ。

15

次の夜、彼は通りすがりの情夫として、この家の女あるじとオーガスムスすれすれのところで留まっていられるように気を配った。そしていよいよ女が頭をのけぞらせ、腹まで深く息を吸いこむ数秒前に、その体から離れ、音が聞こえてきそうなほどの緊張状態にある女をそのまま放置した。

彼はすばやく起き上がると、あとのことはイサベル・イェンソンに決めさせた。イサベルは困惑しているようだったが、それこそが彼の目的だった。

小さなテラスハウスから空を見上げると、明るい月を覆うように次々と暗い雲が押し寄せていた。彼は裸でテラスに立ち、煙草を吸いながら雲と月が織りなす光景を眺めていた。

これからの数時間は彼が熟知しているパターンに従って流れていくことになるだろう。まずは諍《いさか》いに始まり、次に説明を求められる。なぜ終わりなのか、なぜ今なのかと。彼女は懇願し、非難し、そしてまた懇願する。彼が答えると、彼女は荷物をまとめろと言う。そして彼は彼女の人生から消える。

明日の午前十時に、彼は子供たちを助手席に乗せてドレロプを出発する。そして子供たちが道を曲がるのが早すぎることに気がついたら、彼らを気絶させる。どこなら誰にも邪魔されずにそうできるかはすでに調査ずみだ。鬱蒼《うっそう》とした木立の中に車を数分間なら隠せる場所がある。子供たちを気絶させ、トランクルームに詰めるには十分だ。

それからフュン島の妹の家に昼食を食べに寄り、その時間も含めて四時間半後には、ロスキレフィヨルドの北、ノーアスコウウン森林地域のイェーヤスプリースの近くのボート小屋に到着する。それが今回の計画だ。茂みの中を二十歩進んだ先にボート小屋はある。中は天井が低く鎖が付いている。そこまでの二十歩を背を丸めて歩くふたりの子供の姿を何度見たことだろう。

この短い道を歩くあいだに懸命に慈悲を請う声を聞くこともある。今回も例外ではないだろう。

両親との交渉を始めるのはそのあとだ。

彼は最後に深く煙を吸うと煙草の火を消した。これから彼を待ち受けているのは神経も体力も消耗する夜と昼だ。

自分の家で人生を台無しにされかねないことが起きているかもしれないという嫌な予感に、今は関わっている余裕はない。妻が自分を裏切っているとしたら、それは妻にとって最悪の事態だ。

テラスのドアがきしむ音がして彼は振り返った。イサベルが震えながら不安そうに様子をうかがっている。薄っぺらいガウンでかろうじて裸身を隠している。あと二、三秒もすれば彼は彼女に告げる。もうおしまいにしよう、だって君は年齢が行き過ぎていると。だが、実際のところはそうではなかった。イサベルの体は刺激的だった。少しばかり溺れそうになった。ふたりの関係を終わりにしなくてはならないのは残念だったが、そう考えるのはこの女が初めてではない。

「こんな所で裸で何しているの？　凍えるわよ」イサベルは頭を横に傾げてあらぬ方向を見ていた。「どうしてあんな途中でほっぽり出すようなことするのよ？」

彼はイサベルの前に立ち、彼女のガウンの襟をつかんだ。「君は僕には歳をとり過ぎてる」彼は冷たく言い放ち、つかんでいた襟を引き寄せて彼女の胸元を隠した。

一瞬、彼女は体が麻痺したようだった。怒りと欲求不満を吐き出すことも、彼につかみかかってくることもできるだろう。罵《ののし》る言葉が舌の上で列を作って待っていることだろう。しかし、彼女が何も言わないことを彼は知っている。魅力的で離婚歴のある公務員——そんな女はテラスで素っ裸で立っている男を目の前にして大騒ぎはしない。

そんなことをしたら他人がどう思うだろう。ふたりともそれはわかっていた。

彼が翌朝早くに目を覚ますと、イサベルはすでに彼の荷物をまとめてかばんに投げ込んでいた。朝のコーヒーが飲めそうな様子はなく、整然と発せられる質問の数々が、彼女が完全にまいってしまったわけではないことを物語っていた。

「あなた、わたしのパソコンを見たでしょう」イサベルは顔色は失っているものの落ち着いた声で言った。「わたしの兄に関する情報を検索したわね。あなたが盗み見した痕跡が五十以上もわたしのデータに残っているわ。わたしが毎日役所でどんな仕事をしているのか調べたほうがよかったんじゃない？　それをしなかったなんて、あなたって失礼なだけじゃなくて馬鹿ね」

その間彼はシャワーを浴びることばかり考えていた。イサベルに何を言われようとどうでもよかった。ドレロプで待っている子供の両親が無精髭を生やしセックスの残り香をぷんぷんさせた男に自分の子供を託すわけがない。

しかし、そのあとのイサベルの言葉には耳を貸さないわけにはいかなかった。

「わたしはヴィボー市で電子データ処理の仕事をしているの。データの機密保護とコンピューター・ソリューションを担当しているわ。だからあなたが何をやったかもちろん知ってるのよ。自分のパソコンのログファイルを見ることくらいわたしにとっては子供のお遊びよ。そんなこと考えもつかなかった？」

イサベルは彼の目をまっすぐに見据えた。完全に落ち着いていた。彼女は最初の危機を乗り越えた。自己憐憫《れんびん》と涙とヒステリーから抜け出していた。

「デスクマットの下からわたしのパスワードを見つけたんでしょ」イサベルは言った。「あれはわざとあそこに置いてあったの。ここ数日あなたのことは見ていたわ。だから、ちょっと引っかけてみたの。自分のことをほとんど語らない男性って、どこか信用できないものよ。だって男性ってふつうは自分の話を聞いてもらいたがるものだもの。知らなかった？」イサベルは彼が自分の話に耳を傾けだしたのを見て笑みを浮かべた。「どうしてこのひとは自分の話をまったくしないのかしらって思ったわ。正直言って好奇心がわいたわ」

彼は眉を寄せた。「それでいまや、僕のことは全部お見通しだって思ってるのか？　僕が自分の私生活についてはロをつぐみ、君の私生活に好奇心を持ったからって」

「好奇心ね、確かにそう言えるかもしれない。デートサイトのわたしのプロフィールに興味をもったっていうのはまだ理解できるわ。でもわたしの兄の何を知りたかったわけ？」

「君の元の夫だと思ったんだよ。君たちがうまくいかなかった理由を知りたかったのかもしれない」

イサベルはそんな話を鵜呑《うの》みにしなかった。理由などどうでもよかった。彼はどんな言い訳もできない大きな過ちを犯したのだ。

「まあ、少なくともあなたはわたしの口座をすっからかんにしたわけじゃないわ」イサベルは言った。

これで明らかに彼女が優位に立った。それでも彼はなんとか笑みを浮かべて、シャワーに向かおうとした。だがそうはいかなかった。

「でもね」彼女は続けた。「お互い様よ。わたしもあなたの持ちものを調べさせてもらったわ。それであなたのポケットに何を見つけたと思う？　何もよ。運転免許証も、保険証も、財布も、車のキーも何もなかった。でもね、知ってる？　女は馬鹿だから自分のパスワードを誰でも思いつくようなところに隠しているのとまったく同じで、男は車のキーを持ち歩きたくないときは決まって前輪の上に置いてるものなのよ。あなたのキーリングに付いていたあのかわいらしいボウリングの球はなに？　あなたボウリングをするの？　何も言ってくれなかったけど、その球に〝1〟って書いてあったわね。そんなに上手なの？」

彼は徐々に汗ばんできた。これは深刻な事態だ。

「まあ落ち着きなさい。車のキーはちゃんと戻しておいたわ。免許証も、ライトバンの登録証も、クレジットカードも、ほかのものも全部。車の中で見つけた物はすべて元の場所に置いてあるわ。フロアマットの下にね」

彼はイサベルの首に目をやった。華奢《きゃしゃ》な首とは言えなかった。ということはきちんと手順を踏む必要がある。息の根を止めるまで二、三分はかかるだろう。だが、時間なら十分ある。

「君の言う通り、僕はかなり用心深い人間だ」彼はそう言って、イサベルに一歩近づき、何気ないふうを装って彼女の肩に手を置いた。「聞いてくれ、イサベル。僕は本当に君が好きだ。だが、君に真実を言うことはできなかった、そのことをわかってほしい。僕は結婚している。子供もいる。それなのに自分を抑えることができなかった、すまない。だから終わりにするしかないんだ。どうにもならない。僕がどんな気持ちか察してくれないか」

イサベルは誇らしげに顔を上げた。傷は負ったが克服した顔だ。これまでにも家庭のある男と関係を持ってだまされたことが一度ならずあるのだろうと、そのとき彼は確信した。そして自分が彼女をだます人生最後の男になろうとしていることも確信していた。

イサベルは肩に置かれた手を払った。

「あなたはわたしに一度も本名を名乗らなかったし、

ほかにも嘘をたくさんついた。なぜなのか見当もつかないわ。そして今度は、すべてはあなたが結婚しているからだと言う。そんな話を信じろって言うの？」

まるで彼の考えを読んだかのように、イサベルは後ろに下がった。彼女の後ろに武器が置いてあるかのように。

怒り狂った白熊と一緒に氷の上に乗っていることがわかったら、すぐに可能な手段を講じなければならない。手段は四つあった。

海に飛び込んで泳ぐ。

他の氷に飛び移る。

焦らずに、白熊が腹をすかしているかどうかを見極める。

そして最後は――白熊を殺す。

どの手段にも長短はある。それでも今は四つ目の選択肢が唯一実行可能な手段であることに疑問の余地はなかった。目の前にいる女は傷を負っており、あらゆる手段で身を守ろうとしている。それは間違いない。なぜなら彼女は本当に彼を愛していたのだから。そのことにもっと早く気づくべきだった。こうした状況に置かれた女は理性を失って何をしでかすかわからない。

そして何をするかわからないなら、殺すしかない。遺体はライトバンで運んで捨てればいい。今までもそうしてきたように。彼女のハードディスクを破壊し、家の中のすべての痕跡を取り除く。

彼はイサベルのきれいな緑色の目を見つめ、その目が輝きを失うまでの時間を見積もった。

「あなたと出会ったことを兄に話したの」イサベルは言った。「そしてあなたの車のナンバーと免許証番号それから登録証に書かれた名前と住所を兄にメールで送ったわ。きっと兄にとってはくだらないことでしょうね。今はほかにすることがあるでしょうし。でも兄は昔から好奇心が強いの。だから、あなたがわたしから何かしら盗んだことがわかったら、兄があなたを見つけてくれるわ。わかった？」

一瞬、麻痺したように彼の体は動かなくなった。もちろん、本当の身元がわかるような免許証やカードは持ち歩いていない。とはいえ——まったくの見当違いであっても疑いを抱かれ、警察に突き出すと言って脅されたのは初めてだった。しばらく考えがまとまらなかった。そもそもなぜこんな状況に追い込まれたのか。何を自分は怠ったのか。どこで間違ったのか。答えは簡単だった。彼女に役所でどんな仕事に就いているのかきかなかったせいだ。

そして今は窮地に立たされている。

「すまない、イサベル」彼は低い声で言った。「行き過ぎだったよ。僕がしたことは度を越していた。どうか許してくれ。僕はとにかく君が欲しくて欲しくてたまらなかっただけなんだ——今だってそうさ。昨夜僕が言ったことを真に受けちゃいけないよ。どうすればいいかわからなかっただけなんだ。結婚していて子供もいることを白状するのか、それとも君に嘘をつき続けるのか。結婚生活も家族も捨てる気になれば、君とこのまま関係を深めていくことができる。そして僕はまさにそうしかかっていた。今まで手に入れたものをすべて手放そうと。本当にそうしたいと思ったんだ。そう考え始めたら、次は君のことをすべて知っておきたいと思ったんだ。どうしようもなかった。とにかく自分を抑えることができなかったんだ。君にはそんな僕の気持ちが理解できないかい？」

イサベルが嘲《あざけ》るような目で見ている前で、彼はこの氷の上で何をすべきかを懸命に考えていた。おそらく白熊は理由もなしに彼を殺したりはしないだろう。彼が去って、二度とこのあたりに顔を出さなければ、兄の手を煩わせてまで彼に関する情報を手に入れようとはしないだろう。そんな必要がどこにある？　だがもし彼がイサベルを殺したり誘拐したりした場合は、捜査の手がかりは残っている。徹底的に掃除をしても陰毛や精液のしみや指紋をすべて取り除くことはできないだろう。警察は彼に前科がなくても、何らかの方法で彼のプロファイリングをするだろう。この家を焼き払うこともできるが、消防隊が来るのが早すぎたり、誰かに逃げるところを見られたりしたらどうする？　それはあまりにも危険すぎる。おまけにカーステン・イェンソンという名前の警察官が彼の車のナンバーを握っている。それで車の特徴も割れる。イサベルは兄に彼自身の特徴まで伝えているかもしれない。

彼が虚空をにらんでいる間、イサベルは彼の一挙手一投足を目で追っていた。彼は変身のエキスパートであり、変装せずに行動したことはない。それでも、兄にあてた電子メールには彼の身長、体格、目の色、さらには深い仲でなければ知り得ないようなことまで書かれていた可能性がある。要するにイサベルがどんな情報を与えているかわからない。それはとても危うい状況だ。

彼はイサベルを見た。きついまなざしが返ってきた。そのとき突然彼は悟った。この女は白熊ではない。バジリスクだ。蛇と雄鶏と龍がひとつになった伝説上の生き物。バジリスクと視線を合わせた者は石になる。バジリスクの通る道を横切っただけで人は死を宣告される。バジリスクのように自分なりの真実を世界に向かって叫べる者はいない。そして彼は知っている。この怪物を殺せるのは鏡に映った怪物自身のまなざしであることを。

だから彼は言った。「君が何を言おうが、何をしようが、僕には関係ない、イサベル。僕はいつも君のことを思っている。君はきれいで、とにかく素敵なひとだ。もっと早くに出会いたかった。遅すぎたんだ。どうか許してくれ。君を傷つけるつもりはなかった。君はすばらしい人だ。すまない」

そして彼はイサベルの頬を優しくなでた。効き目はあったようだ。イサベルの唇がわずかに震えた。

「もう行ったほうがいいわ。あなたにはもう二度と会うつもりはないから」イサベルはそう言ったが心の内は違っているはずだ。

終わってしまったことを彼女は長く嘆くことになるだろう。彼と経験したようなことは彼女の年齢ではそう起こることではない。

この瞬間、彼は別の氷に飛び移った。バジリスクも白熊も彼を追ってくることはない。イサベルのもとを去ったときには、まだ朝の七時にもなっていなかった。

16

彼はいつも通り八時前に妻に電話をかけた。だが彼が不審に思っている点についてはすぐには触れず、その代わりにやってもいないことを語り、感じてもいない妻に対する気持ちを伝えた。ヴィボーの町の出口で車をとめ、スーパーマーケットの客用トイレでざっと体を拭いた。そしてまた車に乗ってハル・イーイを通り、セームエルとマウダリーナが待つドレロプへと向かった。

今のところ予定を変える必要はなかった。天気はそこそこよかった。日暮れ前に目的地に着けるだろう。

焼きたてのパンの匂いが彼を迎えた。セームエルは膝をけがしているにもかかわらずもう朝稽古を終えていた。マウダリーナの目は期待にあふれて輝いていた。

ふたりとも好奇心いっぱいで出かけるのを楽しみにしていた。

「どうです、まず病院に寄ってセームエルの膝をちょっと診てもらいましょうか？　それくらいの時間はありますよ」彼は最後のパンのかけらを口に押し込み、腕時計に目をやった。十時十五分前だった。彼らが申し出を断ることはわかっていた。

〈神の母教会〉の信者はよほどのことでない限り病院へは行かない。

「いえ、けっこうです。ただの捻挫《ねんざ》ですから」ラーケルは彼にコーヒーカップを差し出すと、テーブルの上のミルクを指し示した。

「試合はどこであるんだ？」ヨシュアがきいた。「時間があれば、我々もあとで合流できるかもしれない」

「何を言ってるのよ、ヨシュア」ラーケルが夫を軽く叩いた。「時間があるかないかわかってるでしょ」

おそらくそんな時間はないのだろう。

「ヴィネロプ・ホールですよ」彼はヨシュアに言った。「〝武術館クラブ〟の主催です。インターネットに情報が出てるんじゃないかな」

そんな情報は出ていないが、この家でインターネットが使われていないことを彼は確信していた。〈神の母〉の信者にとってそれはまだ受け入れるわけにはいかない神を畏れぬ発明品だからだ。

彼はしまったというように手を上げ、そのまま口を押さえた。「すみません、馬鹿なことを言ってしまいました。申し訳ない。お宅にはインターネットなんかありませんよね。ええ、確かにあれは悪魔の道具と言っていい」彼は罪を意識しているように見せた。コーヒーはカフェイン抜きのものだった。この家には道徳的に正しくないものは一切ないのだ。「とにかく場所はヴィネロプ・ホールです」

彼らは手を振って見送っていた。家族全員が家の前にきちんと並んで立っている。そしてこの瞬間から、この家族にはもう二度と再び過ぎ去った日々の平和は訪れない。まだ彼らは笑っている。だがもうまもなく彼らは痛みをともなう方法で学ぶことになる。信仰や悪魔の道具を拒否することでは、この世の悪を払いのけられないことを。

彼らを哀れむ気持ちはなかった。この道を行くと決めたのは彼らであり、その道が彼の道と交差していただけのことだ。

彼はとなりに座って家族に手を振る子供たちを見やった。

「座り心地はいいかい？」彼はきいた。車は茶色くなったトウモロコシの切り株の列がところどころ見える冬の殺風景な畑を見ながら走っていた。彼は運転席のドアポケットに手を入れた。すべてそこに揃っていた。すぐに取り出せるテーザー銃はアイスクレーパーのように見えるタイプだ。これなら子供たちに疑いをもたれる心配はない。

子供たちはうなずき、微笑みあった。座り心地はよく、心は浮き立っていた。こんな外出に彼らは慣れていない。彼らの静かで制約の多い日々の暮らしに変化はほとんど訪れない。だからこうして誘ってもらえたことは今年の大事件なのだ。

このまま手こずらされずにすめばいいのだが。

「フィネロプを通っていく道はとてもきれいなんだよ」彼は言って、ふたりにマーズのチョコバーを差し出した。食べてはいけないことはわかっている。だが互いのあいだに一種の共犯意識を生むには最適の手段だった。そしてそれが安心感につながる。そして安心感は仕事に必要な落ち着きを用意してくれる。

「それじゃあ」彼はためらうふたりを見て言った。「果物がある。オレンジはどうだい？」

「わたしはチョコレートがいいわ」マウダリーナは誘惑にあらがえず歯列矯正の金具をのぞかせて微笑んだ。庭の芝生の下に秘密を隠している少女なら当然だ。

そのあと彼は荒野の景色を讃え、こんな場所でずっと暮らせることをとても楽しみにしていると語った。フィネロプの交差点に来たとき、車内はリラックスした雰囲気に包まれ、信頼に満ちていると彼は思っていた。そして道を折れた。

「ちょっと待って！」セームエルが声をあげ、フロントガラスをのぞき込んだ。「曲がるのが早すぎるよ。まだホルステブロー通りまで来てない」

「ああ、わかってる、まだ一本先だ。だが昨日家を見に行く途中で、これが十六号線に出る近道だってことを発見したんだ」

二百メートルほど走り、エーリク五世の記念碑を過ぎると、彼はもう一度道を曲がった。へセルボー通りと書かれていた。

「この道を北に向かうんだ。狭いからスピードを落とさなくちゃならないが、間違いなく近道だよ」彼は説明した。

「本当に？」セームエルは道ばたの看板を読み上げた。〝補助道路につき軍用車輛の通行禁止〟とあった。

「この道は通行禁止だとずっと思っていたよ」セームエルはそう言うと座席にもたれた。

「そんなことはない。左手の黄色の家を通り過ぎたら、右手に廃屋が見えてくる。その後でまた左に曲がるんだ。君はそんな道があるのを知らないだろ」
二、三百メートル走って車道の砂利がだんだん少なくなってくると、セームエルはうなずいた。このあたりは比較的起伏が多く、整然と伐採された木の切り株がたくさんあった。そして次のカーブの向こうが目的地だった。
「やっぱり違う、ほら見て」セームエルが叫んで前方を指さした。「方向が違ってるよ、先には進んでいないと思う」

それはセームエルの勘違いだったが、指摘する必要はなかった。

その代わりに言った。「まったくだ、ドジったよ。セームエル、君の言う通りだ。ここでUターンするよ。すまない。こっちでいいと思ったんだが……」

彼は道の真ん中で方向転換すると、木立に向かって車を後退させた。

車がとまるとすぐにドアポケットからテーザー銃を取り出し、マウダリーナの首に押しあてた。この悪魔の道具は獲物の体に百二十万ボルトの電流を流して、しばらくの間体を麻痺させることができる。セームエルは妹が叫び声をあげて痙攣するのを見ると驚いて体をすくませた。妹と同様にセームエルも完全に無防備だった。セームエルの目には恐怖が表れていたが向かってこようとする闘志も見えた。だがこのとき、妹が自分の上に倒れこんできて、自分に押しつけられようとしている物の威力がわかった瞬間、セームエルの体内に駆け巡ったアドレナリンがあらゆるメカニズムを作動させた。

彼が止める間もなく、セームエルは妹の体を脇に押しやり、ドアノブを引っぱり、ドアを押し開けて車の外に転がり出た。テーザー銃で少年を捕獲することはできなかった。

彼はマウダリーナにもう一度電気ショックを与えると、少し先をけがをした足で逃げていく少年の後を追った。少年の膝が何度も折れ曲がる。追いつくのは時間の問題だった。

セームエルはトウヒの植林地に行き着くと、突然後ろをふり向いた。「僕たちに何をするつもりだ？」少年は叫び、まっすぐに並んだ木が守護天使の群れに変身できるとでもいうように〈神の母〉に助けを求めた。少年は片足をひきずりながら脇へ一歩寄り、先をとがらせた丸太を一本拾った。

くそっ、こいつを先に片付けるべきだった！　まったくなんで勘に従わなかったんだろう。

「近づくな！」セームエルはわめき、頭上で丸太をふり回した。かかってくる気らしい。

今後のためにインターネットで〝テーザーＣ２〟を注文することにしよう。あれなら数メートル離れたところから獲物を撃つことができる。今のように一秒が勝負を分けることがある。慎重に選んだ場所とはいえ、近くの農場までは数百メートルほどしかなく、木こりや農夫が入ってこないともかぎらない。それにマウダリーナがそろそろ意識を回復する。そしたらまた逃げられる。

「そんなことをしても無駄だ、セームエル」彼は丸太をふり回している少年に向かって突っ込んで行った。丸太が肩に当たるのを感じたと同時に少年の腕にテーザー銃を当てた。ふたりは同時に咆哮《ほうこう》した。

しかし、勝負ははじめから見えていた。もう一度電撃を与えるとセームエルは倒れた。彼は少年に丸太を打ち下ろされた肩を見た。なんて野郎だ。ウィンドブレーカーの肩の部分に血が星形に広がっていた。

「絶対にC2を買ってやる」彼はつぶやきながら、セームエルをライトバンのトランクルームに乗せて、クロロフォルムを染みこませた布を顔に押し当てた。少年が意識を失い、虚空を見つめるまでほんの一瞬だった。

次の瞬間にはマウダリーナにも同じことが起きていた。

彼はふたりに目隠しをし、手足を粘着テープで拘束し、口に粘着テープを貼った。いつもやっている通りのことをした。そしてふたりをフロアマットの上に動かないように横向きにして置いた。

シャツを着替え、上着も着替えた後、彼は子供たちを数分間観察した。ふたりが吐き気を催して自分の吐物で窒息死しないように、安全を確かめておく必要があった。

無事に運べそうだと確信すると、車を発進させた。

彼の妹とその夫はフュン島のオーロプの町はずれの小さな白い農家に住んでいた。その家は、国道のそばに建ち、彼の父親が最後に勤めた教会からほんの数キロしか離れていなかった。

彼がこの土地で暮らすことは二度とないことは確かだった。

「今日はどこから?」義理の弟ヴィリーは玄関でおざなりにきくと、形の崩れたスリッパを指し示した。この家では客は全員そのスリッパを履かされる。だが土足を禁じるほどこの家の床がきれいだったためしはなかった。

物音を追って居間に入ると妹のイーヴァがいた。ぼんやりと部屋の隅に座って何かを口ずさんでいる。彼女をくるんでいる毛布には、時の経過と虫に食われた痕が残されていた。

イーヴァはいつものように足音で兄に気づいていたが、何も言わなかった。前回会ったときと比べるとかなり太っている。肉があらゆる方向にあふれ出ていて、二十キロは増えていそうだ。彼の記憶の中の牧師館の庭で夢中で踊っていた幼い頃の妹の姿は、いまやすっかり消えている。

兄と妹は挨拶も交わさなかった。そもそも挨拶などしたことがなかった。礼儀にかなった挨拶の言葉など、親から受け継いだ財産には含まれていなかったからだ。

「ちょっと立ち寄っただけだ」彼は部屋に入るなりそう告げると、妹の前にどさりと腰を下ろした。「調子はどうだ?」

「ヴィリーがよく面倒をみてくれるわ」妹は答えた。「すぐにお昼だけど食べていく?」

「ありがとう。じゃあ一口いただいてから行くよ」

イーヴァはうなずいたが、彼女にとってはどうでもいいことだった。目が光を失ってから、身近な人間や周囲の世界に起きていることを知りたいという気持ちも薄れていった。彼女の頭の中には新しいことを知る必要がないほど、過去の映像がたくさんありすぎるのかもしれない。たとえそれが徐々に色あせていくことは避けられないとしても。「三万クローネ入っている。これで、次に会えるまでうまくやりくりしてくれ」

「金を持ってきた」彼はポケットから封筒を取り出して妹の手に押し込んだ。

「ありがとう、次はいつ会えるの？」

「二、三ヵ月のうちには」

妹はうなずき、立ち上がった。彼が手を貸そうとすると妹は体を引いた。

キッチンのテーブルに十年前なら見栄えがしていたような蠟引きのテーブルクロスが敷かれていた。その上に、安物のレバーペーストと何かよくわからない肉がのった金属の皿が置かれている。ヴィリーは野生動物を食べきれないほど撃ち殺している地元の人間を知っているので、妹夫婦がカロリー不足に陥ることはなかった。

ヴィリーが深々とうなだれて主の祈りを唱えているとき、彼は咳き込んだ。義弟も妹も目をかたく閉じていたが、ふたりの全神経は彼が座っているテーブルの端に向けられていた。

「兄さんはまだ神様を見つけられないの？」祈りの後で、妹は機能を失い白く濁った目を彼に向けた。

「ああ」彼は答えた。「親父が俺から神をたたき出したんだ」

ヴィリーがゆっくりと顔を上げて、憎しみに満ちた目で彼を見た。かつて義弟はいくらでも馬鹿なことを思いつく浮わついた男だった。広い世界に出て羽毛のようにやわらかな女を次々に征服したいという野心を抱いていた。だがイーヴァと出会って、イーヴァの繊細さと巧みな言葉に眩惑《げんわく》された。当時の彼はイエス・キリストを知ってはいたものの、キリストは彼の親友というわけではなかった。

それをわからせたのがイーヴァだった。

「お義父さんのことをそんなふうに言わないでくれ」義弟は言った。「お義父さんは信仰のあつい方だった」

彼は妹の顔を見た。表情はない。何か言いたいことがあればすでに言っていただろう。だが妹は黙っていた。もちろん言えるはずもなかった。

「だったら、あんたはうちの親父が天国にいると信じているのかい？」

義弟は目をすがめた。それが答えだった。イーヴァの兄とはいえ、こいつには用心したほうがいいとその目が言っている。

彼は首を振って義弟のまなざしに応酬した。この手の人間は救いようがないと思った。ヴィリーが描く天国が、度量の狭い三流牧師が毒を抜かれてはしゃぎ回れるような楽園なら、できるだけ早く親父がそこに到達できるように喜んで手助けをするだろう。

「そんな目で俺を見るのはよせ。俺はあんたとイーヴァに三万クローネを渡した。その金で俺を半時間ここに気持ちよくいさせてくれ」

彼はヴィリーのしかめ面越しに、壁にかかったキリストの十字架像に目をやった。十字架にかけられるというのは見かけよりずっと苦しいものだ。

彼は身をもってそれを経験していた。

大ベルト海峡にかかる橋の上で、トランクルームが揺れていることに気づいたので、彼は料金所の前で車をとめてハッチバックのドアを開け、もがいているふたりにさらにもう一度クロロフォルムをかがせた。

座席の後ろが再び静寂を取り戻すと、車を発進させた。

彼はその前に与えたクロロフォルムが思うように効かなかったことに腹を立てながら窓を開けた。

ようやくシェラン島北部のボート小屋に到着した。だが、子供たちを中に連れて入るには辺りがまだ明るすぎる。海から今年最初の、そして今日最後のヨットがフィヨルドに滑るように入ってきた。リューネスやキグネスのヨットハーバーに向かう途中の船だろう。その船の上にひとりでも好奇心に駆られて双眼鏡に手を伸ばす者がいたら、すべてを失うことになる。彼はトランクルームがあまりにも静かなので心配になってきた。もし子供たちがさっきのクロロフォルムで死んでいたら、何カ月もかけた準備が水の泡だ。

彼は地平線の上にくさびで留められているように見える真っ赤な空の巨人を見つめた。まるで血の色だ。沈みゆく太陽に燃えるような赤い雲がかかる。やれやれ、やっと沈んでくれた。彼はため息をついた。

それから携帯電話を取りだした。ドレロプの家族はまだ子供が帰ってこないことを心配し始めているはずだ。彼は両親に安息の時間までには戻すことを約束していた。それを守らなかったのだ。ドレロプの家族が両手を組み合わせて蠟燭の灯った食卓を囲んでいる姿が目に浮かんだ。きっとあの母親は今頃、もう二度とあの人のことは信用しないと言っているだろう。

そして母親の言っていることは正しい。

電話のキーを押した。名乗らずに、要求額は百万クローネだと告げた。使用済みの紙幣を小さな袋に入れて列車から投げろと。何時の列車に乗り、いつどのように乗り換え、どの区間に来たら列車のどちら側で合図を待っていればいいかを指示した。手にストロボスコープを持って高速で発光させる。それが合図だ。ぐずぐずするな、チャンスは一度きりだ。袋を投げたら子供たちはすぐに帰す。

彼を欺こうなどとは思わないほうがいいと告げた。今は週末だが月曜日一日あれば金は用意できるはずだ。そして月曜の夜に列車に乗れと。

金が足りなければ子供たちは死ぬことになる。警察に連絡したら子供たちは死ぬことになる。金の引き渡しで妙な小細工をしたら子供たちは死ぬことになる。

「よく考えろ」彼は念を押した。「金はまた稼げるが、子供は失ったら永久に帰ってこない」ここでいつも、彼は電話の向こうの親に息を吸って最初のショックを消化する時間を与える。「それと、あんたたちは残りの子供たちを二十四時間守ってやれるわけじゃないことも忘れるな。あんたたちに何かおかしな行動が見られたら、あんたたちはこの先ずっと不安な気持ちで暮らすことになる。嘘じゃない。それともうひとつ、この携帯電話で私を捜し出すことはできない」

彼は電話を切った。簡単なことだ。あと十秒もすれば携帯電話はフィヨルドの底に消える。物を遠くに投げるのは昔から得意だった。


子供たちは顔面蒼白だったが生きていた。彼は、ボート小屋でふたりを適当な間隔を置いて鎖でつなぐと、口の粘着テープをはがして水を与え、ふたりが嘔吐しないように注意を払った。


子供たちが型どおりに哀願した後に少し食事を口にしたのを見届けると、彼はまたふたりの口に粘着テープを貼った。そして車に乗って走り去った。

この屋根の低いボート小屋は十五年前から所有しているが、その間ずっとこの辺りに立ち入る者はなかった。母屋は木立の後ろに隠れるように建っている。ボート小屋までの道は前々から草木が生い茂っていて人の目に触れることはない。海からときおり見えるこのあたりで唯一の小さな家だが、人が近づいてくることはなかった。漁網に生えた藻が悪臭を放ち、汚れた水がよどんでいるところに入って来たがる者はいない。この網は、以前、獲物のひとりが何かを海に投げ入れた後に支柱の間に張ったものだ。

子供たちは泣きたいだけ泣くことができる。

誰もその声を聞くことはない。

彼はもう一度時計を見た。いつもロスキレの家に帰るときには妻に電話をかけるのだが、今日はかけない。帰る時間をわざわざ教えてやる必要がどこにある？
急いでフェアスレウに立ち寄って、ライトバンを納屋に置き、メルセデスに乗り換えて家に向かおう。一時間もしないうちに、妻に何が起きたのかわかるだろう。

家まであと数キロを残す頃になると、彼はある種の安らぎを感じていた。そもそもなぜ妻にこんな疑いを抱くことになったのだろう？　自分に落ち度はないのか？　この不信感とこの何とも言えない嫌な予感は、自分が嘘をつき続けてきたせいではないのか？　自分が嘘のなかで生きているせいではないのか？　すべてはこの二重生活の結果ではないのか？

きっとそうだ。妻とは互いにうまくいっている。そう結論を出したとき、彼は玄関の前のシダレヤナギのそばに男性用の自転車が立てかけてあるのを見つけた。それは自分の自転車ではなかった。

17

以前は、朝の夫からの電話で彼女は元気になれた。夫の声を聞くだけで、触れあえなくても、何とか新たな一日に向き合うことができた。夫の抱擁を思い出すだけで慰められた。

だがふたりの気持ちは変わってしまった。魔法は消えた。

明日お母さんに電話をかけて、仲直りをしよう。彼女は自分に言い聞かせた。だが一日が過ぎ、次の朝が来ても、母親に電話をかけることができなかった。

何て言えばいいのだろう？　ご無沙汰してごめんなさい。自分は間違っていたかもしれない。ある男性と出会って初めてそのことに気がついた。その男性は言葉で自分を満たしてくれる。ただ耳を傾けているだけで満たされると。もちろん、そんなことを母親には言えない。

だがその通りだった。

夫が出かけるたびに彼女に残していく果てしないむなしさが、今は満たされていた。

ケネトがうちに来たのは一度ではなかった。彼女がベンヤミンを託児所に送り届けて帰ってくると、もうケネトが家の前に立っていた。まだ三月だというのに、いつも袖の短いシャツに窮屈そうな夏のズボンをはいている。イラクに八カ月、アフガニスタンに十カ月駐留していた間に鍛えられたという。外はもちろんテントの中でも肌を刺すような寒さにさらされていたせいで、デンマークの兵士は快適さを求める気持ちを抑えられるようになったとケネトは言った。

彼女はケネトに抗しがたい魅力を感じた。それは恐ろしいことでもあった。

夫は電話で彼女にベンヤミンの様子を尋ねた。なぜそんなに早く風邪が治ったのか、いぶかしく思っていた。愛している、家に帰るのが楽しみだとも言っていた。もしかしたら早めに戻れるかもしれないと。彼女は夫が言ったことの半分も信じていなかった。以前なら夫がそんなことを言えば感激した。だが今日は身震いがした。

彼女は恐れていた。夫の怒りと夫の力を。夫にたたき出されたら、彼女はすべてを失う。今まで夫になにもかも頼ってきた。少しくらいの貯えはあっても何の役にも立たない。ベンヤミンすら失いかねない。

夫は雄弁だ。言葉を巧みに操る。ベンヤミンは母親と一緒にいるのが一番だと彼女が言ったところで誰が信じるだろう。家を出て行くことなんてないでしょう？　ご主人は家族のために自分の人生を犠牲にしておられるはずですよ。度重なる出張はすべて家族の暮らしを支えるためでしょう。青少年福祉局の職員の声が聞こえてきそうだった。みんなおとなの夫に同調し、年若い彼女に過ちを認めさせようとするだろう。

わかりきったことだ。

あとでお母さんに電話をかけよう。恥を忍んですべてを話そう。母親なのだから、きっと助けてくれるはずだ。

だが時間が経つにつれ、さまざまな考えにとらわれていった。そもそもなぜこんなことになってしまったのだろう？　それはほんの数日前に、結婚して何年も経つ夫より、会ったばかりの男性を身近に感じたからだ。夫のことはこの家で共に過ごしたごくわずかな時間のことしか知らなかった。それ以外の夫の何を知っているだろう？　夫の仕事も、夫の過去も、夫はすべてを二階のあの段ボール箱にしまって自分から遠ざけている。

夫の愛情を失ってしまった。だが本当にそうなのだろうかと自分に問うとわからなくなった。夫は自分を大切にしてくれていないだろうか？　むしろ自分が今は分別を失っていて何も見えなくなっているのではないか？

そんな考えが頭の中にずっと渦巻いていた。耐えられなくなって彼女はまた二階に上がり、気づくと段ボール箱が詰まった部屋のドアの前に立っていた。今こそ境界線を越えて、真実を究明するときではないか？　後戻りができないところまで来てしまったのではないか？

彼女はドアを開けた。

彼女は段ボール箱を次々と廊下に引っぱり出し、逆の順序で積み上げていった。箱を元にもどすときには、前とまったく同じ順番に並べて、一番上にコートを掛けておく。そうすれば夫に知られることはない。

そう願った。

天窓の下の一番奥に並んだ十個の段ボール箱に入っていたのは、夫が言っていた通りのがらくたばかりだった。夫が自分で手に入れたものではなさそうだ。磁器、毛布、レースの敷物、十二人分の食器セット、シガーカッター、置き時計、そしてさまざまな陶製の置物など、いかにも祖父母が家族に残していきそうな品々が入っていた。忘れ去られた家族の過ぎた日々の光景そのものだ、と夫はかつて言っていた。

だが、次の十個の箱からはその過ぎた日々の光景の細部があらわになった。出てきたのは金箔を施した額に入った写真の数々。スクラップブックと切り抜き。さまざまな行事の報告や記念品を貼り付けたアルバム。どれも夫が子供の頃のものだった。そしてすべてに嘘と隠し事と秘密のにおいが立ちこめていた。夫は、常々言っていたこととは違い、どうやらひとりっ子ではなさそうだ。妹がひとりいることについては疑う余地はなかった。

写真の一枚にセーラー服を着た夫が写っていた。腕組みをして悲しげな目でカメラをじっと見つめている。せいぜい六、七歳といったところだろう。肌は柔らかそうで、髪をきちんと横分けにしている。そのとなりに長いお下げ髪の小さな女の子が立っていた。無邪気に微笑んでいる。もしかしたら生まれて初めて写真を撮ってもらったのかもしれない。

まったく様子が異なるふたりの子供をうまくとらえた小さないい写真だった。

写真を裏返すと〝イーヴァ〟と書かれていた。他にも何か書かれていたが、それはボールペンで消されていた。

彼女は写真にざっと目を通しながら、一枚ずつ裏返して見ていった。どの写真の裏にもボールペンで消された跡があった。

名前も場所もわからない。

すべて線で消されている。

なぜ名前を消すのだろう。こんなことをしたらこのひとたちは永久に忘れ去られてしまうのに。

実家にいた頃、名前が書かれていない人の古い白黒写真をよく見たことがあった。

「この人はダウマといって、あんたのひいおばあさんよ」と母が教えてくれても、それはどこにも書かれていない。そして母が死んだら、その名前はどうなってしまうだろう。その人がいつどこで生まれたのか、誰が覚えているのだろう。

だが、この少女には名前があった。イーヴァという名前が。

夫の妹であることに間違いない。目と口がそっくりだった。ふたりだけで撮った写真が二枚あった。少女は兄のとなりに立ち、賛美のまなざしで兄を見上げている。その姿に胸を打たれた。

イーヴァは普通の少女に見えた。ブロンドの髪がきちんと梳《くしけず》られている。ただ、まなざしが普通ではなかった。健気さよりも苦悩が漂っていた。ところが、最初の二枚の写真だけはそうではなかった。

兄と妹そして両親を一緒に撮った写真を見ると、四人は他人から身を守るようにぴったり体を寄せ合って立っている。互いの体に触れることなく間隔を空けずに並んでいる。こうした写真では、普通は子供が前に、親は後ろに立つことが多い。子供たちは両手を下ろし、母親の手は娘の肩に、父親の手は息子の肩に置かれるものだ。だがこの写真は違った。

彼女は、そのおとなびた目をした少年が自分の夫になったことがなかなか理解できなかった。夫は彼女の知らない時代を生きてきた。この写真のせいで、以前よりもはっきりとそう感じるようになった。

写真を箱の中に戻し、スクラップブックを開いた。夫と自分は出会わないほうがよかったのだということがはっきりと見えてきた。彼女は五ブロック先に住んでいるあの男性のためにこの世に生まれてきたのだ。本来なら彼と人生を共にすべきなのだ。ここに納められているような家族や過去を持った男性とではなく。

夫の父親は牧師だった。そんな話は夫から聞いたことはなかったが、写真がそう語っていた。

父親はにこりともせず、目から自信と力を放っていた。

母親の目は違った。母親の目からは何も感じられなかった。

スクラップブックの中身がその理由を暗示していた。どうやら父親がすべてを支配していたようだ。そこには教区誌が集められていた。その中で父親は不信心者を罵り、男女が同等でないことを説き、人生において愚行を犯したか、あるいは単に運が悪かった人間の存在理由を否定していた。この教区誌すべてに一貫して流れるモチーフは、不信心者を罵るために父親が繰り出す神の言葉だった。夫と彼女が育った環境は大きく違っている。そのことをこの教区誌は如実に示していた。

祖国賛美と不寛容、深い保守思想と国粋主義が醸《かも》す厭《いと》わしい空気が、黄色く変色した文書からあふれ出ていた。もちろんこれは夫の父親の問題であって、夫の問題ではない。それにもかかわらず、いま彼女は、過去の父親の罵詈《ばり》が夫の中に闇をもたらし、その闇が完全に消えるのは彼女を抱いているときだけなのだということに気がついた。そして考えてみると、彼女はだいぶ前から無意識のうちにそのことに気づいていたような気がした。

きっと夫の子供の頃に何かが完全に変わってしまったにちがいない。写真の裏の名前や場所がいつ書かれたにせよ、誰かがそれをボールペンで消し去った。そして見たところ、使われているボールペンはみんな同じだった。

今度図書館に行ったら、ベンヤミンの祖父をインターネットで検索してみよう。だがここにある過去の断片の中にも、独裁的で偏見にとらわれた夫の父親について知る手がかりはまだまだありそうだった。

夫とこのことについて話してみてもいいかもしれない。ひょっとしたらふたりの間の緊張が緩むかもしれない。

彼女は段ボール箱の中に積み重ねられていた靴の箱を開けた。一番下に少し興味をひく物が入っていた。たとえばロンソンのライター。試しに点けてみるとちゃんと火が灯って驚いた。ほかにはカフスボタン、ペーパーナイフなどの文房具、すべて同じ時代の物にみえた。

ほかの靴箱からはまったく異なる時代のものが出てきた。新聞の切り抜き、小冊子、政治的な中傷文書。箱を開けるたびに夫の人生の新たな別の断片が姿を現し、それを合わせると、徹底的に貶《おとし》められて傷ついたひとりの人間の姿が浮かび上がった。それはやがて父親にそっくりでありながら父親とは対極を成す姿に変わっていった。夫は十代半ばになると、子供の頃に受けた教えとは逆の方向に向かっていた。成人を前にする頃には、受け身ではなく自ら行動するほうを選んだ。成人すると第一線で全体主義的な思想を支持し、宗教とは一切の関わりを断った。家屋の不法占拠問題が集中していた頃のヴェスタブロー通りの騒乱にも加わった。セーラー服からラムの革のコートに着替え、アーミージャケットに着替え、パレスチナ人のスカーフを巻いた。そしてスカーフをすばやく引き上げて顔を隠すこともあった。夫は自分がいつどの色をまとえばいいのか正確にわかっているカメレオンだった。そのことを彼女はようやく知った。

彼女はしばらく段ボール箱の前に立ち、箱を元通りに戻して、見たことを忘れてしまおうかと考えた。おそらく夫もこの箱の中の物を忘れたいと思っている。

夫は過去の人生に終止符を打ちたかっただけなのではないか？　きっとそうだ。そうでなければすべて話してくれていたはずだし、写真の名前や場所を消さなかったはずだ。

だが、本当にこれ以上箱を開けなくてもいいのだろうか？

ここで夫の人生を詮索することをやめてしまったら、夫を本当に理解することはできなくなるだろう。ベンヤミンの父親が実際は何者なのか知ることはできなくなるだろう。

彼女は床の上の箱に詰められた夫の人生を眺めた。段ボール箱の中の靴の箱、靴の箱の中のファイル。すべてが年代順に整理され、きちんとラベルが貼られている。

この後に何か問題が起きた時期があったのだろうと彼女は予想していた。何かが夫を方向転換させたことは明らかだ。しばらくの間、夫をおとなしくさせるようなことが。

人生のさまざまな局面が年月を記載した透明のビニール袋に納められていた。夫は一年間法律を学び、その後哲学を学んでいた。二年間リュックサックをかついで中米を旅してまわり、メモや広告によると、旅の途中でブドウ園、ホテル、畜殺場などでアルバイトをして食いつないでいたようだ。

帰国してからようやく、夫は彼女が知っていると思っていた人間にゆっくりと変わっていったようだ。それも透明のビニール袋の中身が語っていた。軍隊の案内書。下士官、憲兵隊、陸軍特殊部隊の養成教育に関する殴り書きのメモ。

だがそこには、固有名詞というものが一切出てこなくなった。具体的な場所や人間関係については何も書かれていない。袋の中身は過ぎ去った年月の概要でしかなかった。

さまざまな言語で書かれた小冊子や広告が、当時の夫が検討していた進路を暗示していた。ベルギー商船隊の船員養成教育に関する情報。南フランスの美しい写真が添えられた外人部隊に関する情報。営業関係の見習い社員の応募書類のコピー。

しかし、夫が最終的に選んだ道はわからなかった。夫が人生のある時期にとっていた行動が想像できるだけだった。そしてそれがまったく混沌としているように見えるだけだった。

段ボール箱を元の場所に片付けている間に、彼女は不安になってきた。夫は秘密の任務で出かけている。とにかく夫はそう言っていた。そして今まで、それは人のためになる任務だと当たり前のように思ってきた。諜報活動とか、警察の覆面捜査官とか、そのような仕事だと。だが、そんな証拠は何もなかった。

わかっているのは、夫が普通の生活を一度も送ったことがないということだけだ。夫は常に綱渡りのような人生を送ってきた。

夫の人生の最初の三十年間をのぞいてみたものの、夫のことは依然としてわからないままだ。

最後に残ったのは一番上に積んであった段ボール箱だ。最初はいくつかの箱をちらっと見るだけのつもりだった。とうてい全部を見るつもりはなかった。そして、次から次へと箱を開けているうちに、ふとぞっとするような疑問が湧いてきた。なぜここにある箱はこんなに簡単に見られる場所に置いてあるのだろう？

答えがわかっているだけに怖くなった。箱が無防備にここに置かれているのは、彼女が中を引っかき回すはずがないからだ。夫が彼女を支配していることは火を見るよりも明らかだ。そう思うと不安がつのった。ここは夫の領域だ。彼女が出入りしてはいけない場所なのだ。これまで何のためらいもなくそのことを自分は受け入れてきた。

他者に対してそうした力を持っている人間はその力を行使するものだ。

いちだんと緊張の度合いを増しながら、彼女は唇を固く結び、鼻から深く息を吸って、最上段にあった箱を開けていった。

箱にはファイルボックスが詰まっており、その中に大量のA4サイズのファイルが納められていた。ファイルの表紙はカラフルだが、中身は闇の世界に見えた。

初めのほうの箱は、夫がどうやら不信心を謝罪しようとしていた時期があったことを物語っていた。さまざまな宗教団体の小冊子が透明のビニール袋にきちんと納められていた。永遠なるものとか、神の永遠の光とか、どうすれば人はそこに確実に行き着けるのかとかが書かれているチラシ。新興の宗教団体や宗派の小冊子。そのどれもが人類の苦境に対する決定的な答えを知っていると考えている――サティヤ・サイ・ババ、サイエントロジー、神の母教会、エホバの証人、神の子供たち、統一教会、第四の道、神聖なる光のミッション。ほかに聞いたことのない団体もたくさんあった。その起源にかかわらず、こうした宗教はすべて、救済、調和、そして隣人愛を知ることを目指す唯一正しい道によりどころを求めていた。唯一正しい道――絶対に間違いのない道に。

彼女は首を横に振った。夫は何を求めていたのだろう？ 夫はあらん限りの力を尽くして子供の頃の束縛やキリスト教の教義から脱したはずではなかったか？ 彼女の認識では、ここに書かれた言葉の中に夫が受け入れられそうなものは何ひとつなかった。

やはり考えられない。ロスキレ大聖堂のある町に住みながら、家の中で交わされ、耳にする言葉の中に、神も宗教も入っていないことは確かだった。

彼女は託児所から連れて帰ってきたベンヤミンと少し遊んでやった。それからテレビの前に座らせた。色を見て、絵が動けば、息子は満足した。

二階に戻りながら、これ以上の詮索はやめるべきではないかと思案した。残りの箱は開けずに元の場所に戻し、夫の苦い思い出をそっとしておくべきではないかと思ったのだ。

二十分後、彼女はそうした衝動に従わなくて正解だったと思いなおしていた。すぐに荷物をまとめ、家計費の入ったブリキ缶をつかみ、駅に行って最初に来た列車に乗ろうと本気で考えた。それほど惨《みじ》めな気分だった。

箱の中には、ふたりがともに過ごした時間、すなわち彼女が夫の人生の一部になった時期に関係した物も入っていることは予想していた。しかし、自分が夫の計画の一部としてファイルの中から出てくるとは思っていなかった。

夫は彼女に一目惚れだと言っていた。彼女もそう信じていた。だがそれははったりだったのだ。

ふたりはカフェで初めて出会った。まったくの偶然のはずだった。だが夫は彼女が初めて表彰台に乗ったベアンストーフ公園の馬術の障害飛越の新聞記事を保存していた。最初の出会いの何カ月も前のことだ。夫はどこからこんな切り抜きを手に入れたのだろう？　出会った後に偶然手に入れたものなら、彼女に見せるはずではないか。さらに夫は彼女がそのずっと前に参加していた試合のプログラムも持っていた。夫と一度も一緒に行ったことのない場所で写真まで撮られていた。要するに夫は〝最初の出会い〟の何カ月も前にすでに彼女に探りを入れていたのだ。

夫は行動に出る絶好のタイミングを図っていたにすぎない。彼女は夫に選ばれたのだ。だがそうだとしても、今こうした物が出てくると、自慢する気にはとうていなれなかった。むしろ鳥肌が立った。

さらに慄然《りつぜん》としたのは、同じ段ボール箱に入っていた木箱を開けたときだった。一見するとそれはただの住所録だった。だがよく見ていくととても不愉快な気分になった。なぜこんな情報が夫にとって重要なのか理解できなかった。

リストに載っている名前にはそれぞれ、その人やその家族に関するデータが寸分のすき間もないほど書き込まれていた。まず所属している宗教団体と教区、次にその教区内での立場、そして入信後の年数。次に私生活の情報が続き、特に家族の子供に関しては詳細に書かれていた。名前、年齢そして最も目をひく特性。一例をあげると――

〝ヴィラース・スコウ、十五歳、母親のお気に入りではないが、父親ととても仲が良い。手に負えぬ腕白者で教会の集会をよくさぼる。冬はよく風邪をひき、この冬は二回寝込んだ〟

夫はこんな情報を使って何がしたいのだろう？　よその家族の収入が夫に何の関係があるのだろう？　福祉事務所か何かに雇われて探っているのだろうか？　宗教団体に侵入して、近親相姦や暴力といった卑劣な行為を暴こうとしているのだろうか？

夫はデンマーク全土にわたって活動しているようだった。つまり自治体や福祉事務所に雇われているわけではない。そもそも夫が公務に就いているとは思えなかった。公務員がこうした個人情報を自宅の段ボール箱で保管しているはずがないからだ。

だったら、夫は何者なのだろう？　私立探偵？　この国の宗教的な背景を調査するためにどこかの金持ちに雇われているのだろうか？

そうかもしれない。

この〝そうかもしれない〟を受け入れることで、彼女は心の平安を見いだした。だがそれも一枚の紙を見つけるまでのことだった。その紙には一番下の家族の情報の下に、〝百二十万。違反なし〟と書かれていた。

彼女は長い間その紙を膝に置いて座っていた。それもまた宗教団体とつながりのある子だくさんの家族の情報だった。この最後の行を見るまでは他のものと区別がつかなかったが、ほかにも細かな違いがあった。ひとりの子供の名前の横にチェックマークが入っていた。十六歳の少年で、みんなに愛されているとだけ書き添えられている。なぜこの少年の名前の横にチェックマークが入っているのだろう？　みんなに愛されているからだろうか？

彼女は唇を噛んだ。何も考えが浮かばなかった。ただ内なる声が急いで逃げろと言っていた。だが、逃げることが正しいのだろうか？

もしかしたら、ここにある物を全部使えば夫に対抗できるかもしれない。もしかしたら、それでベンヤミンを守れるかもしれない。ただわからないのはその方法だった。

彼女は最後の二つの箱を注意深く元の場所に戻した。その箱にはこの家では使ったことのない夫の雑多な持ち物が詰まっていた。

最後に箱の上に慎重にコートをかけた。彼女がここに入ったことを示す唯一の痕跡は、充電器を探した時に付けてしまった箱のへこみだった。だが、それはうまく隠れていた。

これで十分だ、と彼女は思った。

そのとき、玄関の呼び鈴が鳴った。


扉を開けると夕暮れの中にケネトが立っていた。今回も彼はふたりで取り決めた通りに振る舞った。手にしわくちゃになった新聞を持ち、お宅に新聞は足りていますかと尋ねる用意ができていた。これが道の真ん中に落ちていました、近頃の新聞配達人はあてにできませんねと。彼女が顔の表情で危険が迫っていることを告げた場合に、あるいは期待に反して夫が扉を開けた場合に備えての約束事だった。

今日はどんな顔をすればいいのか、彼女はわからなかった。

「少しだけ中に入って」とだけ彼女は言った。

彼女は道路に視線をさまよわせた。すっかり暗くなっている。そしてあたりは静まりかえっていた。

「どうしたんだ？　ご主人が帰ってくるの？」ケネトはきいた。

「いいえ、それはないと思う。帰ってくるなら電話があるはずだから」

「じゃあどうしたの？　気分でも悪いの？」

「ええ」彼女は唇を嚙んだ。箱のことをケネトに打ち明けてどんな意味があるだろう？　うしばらく会わないようにするのが一番ではないだろうか？　そうすれば彼を巻き込まないですむ。しばらくの間会わなければ、誰にもふたりの関係はわからないはずだ。

彼女はそう考えながらうなずいた。「ケネト、今ちょっと取り込んでいるの」

ケネトは黙ってただ彼女を見ていた。淡い色の眉の下の目は危険を察知する能力に長《た》けている。だからすぐに異変を察知した。これ以上抑えておけない彼女に対する気持ちに及ぼす影響を察知した。そして防衛本能が目覚めた。

「言ってくれ、ミア、いったいどうしたんだ？」

彼女はケネトを玄関からベンヤミンがいる部屋に引っぱって行った。ベンヤミンはじっと動かずにテレビの前に座っていた。

彼女はケネトに向かって言おうとした。心配はいらない、しばらく家を出るだけだと。するとそのとき、車のヘッドライトが暗い前庭を横切った。

「帰って、ケネト。裏口から、早く！」

「僕たちも……」

「早くして、ケネト！」

「わかった、でも玄関先に自転車を置いてあるんだ。どうしよう？」

脇の下に汗が噴きだしてきた。今すぐケネトと逃げるべきだろうか？　さっさとベンヤミンを抱いて玄関から出て行くべきだろうか？　いや、そんな危険は冒せない。そんな勇気はない。

「彼には適当に言っておくわ、だから早く行って。キッチンを通ってね、ベンヤミンに気づかれないように！」

玄関の扉の鍵が回る一秒前に、裏口が閉まる音がした。

彼女はテレビの前の床の上で、息子の体に腕を回して座っていた。

「聞こえた、ベンヤミン？」ミアは言った。「パパが帰ってきたわ。間に合ったわね」

18

三月の霧の濃い金曜日に、スウェーデンのスコーネ地方を横切る幹線道路を走っていても言うべきことはあまりない。家も道路標識も取っ払ってしまえば、デンマークのリングステズとスラーエルセ間とまったく変わらない道だ。ほぼ平坦で、保守が行き届いており、何の刺激もない。

警察本部には、スウェーデンの〝ス〟と口にしただけで目を輝かせた同僚が少なくとも五十人はいた。彼らを信じるなら、国境を越えて、青と黄色の国旗を見ただけで、人間の欲求はすべて満たされることになる。カールはフロントガラスの向こうを見ながら首を横に振った。自分にはどうやら欠けている遺伝子があるようだ。コケモモやマッシュポテトやソーセージといったありきたりの食べ物が、〝リンゴン〟や〝ポタティスモス〟や〝コルヴ〟といった名称に変わったとたんに大喜びして食べたくなる遺伝子が。

ブレーキンゲに入ってようやくカールにも納得がいくほど風景は変わった。この地方の人々によると、神々が地上に岩と石を配されていた頃、ブレーキンゲに到着した頃には疲労のあまり両手が震えていたという。風景ははるかによくなったものの、木と石以外は何もなかった。やっぱりここはスウェーデンなのだ。

なんだ、デッキチェアもカンパリも見あたらないじゃないか、とカールが思ったのは、ようやくハッラブロに着いて町の中心を一周したときだった。売店やガソリンスタンドや自動車修理工場といったものが建ち並ぶスウェーデンの典型的な小さな田舎町だった。

旧コンガ通りにあるその家は、町の北に位置していた。土地の境界線に沿って石積みの壁が築かれている。三つの窓に明かりが灯っていることから、アサドの電話は家族に不安をかき立てなかったようだ。

カールは玄関の扉を叩いた。だが、人が出てくる気配はない。

しまった。カールは今日が金曜日であることを思い出した。エホバの証人の信者なら、すでに安息日に入っているのかもしれない。ユダヤ人が金曜日の夜から安息日に入るのは、きっと聖書にそう書かれているからであり、エホバの証人は聖書を一字一句忠実に守ると聞いている。

カールはもう一度扉を叩いた。扉を開けないのは禁じられているからかもしれない。安息日には何をしてもだめなのだろうか。だったら、どうする？　押し入るか？　いや、マットレスの下に猟銃を置いていて当然のようなこんな世界の端っこで、それはいい考えとは言えない。

カールはざっと周囲を見渡した。闇が訪れると何とも寂しいところだった。こんな時間になったら、テーブルの上に脚を乗せて、過ぎ去った一日のことはもう考えないのが一番だ。

だが、こんなどうしようもない田舎で一夜の宿が見つかるだろうか。そう考え始めた矢先に、扉ののぞき窓の向こうに明かりが点《つ》いた。

ほんの少し開かれた扉に、十四、五歳の少年のにこりともしない青白い顔が現れた。少年はカールを見たが、ひと言もしゃべらなかった。

「やあ」カールは言った。「お父さんかお母さんはいるかい？」

すると少年は音を立てずに扉を閉め、かんぬきまで掛けた。

少年の表情はまったく冷静そのものだった。どうやら少年は自分が成すべきことを知っていて、それには招かれざる客を家に入れないことも含まれているらしい。

二、三分経っても、カールはまだ扉を見つめて立っていた。じっと動かないでいると効果がある場合もある。

街灯の明かりの下を散歩している土地の人がカールを不審げに見て行く。どこの小さな町にも忠実な番犬はいるものだ。

とうとうのぞき窓の向こうに男性の顔が現れた。待ちの戦術はまたしても功を奏した。

扉が開いた。青ざめた顔の男は来るのがわかっていたかのような目でカールを見た。

「何です？」男はカールが口火を切るのを待った。

カールはポケットから警察バッジを取り出した。「カール・マークです。コペンハーゲン警察の特捜部Qから来ました。マーティン・ホルトさんですか？」

男は具合が悪そうだったが、バッジを見てうなずいた。

「中に入ってもいいですか？」

「ご用件は何ですか？」男は声は小さかったが完璧なデンマーク語で答えた。

「中でお話しできませんか？」

「それはできません」男は後ろに下がって扉を閉めようとした。カールはドアノブをつかんだ。

「マーティン・ホルトさん、息子さんのポウル君と少しお話しさせてもらえませんか」

ポウルの父親はしばらくためらった後に言った。「いいえ、あれはここにはいません。ですから無理です」

「どこに行けば会えるか、教えていただけませんか？」

「そんなこと知りませんよ」父親はカールを睨《ね》めつけるような目で見た。

「ポウル君の住所をご存じないんですか？」

「知りません。それにもう邪魔しないでいただきたい。聖書を読む時間なので」

カールは一枚の紙を取り出した。「ここに住民登録課の書類があります。ポウル君が工科大学をやめた一九九六年二月十六日に、あなたが当時住んでいたグレースデズの住所に登録されていた住民のリストです。ほら、あなたと奥さんのライラさん、それからお子さんとしてポウル、ミゲリーネ、トレクヴェ、エレン、ヘンレクとあります」カールは目を上げた。

「個人番号から推定すると、お子さんたちは現在それぞれ三十一歳、二十六歳、二十四歳、十六歳、十五歳になっておられる。間違いないですか？」

マーティン・ホルトはうなずくと、いつのまにか玄関に出てきて知りたくてたまらない様子で父親の肩越しにのぞきこんでいる少年を押しのけた。さっき出てきた少年だった。きっとヘンレクだ。

カールは少年を目で追った。少年は便所に行きたいとき以外は何も自分で決めることが許されていない人間が見せるようなうつろな目をしていた。

カールは、家族の手綱をしっかり締めているらしい父親に目を戻した。「我々はポウル君が最後に工科大学に姿を見せた日に、弟のトレクヴェ君と一緒だったことを知っています」カールは言った。「ポウル君がこちらに住んでいないなら、トレクヴェ君と話をさせてもらえませんか？　少しだけでも」

「あれとはもう口をきいていない」冷たい抑揚のない声だった。玄関灯の下に、抱えなくてはならないものの多さで肌の色もつやも失った不健康な人間の顔が浮かび上がった。多すぎる仕事、多すぎる決断、少なすぎる楽しい経験。青白い肌と輝きを失った目、その両方をこの男は持っていた。そしてその目をカールが見たのを最後に男は扉を閉めた。

一秒後に玄関の外と中の照明が消えた。だが、カールは男がまだそこに立ってカールが帰るのを待っているのを知っていた。

カールはその場で二、三歩足踏みをして、階段を下りて行ったような音を立てた。

そのとき扉の後ろで男が祈りを捧げる声がした。

「私たちの舌を抑えてください、主よ、この厭うべき言葉が口から出ないように。真実ではない言葉も、完全には真相を語っていない真実の言葉も、無慈悲なる完全な真相も。主イエス・キリストのために」マーティン・ホルトはスウェーデン語で祈った。

彼は母国語まで捨てたのだ。

〝私たちの舌を抑えてください、主よ〟そして〝あれとはもう口をきいていない〟とマーティン・ホルトは言った。いったいどうしてそんなことを言ったのだろう？　トレクヴェのことを話してはいけないのか？　それともポウルのことか？　ふたりはあの事件のために家を追い出されたのか？　ふたりが神の王国にふさわしくないことがわかったからか？　そんな単純なことなのか？

デンマークの公務員にこれ以上できることはなかった。

ではどうする？　カールは思案した。地元のカールスハムンの警察に電話をかけて協力を頼むべきだろうか？　だがなんて説明すればいいのだろう。この家族は犯罪を犯しているわけではない。少なくともカールが知っている限りでは。

カールは足音を忍ばせて階段を下り、車に乗り込むと、バックで道路に戻って車をとめておけそうな場所を探した。

場所が見つかると、魔法瓶の蓋《ふた》を回した。霧が氷のように冷たかった。そんなことは当たり前だったが、こんな夜勤を最後に引き受けたのはもう十年以上前のことだ。あのときも自分から志願したわけではなかった。引き継ぎを受けて、じめじめと冷たい三月の夜にまともなヘッドレストもない車の中で、プラスチックのカップに入った冷たいコーヒーを飲んでいた。そして今またこうして座っている。この先どうなるのかまったく予想もつかない。ただ本能に導かれているだけだった。

だが、ひとつ確かなことがあった。あの高台の家に住む男の反応は自然ではなかった。マーティン・ホルトは息子の話をしているときに、あまりにも無愛想で、感情に乏しく、元気がなかった。その上、なぜコペンハーゲンの警部補がわざわざこんな岩だらけのへんぴな場所にやって来たかについても関心を示さなかった。人が何をきいたかよりも、何をきかなかったかということのほうが、おかしな点に気づかせてくれることが多い。おそらくこの場合もその法則が当てはまるだろう。

カールはカーブの上の家を見上げ、コーヒーカップを太ももの間に挟んだ。そしてゆっくりと目を閉じた。短い仮眠は生命の水だ。

二分間だけ。カールはそう決めて眠りに落ちた。二十分後に目が覚めると、カップ一杯分のコーヒーで股間が冷たくなっていることに気がついた。

「くそっ！」カールは慌ててズボンからカップを取り除き、コーヒーをぬぐった。そのほんの数秒後にカールはまたもや罵り声をあげた。ホルトの家から車のヘッドライトがロンネビュー方向の道路に下りてくるのが見えたのだ。

カールは座席にしたたり落ちているかもしれないコーヒーはそっちのけで、エンジンを始動させ、アクセルを踏み込んだ。あたりは真っ暗だった。ハッラブロの町を後にしたとたんに、この岩だらけの荒野にあるものといえば頭上の星と前を走る車だけになった。

そのまま十五キロほど走ると、ヘッドライトがどぎつい黄色の家をかすめた。その家は丘の上に建っていたが、あまりにも道路に接近していて、強い突風でも吹けば倒れてきて深刻な交通障害を引き起こしそうだった。

カールの前の車は速度を落として、私道に入って行った。カールは道端で十分間待った後、プジョーを置いて、警戒しながら黄色い家のほうに歩いて行った。

そこで初めてカールは車の中に複数の人影を見た。四人乗っていて体の大きさはさまざまだった。みんな身動きひとつせず、気味が悪かった。

またそこでもカールは二、三分待った。闇の中でも塗装が光って見えるこの家は見ていて楽しいものではなかった。

山のようなごみと錆びた古い道具類。すべてが何年も前からそこに捨てられっぱなしで、朽ちていっているように見えた。

ポウルの家族にとってグレースデズの高級住宅街の洗練された家から、こんな寂しい土地まで来るのは遠い道のりだったはずだ。カールはそう考えながら、ロンネビューのほうからかなりの速度でやって来た車のヘッドライトを目で追った。円錐形の光が家の妻壁とその前にとまっている車をさっと掃くように通り過ぎていった。光がほんの一瞬、母親の泣いている顔と、後部座席の若い女とふたりの十代の少年の顔を照らした。四人とも疲れ切っていて、神経が昂ぶり、おびえているように見えた。

カールは家まで忍び寄るとぼろぼろの板壁に耳をつけた。薄い壁から中の様子は筒抜けだった。

家の中は騒々しかった。ふたりの男が大声で言い合いをしていて、どうしても意見の一致を見ないようだった。怒号が飛び交い、和解にはほど遠いようだった。

わめき声が突然やみ、父親が玄関から出てきた。そして扉を閉めると、待っていた車の運転席に飛び込んだ。

父親はタイヤをきしませながら車をバックさせると、轟音とともに南へ走り去っていった。

カールは決断した。

その古い黄色い家はカールに何かをそっと伝えているようだった。

カールはそれに耳を傾けた。


表札には〝リッレモー・ベングトソン〟とあった。だが、呼び鈴にこたえて扉を開けた若い女性には〝女あるじ〟という感じはまるでなかった。二十歳を少し過ぎたブロンドの女性で、前歯が少し歪んだチャーミングな女性だった。

スウェーデンまで来てようやくいいことがあった。

「私が来ることはご存じだったんじゃないかと思っています」カールは警察バッジを見せた。

「ポウル・ホルトさんに会えますか？」

彼女は首を横に振ったが、微笑んでいた。さっきの喧嘩のときにはおそらく安全な距離を保っていたのだろう。

「ではトレクヴェさんは?」

「お入りください」彼女は脇に寄って、次のドアを指し示した。

「いらしたわよ、トレクヴェ」部屋に向かって呼びかけた。「わたしはもう休みますので」彼女はまるで旧知の友のようにカールに微笑みかけ、恋人とカールを二人きりにしてくれた。

長身でやせた男だった。まさに〝のっぽ〟と言うにふさわしかった。カールは手を差し出し、相手の手をしっかりと握って挨拶をした。

「トレクヴェ・ホルトです」彼は言った。「さっき父が警告しに来ました」

カールはうなずいた。「お父さんとは和《なご》やかにおしゃべりしていたという感じではなかったようですが？」

「その通りです。僕は家を追い出された人間です。四年前から家族とは口をきいていません。でも彼女が前の道にときどき車がとまっているのを見かけているようです」

トレクヴェは静かにカールを見ていた。今の状況やさっきの議論についてはそれ以上きくことはないようだったので、カールはすぐに核心に入った。

「我々はあるボトルメールを見つけました」カールはそう言うとすぐにトレクヴェの自信ありげな顔に感情の動きを見て取った。「それはずいぶん前にスコットランドの海岸で海から引き上げられたんですが、コペンハーゲン警察の我々の手に渡ったのはつい十日ほど前でした」

トレクヴェの態度は〝ボトルメール〟のひと言でみるみる変化していった。まるでこの言葉が彼の心の奥底に長い間封じ込まれていたかのようだった。もしかしたら、もうずいぶん前から誰かが口にすることを待っていたのかもしれない。もしかしたら、今トレクヴェを突き動かしているものすべての謎のパスワードだったのかもしれない。そんな印象を受けた。

トレクヴェは唇を噛んだ。「ボトルメールですか？」

「ええ、これです」カールは手紙のコピーを差し出した。

するとトレクヴェは手当たり次第にあたりの物を引き倒しながら、あっという間にくずおれていった。カールが反射的に手で支えなかったら、床に倒れていただろう。

「どうしたの？」トレクヴェの彼女だった。髪をほどき、短いTシャツ姿で戸口に立っていた。

カールは手紙を指し示した。

彼女は手紙を拾い上げて、ざっと目を通すと、恋人に差し出した。

しばらくの間、誰も何も言わなかった。

トレクヴェはようやく少し気を取り直すと、毒蛇でも見るように手紙を横目で見た。そしてそれが唯一の解毒剤であるかのように、手紙をひっつかみ、何度も何度も読み通した。ゆっくり、ひと言ひと言。

手紙を読み終えてカールを見上げたトレクヴェはもはや別人だった。さっきまでの落ち着きと自信はボトルメールのメッセージに吸い取られ、心臓の高鳴りが目に見えるようだった。

顔を真っ赤にし、唇は震えていた。ボトルメールは彼の中に眠っていた最悪の記憶を呼び覚ましたことに間違いはなかった。

「ああ、どうしよう」トレクヴェはそれだけ言うと、目を閉じて、手で口を押さえた。

恋人がトレクヴェの手をとった。「トレクヴェ、言わなくちゃだめよ。それでようやく終わりにできる。そして何もかもうまくいくわ」

トレクヴェは涙をぬぐって、カールのほうを向いた。「この手紙を見たことはありません。でも、どうやって書かれたかは見ていました」

トレクヴェは手紙を手にとってもう一度読んだ。指を震わせ、何度も涙をぬぐっていた。

「僕には世界で一番頭がよかった大好きな兄がいました」彼はそう言って唇を震わせた。

「ただ兄は、普通の人のように表現できないという問題がありました」

そしてトレクヴェは手紙をテーブルの上に置き、腕を組んで、体を少し前にかがめた。

「手紙を書くというのは兄にはとても難しいことだったんです」

カールはトレクヴェの肩に手を置こうとしたが、トレクヴェは拒絶するように頭を振った。

「明日にしてもらえませんか？」トレクヴェは言った。「今はとてもお話しできません。今晩はそこのソファーで寝てください。リッレモーに寝床をつくってもらいます。それでかまいませんか？」

カールはソファーを見た。少し丈《たけ》が短すぎたが、クッションはものすごく良さそうだった。

濡れた道路を走行する車のタイヤの音でカールは目が覚めた。縮こまっていた体を伸ばして窓を見た。時間はわからなかったが、まだかなり暗かった。そして向かい側にはふたりの若い男女が手を取りあってすり切れたIKEAの椅子に座り、カールに会釈をした。テーブルの上にはすでに魔法瓶とその横にボトルメールが置かれていた。

「ご存知のように、それは兄のポウルが書きました」トレクヴェはそう言うと、コーヒーの香りがカールの生気を徐々に呼び覚ますのを見ていた。

「両手を背中で縛られた状態で」トレクヴェは目を落ち着きなく動かしながら言った。

両手を背中で縛られていた！　ラウアスンの推測は合っていたということだ。

「実際にどうやって書いたのかはわかりません」トレクヴェは続けた。「でも、ポウルはとても粘り強い人間でした。それにスケッチが上手でした」

ポウルの弟は悲しそうに笑った。「あなたがここに来られたことが、どれだけ僕にとって意味のあることか想像がつかないでしょうね。この手紙を手にすることができたなんて、ポウルの手紙を」

カールはコピーに目をやった。トレクヴェ・ホルトはいくつか文字を書き加えていた。もちろん確信があって書き込んだものだろう。

カールはコーヒーをひとくち飲んだ。親のしつけが悪ければ、驚いてのどをつかんで、ゲーゲー言っていたところだ。なんだこの真っ黒けの飲み物は？　カフェイン百パーセントか？

「ポウルさんは今どこにおられるんですか?」カールは気を取り直してきいた。

「ポウルがどこにいるか?」トレクヴェはつらそうにカールを見た。「何年も前にそう尋ねられたら、兄は選ばれし十四万四千人と神の王国にいると答えたでしょう。今はただ、ポウルは死んだとしか言えません。最後に兄はこの手紙を書いたんです。これは兄の最後の生きていたしるしです」

嗚咽《おえつ》でしばらく話は中断した。

「瓶を海に投げ込んでから二分も経たないうちに、ポウルは殺されました」トレクヴェはほとんど聞きとれない声でつぶやいた。

カールは姿勢を正した。だらしない格好で聞く話ではなかった。

「お兄さんは殺されたんですか?」

トレクヴェはうなずいた。

カールは眉を寄せた。「誘拐犯はお兄さんを殺しておいて、あなたの命は助けたんですか?」

リッレモーが手を伸ばしてトレクヴェの頬の涙をぬぐった。トレクヴェは再びうなずいた。

「ええ、あいつは僕の命を助けました。あれ以来何十万回となくあの男を呪っています」

19

彼に特殊な能力があるとしたら、それは不自然な目つきや表情を見分けられることだった。蠟引きのテーブルクロスにのった皿のまわりに家族が集まり、主の祈りを唱えるその瞬間に、彼は父が母をまた殴ったことを確信した。目に見える痕跡はなかった。父は顔は殴らなかった。そのへんは抜け目がなかった。父は信者の目に配慮しなければならなかった。そして母はそんな父に協力し、殊勝ぶった顔で座って子供たちが食卓で行儀良くし、数え上げた数のじゃがいもを数え上げた数の肉に付け合わせて食べることに細心の注意を払っていた。だが、穏やかにまばたきをする目の奥には不安と憎しみと底知れぬ無力感があった。

それが彼には見えた。

そうした希望も悪意もないまなざしを父の目にも見たことはあったが、それはめったにないことだった。そもそも父の表情はいつも同じだった。氷のように冷たい人を刺すような目が大きく開かれるのは、子供にふだん以上の体罰を与えているときくらいのものだった。子供のときからそうやって人の目を見てきた。そして今もそれは変わらない。

彼は玄関を通り抜けて部屋に足を踏み入れるなり、妻の目にいつもと違うものを見て取った。もちろん妻は微笑んでいた。しかし、その微笑みは歪み、そのまなざしは彼のほうを向いていながら、彼の顔には届いていなかった。

妻が子供をそれほどきつく抱き寄せていなければ、疲れか頭痛のせいでそんなふうに床に座っているのだろうと思ったかもしれない。しかし、妻は子供をしっかりと抱きながら、心はまったく別のところにあるように見えた。

何かがおかしかった。

「ただいま」彼は声をかけて、家の中のさまざまなにおいの塊を吸いこんだ。そのとき、口には出さなかったが、かすかになじみのない香りが混じっていることに気がついた。境界線を越えるような問題を暗示するかすかなにおいの跡だった。

「お茶を一杯淹れてくれないか」彼は言って妻の頰をなでた。熱があるかのように熱かった。

「調子はどうだい?」彼は息子を膝に抱き上げて目をのぞきこんだ。澄んだ目は嬉しそうでもあり、眠たそうでもあった。息子はたちまち顔をほころばせた。

「なんだ元気そうじゃないか」

「ええ、昨日までは鼻をすすってたんだけど、今朝になったらまたすっかり元気になったわ。子供ってわからないわね」妻は短く微笑んだが、それもよそよそしく感じられた。

彼が留守にしていた数日の間に妻は何歳も年をとったように見えた。

彼は約束を守った。前の週と同じように妻を激しく求めた。だが、いつもより長引いた。妻が我を忘れ、頭と体が切り離されるまで、いつもより時間がかかったからだ。終わると妻に寝間着を着せ自分の胸の上で休ませた。いつもなら妻は彼の胸毛を指に絡ませ、彼の首をその華奢な指で愛撫するはずだった。だが妻はそうしなかった。ただ黙って呼吸を整えることに集中していた。

彼は単刀直入にきいた。「玄関先に男性用の自転車が置いてあったが、誰の自転車か知ってるか？」

妻は眠いと言った。

だが眠ってはいなかった。だったらもう答えなくていい。答えはわかった。

彼は頭の後ろで腕を組んでベッドに横たわったまま、三月の朝が明けていく様子を二時間前から見ていた。弱い光が天井に滑るように伸びていき、部屋はしだいに明るくなっていった。

頭の中は再び落ち着きを取り戻していた。彼と妻は問題を抱えている。だがそれは自分が解決する。きっぱりとけりをつける。

妻が目を覚ましたら、嘘をはがしていく——一枚、一枚。

尋問が始まったのは、彼女がベンヤミンをベビーサークルの中に下ろした後だった。予想通りだった。

四年間彼らは互いの信頼を試すことなく一緒に暮らしてきた。今日までは。

「自転車は鍵がかけられている。ということは盗まれたものじゃないな」夫はそう言って、彼女を不自然なほど変わりない目で見ていた。「誰かがあそこに意図的に置いたものだと思わないか？」

彼女は下唇を突き出して肩をすくめた。そんなことわかるわけないじゃない。そう示したつもりだったが、夫は目をそらせた。

彼女は脇の下に汗が滲むのを感じた。額に汗の粒が現れるのも時間の問題だ。

「誰の自転車か調べようと思ったら調べられるんじゃないか」夫はそう言うと彼女を見た。

「本当？」彼女は驚いたふりをした。そして額に手を持って行って掻くような仕草をした。

やはり汗をかいている。

夫はじっとこっちを見ている。キッチンが突然狭くなった気がした。

「どうやって調べるの？」

「近所に目撃した人がいないか聞けばいい」

彼女は安堵した。夫がそんなことをするはずがなかった。

「そうね」彼女は言った。「いい考えかもしれないわね。でもそのうちまた消えるんじゃない？　道端に置いておけば」

夫はくつろいだ様子で椅子にもたれた。彼女はくつろぐどころではなかった。もう一度額を手でぬぐった。

「汗をかいてるじゃないか」夫は言った。「どうした？」

彼女は唇を突き出してゆっくりと息を吐いた。落ち着くのよ。彼女は自分を戒《いまし》めた。「ええ、なんだか熱があるみたい。ベンヤミンにうつされたのかしら」

夫はうなずき、首を横に傾げた。「ところで携帯電話の充電器はどこにあった？」

彼女はもうひとつパンを取ってふたつに割った。「玄関の帽子のかごの中よ」これで足が地に着いたように感じた。今大切なのはそこに踏みとどまることだ。

「かご？」

「充電した後、そこに戻しておいたわ」

夫は無言で立ち上がった。すぐにまた座って、なぜ充電器がかごの中にあるんだときくだろう。そしたら考えておいた通りに答えればいい。そこにずっとあったじゃないと。

このとき彼女は自分のミスに気づいた。

玄関先の自転車でこのストーリーは台無しになる。夫は同じタイミングで起こったふたつの出来事を関連づけるだろう。夫はそういう人間だ。

彼女は居間に目をやった。ベンヤミンがベビーサークルの中に立って格子を揺すっていた。檻から脱出しようとしている動物みたいだった。

この子はふたりのものだ。

夫の手の中で充電器はとても小さく見えた。簡単に握りつぶされそうだった。「これはどこから手に入れたんだ？」夫はきいた。

「あなたのだと思ってたけど」彼女は答えた。

それに対して夫は反応しなかった。つまり夫は自分の充電器を持ち歩いているのだ。

「とぼけるなよ」夫は言った。「嘘をついているのはわかっているんだから」

彼女は怒って見せた。それは難しいことではなかった。「嘘なんかついてないわよ、どうしてそんなこと言うの？　あなたのじゃないなら、誰かがここに忘れていったのよ。洗礼のお祝いのときかもね」

だがこれで彼女は八方ふさがりになった。

「洗礼？　なぜまたそんなことを言い出すんだ？　一年半も前のことじゃないか」夫はとんだ笑いぐさだと思っているようだったが笑わなかった。「あのときは確か客は十人から十二人くらいだったな。ほとんどが婆さんだった。誰も泊まっていかなかったし、携帯電話なんか持っていたかどうかもあやしい。持っていたところで洗礼式になぜ充電器を持って来るんだ？　意味ないだろう」

彼女は言い返そうとしたが、夫は手で遮《さえぎ》った。

「嘘をついてるな」夫は窓の外の自転車を指さした。「自転車はそいつのものなのか？　最後にそいつがここに来たのはいつだ？」

脇の下の汗腺が即座に反応した。

夫は彼女の腕をつかんだ。夫の手は冷たく湿っていた。二階で箱を開けていたときには決心がつかなかったが、今こうして腕をつかまれ、万力のように締め上げられてみるとすべての逡巡が一掃された。殴られると思ったが、夫は殴らなかった。逆に彼女が答えないでいると、夫はくるりと背を向けて部屋を出て行き、ドアを閉めた。

彼女は立ち上がって庭を抜ける道に夫の姿を探した。夫がこの家の敷地から出て行くのを確かめたらすぐにベンヤミンを抱き上げて逃げようと思った。庭を通って生け垣まで行き、前の住人の子供が生け垣を切り込んであけた穴から外に出る。その先のケネトの家までは五分もあれば着く。そうすれば彼女とベンヤミンがどこに行ったか夫にはわからないはずだ。あとはそこから逃げればいい。

だが庭に夫の姿はなかった。その代わりに二階でものすごい音が響いた。

どうしよう。あのひとは何をしているの？

彼女は笑って飛び跳ねているベンヤミンを見た。今すぐこの子を連れて逃げられるだろうか？　二階の窓はまだ開いているのだろうか？　夫に気づかれるだろうか？　窓辺に立って見張っているなんてことはないだろうか？

彼女は天井を見上げた。いったい上で何をしているのだろう？

彼女はバッグをつかむと、その中に家計費の入った缶の中身をあけた。玄関に行ってベンヤミンの上着を取ってくる勇気はなかった。だがケネトが家にいればそんなことは何とでもなるだろう。

「いらっしゃい、坊や」彼女はベンヤミンを抱き上げた。生け垣までは十秒もあれば行けるだろう。問題はあの穴がまだあるかどうかだ。穴を見つけたのは一年も前のことだ。

そのときはかなり大きな穴だった。

20

子供の頃、彼と妹はまったく今とは異なる世界で暮らしていた。父親が書斎に入ってドアを閉めたとたんに彼と妹は元気になった。そして自分たちの部屋に行って、神のことは神に任せておけた。

だがそうはいかない時もあった。聖書の朗読会に参加することを強いられたときや、礼拝に出て両手を天に向かって無我夢中で伸ばし歓喜の声をあげている大人に混じって立っているときだ。そんなとき彼らは目を心の内側に向けて、自分の現実の世界に引きこもった。

ふたりにはそうするための独自の方法があった。妹のイーヴァはひそかに女性の靴や服を見つめながら自分におめかしをした。プリーツスカートのひだをなでてぴかぴかのドレスにした。心の中で彼女はお姫様だった。そうやって現実の厳しい視線と厳しい言葉から逃れた。退屈な現実と親の不当な要求を克服するために、淡い色のしなやかな翼をもった妖精になって風の息吹の力を借りた。

イーヴァは自分の世界に引きこもると、その間はずっと何かをつぶやいていた。そして目をうっとりとさせ、足踏みをしていた。両親はこの奇妙な踊りのような動きを個性的な礼拝の姿だととらえ、娘はきっといま神の手の中にあるのだと思い込んでいた。

しかし、彼にはわかっていた。イーヴァは靴や服のことを頭に思い描いて、愛情に満ちた言葉にあふれた世界を夢に見ているだけだと。イーヴァは自分の妹だ。イーヴァのことは一番よく知っていた。

彼も笑える人間の世界を夢に見ていた。

彼と妹の暮らしの中で笑う者はいなかった。笑いじわというのを街でしか見たことがなく、醜いものだと思っていた。彼の生活には笑いも喜びもなかった。彼が五歳のとき、父はデンマーク国教会の牧師を口汚い言葉で罵って自分の教会から追い払った話を自慢げに聞かせた。父の笑い声をきいたのは後にも先にもそのとき一回きりだった。そのために、他人の不幸を喜んだり、嘲ったりする以外の笑いがこの世にあることを理解するのに何年もかかった。

そしてそのことを発見したとたん、彼は父の戒めや嘲弄《ちょうろう》に対してきく耳を持たなくなった。そして用心することを学んだ。

彼には秘密があった。ベッドの下のイタチの剝製の下に宝物を隠していた。野蛮な写真や話が載った雑誌。裸同然の女が微笑みかけている写真が載った通信販売のカタログ。何度読んでも笑わずにはいられない愉快な漫画本。すり切れたカラー印刷の紙面には脂のしみや折り込みの跡が付いていた。楽しみとスリルを与えてくれて、代償は求められない。彼はそうしたものを隣人のゴミ箱から手に入れていた。日が暮れるとしょっちゅう窓から外に出てゴミ箱を漁った。

そして夜中に布団をかぶって声を立てずに笑った。

彼は人生のこの時期、家族が今どこにいるのかわかるように、家の中のドアをきちんと閉めてしまわないように気をつけていた。その頃に彼は細心の注意を払って障害が取り除かれていることを確認し、危険をおかすことなく戦利品を家に持ち帰る術《すべ》を身につけた。その頃に彼はコウモリのように隠れて聞き耳を立てる術を身につけた。

妻を居間に置き去りにしてから、妻が息子を抱いて庭にこっそり出て行くまでの時間はせいぜい二分ほどだった。それはほぼ予想していたことだった。

妻は馬鹿ではなかった。若くて、うぶで、心の内を見透かされやすいが、馬鹿ではない。だから夫に疑念を持たれていることには気づいていたし、そのために不安を抱いていた。それは顔を見て、声を聞けばわかることだった。

そして今、妻は逃げようとしている。

妻は安全だと感じたらすぐに行動を起こすだろう。問題はタイミングだ。それがわかっていた彼は二階の窓辺に立ち、足で床を踏み鳴らした。妻が垣根にたどり着くまでそうやって暴れ続けた。

こんなにも簡単に妻の気持ちを確かめることができた。人の裏切りにはとっくの昔に慣れていたつもりだったが、腹立たしかった。

彼は妻と息子を見下ろした。まもなくふたりは垣根の穴を出て、彼の人生から消えようとしている。

ただし、垣根の穴はずいぶん小さくなっている。彼は少し時間をおいてから、階段を駆け下り、庭を走り抜けた。

妻は人目を惹いた。赤いブラウスを着て腕に子供を抱いた若くて美しい女だ。だから彼が垣根を抜ける間に彼女との距離がかなりあいてしまっていても、慎重に尾行しなければならなかった。

妻は本通りの手前で折れ曲がり、簡素な家並みが続く裏通りを過ぎると、再び生け垣が続く静かな高級住宅街に入っていった。

それはまったく彼の予想にはないことだった。

あいつこんな近所で他の男と寝ていたっていうのか？

彼が十一歳になった夏、父の教区の信者たちは町のお祭り会場にテントを立てた。「我々非国教派教会にできないことはない」と父は言った。

午前中はずっと準備に追われた。よその子供たちも手伝った。テントの床を整え終わると、父はよその子供たち全員をねぎらって頭をなでた。

自分の子供にはねぎらいの言葉もかけずに、次は椅子を並べろと命じた。

椅子はたくさんあった。

そしていよいよ夏祭りが始まった。テントの入口の上に四つの黄色い光輪が輝き、真ん中の支柱の上には導きの星が燦然と輝いていた。テントの側面には〝主イエスを抱きしめて招き入れよ〟と書かれていた。

教区の信者全員が出席し、テントの飾り付けをほめた。だが彼とイーヴァが配るように命じられたカラー刷りの小冊子に導かれてテントに足を踏み入れた者はただのひとりもいなかった。

人が見に来ないと、父は怒りと不満を母にぶちまけた。

「もう一度行ってこい、おまえたち」父は語気を荒らげた。「今度はちゃんと配るんだぞ！」

露店の横の動物の見世物小屋のあたりで、彼は妹と別れた。イーヴァは子ウサギから目を離せなくなり、彼は先へ進んだ。そうすることでしか母親を助けられなかったからだ。

彼は小冊子を受け取ってくれと目で哀願したが人々は立ち止まらなかった。受け取ってもらうことができたら、母はその夜は父に殴られずにすむかもしれなかった。一晩じゅう泣かずにすむかもしれなかった。

だからそこに立って、神に対する畏敬の念を誰かと分かち合いたいと思っていそうな優しい心の持ち主の出現を期待して目を配っていた。イエス・キリストの優しさと寛大さを思わせるような声に聞き耳を立てていた。

だが代わりに聞こえてきたのは子供の笑い声だった。それは校庭で耳にするような笑い声ではなく、彼が日頃電器店の前で危険を冒して子供向けのテレビ番組をのぞき見するときに聞こえてくるような笑い声でもなかった。それは声帯が裂けてしまいそうなすさまじい笑い声だった。通りがかった人々が足を止めて笑い声がする方向を見ていた。布団の下でもそんなふうに笑ったことがなかった彼は、好奇心をそそられた。

そのときの彼はまだ良心の呵責《かしやく》を訴える内なる声を聞くことができていた。それでも、どうしても見に行かずにはいられなかった。

行ってみると、小さな人だかりに過ぎなかった。屋台の前に大人も子供も一緒にくつろいだ様子で集まっていた。白い布に赤い文字が斜めに走っていた――〝おもしろいビデオ映画――本日半額〟。そして板のテーブルの上には小さなテレビが置かれていた。

子供たちはそこで白黒のビデオを見て笑っていた。すぐに彼も一緒になって笑った。笑いすぎて腹が痛かった。そんなことは生まれて初めての経験だった。

「チャップリンはやっぱり最高だな」と大人のひとりが言った。

つま先でくるくる回ってボクシングをしている男を見てみんなが笑った。男が杖《つえ》を振って黒い帽子をちょいと持ち上げると笑った。男が黒い縁取りをした目で太った紳士淑女にしかめっ面をして見せると笑った。みんなと一緒になって腹をかかえて笑っていると、誰も彼の頭を小突かなかったし、奇異な者を見るような目で見なかった。

だが、このすばらしい思いがけない経験が、じきに彼の人生と大勢の他人の人生を永遠に変えることになった。

妻は振り返らなかった。脇目もふらずに機械のような足取りで、高級住宅街を走り抜けていた。見えない力に道も速度も決められているようだった。

こんなときにはちょっとしたことでも悲惨な結末をもたらすことがある——飛行機の主翼の小さなネジが緩んでいたとか、水滴が人工肺の継電器をショートさせたとか、そういったことと同じだ。

彼は妻と息子がちょうど道を渡ろうとしたときに、ふたりの真上の枝にハトがとまっていることに気づいた。するとハトの糞が落ちてきて歩道の敷石にピシャッと音を立てた。息子が落ちた糞を指さしたので妻は視線を下げた。そのまま妻が車道に足を踏み出した瞬間、一台の車が角を曲がってまっすぐ二人に向かって走ってきた。

彼は叫んで危険を知らせることができたが何もしなかった。このとき彼はまったく動揺を覚えなかった。

ブレーキがきしむ音が響き、フロントガラスの後ろの影が急ハンドルを切って世界が止まった。

彼は息子と妻が恐怖で震え、頭が反転するのをスローモーションで見ていた。横滑りした大型車のタイヤの跡が画用紙に木炭で描いたように黒々と道路を横切っていた。そして車は体勢を立て直すとまた走り去っていった。妻は縁石に足をつけて立ち尽くしていた。彼自身は少し離れたところで両腕を垂らして立ち尽くしていた。心の痛みと妻子を慈しむ気持ちが彼のなかを駆け巡った。そのために彼が今までにたった一度だけ、初めて人を殺したときに経験したことのある妙な陶酔感がかき消されそうになった。こんな感傷を自分に認めるわけにはいかなかった。

ゆっくりと息を吐くと体が温まっていくのを感じた。だが彼は長くそこにいすぎた。ベンヤミンが母親の肩に顔を埋めようとして首を回したときに父親を見つけた。ベンヤミンは母親の様子がおかしいので明らかにおびえていた。だが、父親を見つけると唇の震えが止まり、目を輝かせ、両手をあげて笑った。

振り返った妻の顔がショックで凍り付いた。

五分後、妻は彼から顔をそらせて居間に座っていた。「一緒に家に戻るかどうかは、自分で決めろ」と彼は言ったのだ。「戻らないんなら息子には二度と会えない」

そして今、妻の目は憎しみと反抗心に満ちていた。

妻がどこに行こうとしていたか知りたければ、暴力に頼らざるをえないだろう。

彼と妹にとって、それはめったにないすばらしい瞬間だった。

彼は寝室の定位置に立つと、小股でちょこちょこ歩いて十歩で鏡まで行けた。足先を外に向け、頭を左右に動かし、杖を空中で回した。この十歩の間、彼は別人になれた。友達のいない少年でも、ごくわずかな信者に追従されている男の息子でもなかった。群れから選ばれ、神の言葉を継承し、将来それを雷鳴のように人々に突きつけなければならない羊ではなかった。この十歩を歩く間、彼はすべての人々を、なかでも自分自身を笑わせる小さなさすらい人になれた。

「僕の名前はチャップリン、チャーリー・チャップリン」彼がそう言って、想像上の口ひげの下の唇をぴくぴく動かすと、イーヴァは笑ってベッドから落ちそうになった。イーヴァが兄のチャップリンの物まねを見て笑い転げたのはもう三回目だった。だがそれが最後になった。

イーヴァが笑ったのもそれが最後だった。

その一秒後に父が肩に触れた。人差し指で軽く触れられただけで彼は息をのんだ。のどがからからになった。振り返ったときにはすでに父の一撃がみぞおちに向かっていた。毛深い眉の下の目が大きく見開かれていた。無言でただ殴られた。何度も何度も。らわたが焼けつくように痛みだし、胃酸がのどにこみ上げてくると、彼は一歩後ろにひいた。そして父をにらみつけた。

「なるほど、つまり、おまえの名前はチャップリンってわけだ」父親はささやくように言った。彼を見つめる父の目は、受難日にナザレからゴルゴタに至るイエス・キリストの苦難の道を信者に描写しているときの目と同じだった。世界じゅうの悲しみと苦しみが今や彼の肩にのしかかっていた。子供でもそれはわかった。

再び父は殴りかかってきた。こんどは腕を大きく伸ばしてきた。そうしなければ彼に届かなかったからだ。父は反抗する息子に一歩も歩み寄ることはなかった。

「どこでそんなくだらんことを覚えてきた？」

彼は父の足に目を落とした。

その時から彼は答えたいことにしか答えないことに決めた。どうせ父は殴りたいだけ殴るだろう。だったら答えないでおこう。

「ほう、答えない気か。だったら私はおまえに罰を与えなくてはならん」

父親は息子の耳を引っぱって、ベッドの上に突き飛ばした。「呼びに来るまで部屋を出るな、わかったな」

それにも彼は返事をしなかった。父親は驚いてしばらく口を開けて立っていた。まるで最後の審判の日を告げられたか、ノアの大洪水がさし迫ってきているかのようだった。そして我に返った。

「おまえの持ちものを全部出して床に並べろ」父親は言った。「靴や服や寝具はいい。だがほかは全部だ」


彼はベンヤミンを妻の視界から連れ出し、妻をひとりにした。ブラインド越しに差し込む淡い光が妻の顔に幾すじもの影を落としていた。

子供なしでは妻はどこにも行かないことを彼は知っていた。

「あの子は眠ってる」彼は二階から下りてくると言った。「さあ聞かせてくれ、この家で何が起きているのか」

「この家で何が起きているのか？」妻はゆっくりと顔を向けた。「それはこっちが聞きたいわ」妻は暗い目で言った。「あなたの仕事ってなに？ どうやってそんな大金を稼いでいるの？ なにか法に触れるようなこと？ 恐喝でもしているの？」

「恐喝？ どこからそんなことを思いついたんだい？」

妻は顔をそむけた。「もういいわ。とにかくベンヤミンとわたしを行かせて。これ以上ここにいるつもりはないわ」

彼は眉をひそめた。妻が疑問を抱いている。要求を述べている。自分は何か見落としているのだろうか？

「どこから恐喝なんて思いついたのかときいてるんだ」

妻は肩をすくめた。「思いついて当然でしょう？ あなたはしょっちゅう留守にするし、何も話してくれないし、二階には何か神聖な物のようにたくさんの箱を保管している。家族の話はでたらめだったし……」

彼が遮ったわけではなかった。彼女が自分で中断した。床を見つめてうろたえている。妻は取り返しのつかないことをした。決して口にしてはいけないことを口走った。

「私の箱を引っかき回したのか？」静かにきき返したが、皮膚の下は燃えるように熱くなっていた。

妻は知ってはならないことを知っている。

妻を片付けなければ、自分は破滅だ。

父は息子の持ちものが積み重ねられていく様子をじっと見ていた。古い玩具、動物の挿絵がたくさん入ったイングヴァル・リーバキントの本、背中を掻くのに便利な小枝、蟹の爪や硬くなったウニやベレムナイトの化石のコレクション。すべてひとところに積み重ねていった。そして彼が出し終えると、父はベッドを壁から引いて傾けた。するとひしゃげたイタチの剝製の下から彼の秘密が出てきた。雑誌や漫画本といった彼にくつろぎのひとときを与えてくれるすべてが。

父は雑誌や漫画本をざっと見ると数え始めた。一冊ごとに指先を舐めて数えた。一冊ごとにそれで殴られた。

「二十四冊だ。どこから手に入れてきたかは聞かん、チャップリン。そんなことに興味はない。向こうを向け、これから二十四回おまえを殴る。それが終わったら、私はそんな猥雑な物をこの家で二度と見たくない、わかったな」

彼は返事をしなかった。山積みの雑誌を見やり、一冊一冊に別れを告げた。

「返事をせんのか？　だったら殴る数を倍にする。口を開けることを学べ」

だが学ばなかった。背中に長いみみずばれができ、後頭部から血が流れていたにもかかわらず、父親はまたベルトをつかんだ。彼が返事をしなかったからだ。うめき声も泣き声ももらさなかった。

初めてつらくなったのは、その十分後に彼の宝物を中庭で火を点けて燃やせと命じられたときだった。そこで泣かずにいたことが、一番つらかった。

彼女は視線を上げずに段ボール箱の前に立っていた。夫は彼女を問い詰めながら、力ずくで引っぱって二階に連れてきた。だが彼女は何も言うつもりはなかった。

「ふたつはっきりさせておく必要がある」夫は言った。「携帯電話を出せ」

彼女はポケットから取り出した。そこに夫が探している答えはない。ケネトが着信リストの消し方を教えてくれた。

夫はさまざまなキーを押しながら画面を見つめていたが、何も見つけることができなかったようだ。いい気味だった。夫は望んでいたものに手が届かなかった。さて次は何をするつもりだろう？

「着信リストの消し方を覚えたのか？」

彼女は答えなかった。黙って夫の手から受け取って、またズボンの後ろポケットに入れた。

そのとき夫は段ボール箱が積まれたほうを向いていた。

「きちんと片付いているようだ。うまくやったな」

彼女は呼吸が楽になった。ここでも夫は何も証明できない。結局、夫は彼女を行かせざるをえないだろう。

「だが十分とは言えない。あれが見えるか？」

彼女は目をしばたたきながら、部屋全体を把握しようとした。コートの位置が違っているのだろうか？　もしかして箱のへこみに気づいたのだろうか？

「そこの線が見えるか？」夫は身をかがめて、ふたつの箱の正面を指し示した。片方の箱の端に小さな黒い線が見える。もう片方の箱にも小さな黒い線が見える。二本の線はほぼまっすぐつながっているが、ぴったりではない。

「箱を取り出して、後でまた積み重ねると、線は上下にずれる。わかるか？」夫は別の二本の線を指さした。それも一直線ではなかった。「君は箱を取り出して、また戻して置いた。これで弁解はできない。さて、箱から何を見つけたのか聞かせてもらおうか」

彼女は首を横に振った。「あなたどうかしてるわ。ただの段ボール箱じゃないの。どうしてそんなものにわたしが興味を持たなくちゃいけないの？　これはわたしたちが引っ越してきてからずっとここにあるのよ。重みで形が崩れてきたんでしょう」

これでまたうまくいったと彼女は思った。これは納得のいく説明だ。

だが、夫は納得していないらしく、首を振った。

「いいだろう、じゃあ試してみよう」夫は彼女を廊下の壁に押しつけた。そこにいろ、でなきゃ後悔するぞ、と冷たい目が言っていた。

夫が真ん中の箱を引っぱり出している間、彼女は狭い廊下を見回していた。だがそこはふだんは使われていない空間だ。寝室の扉の横に腰掛けがひとつ、張り出し窓の前に花瓶がひとつ。それしかなかった。

もしあの腰掛けで夫の後頭部を殴ったら……

彼女は唾を飲み込んで手をもんだ。どれくらい強く殴ればいいだろう？

その間に夫は小さな部屋から箱をひとつ重そうに運んでくると、彼女の足の前にどさりと置いた。

「この中を見てみよう。君が引っかき回したかどうかすぐにわかる」

夫が蓋を開けると、彼女は中をのぞいた。それは一番下の真ん中あたりにあった箱だった。聖域の心臓部にあたる二つの箱のひとつだった。夫の最も個人的な秘密が隠されている二つの箱のひとつだった。ベアンストーフ公園で彼女が表彰台にのった新聞記事と、さまざまな家族の住所や情報が入った木の箱。夫はそれがどこにあったかちゃんと知っていたようだ。

彼女は目を閉じてふだん通りの呼吸をするように努めた。神がいるなら、きっと助けてくれるはずだ。

「どうしてこんな古いものを引っぱり出してきたのかわけがわからないわ。これがわたしと何の関係があるの？」

夫は床に膝をついて、一番手前の新聞記事のファイルを抜いてわきに置いた。おそらく、馬術競技の新聞記事を見せないようにするためだ、ということは夫はわたしが潔白だと認めたのだ。

夫を納得させることに成功したのだ。

そのとき夫は慎重に木の箱を取り出した。夫はそれを開けもせずに、首をうなだれて聞き取れないような小さな声で言った。「なぜ君は私の物をそっとしておけなかったんだ？」

夫は何を見たのだろう？　自分は何を見落としたのだろう？

彼女は夫の背中を見つめ、扉の横の腰掛けに目をやり、そしてまた夫の背中を見た。木箱の中の書類に何の意味があるのだろう？　なぜ夫は骨が白く浮き出るほど強く拳を握っているのだろう？

彼女は自分の首に触れて心臓の鼓動を感じた。振り返った夫の目はただの裂け目でしかなく、そのまなざしは嫌悪に満ちていた。彼女は思わず息をのんだ。

腰掛けまで三メートルはあった。

「わたしはあなたの物に触ったりしていないわ。どうして信じてくれないの？」

「嘘をつくな、私にはわかるんだ！」

彼女は腰掛けに一歩近づいた。夫は反応しなかった。

「これを見ろ！」夫は木箱の正面を見せた。何も見えなかった。

「何も見えないけど」

ぼたん雪が降ってくると、ひとひらの雪がゆっくりと地面に落ちながらとけていく様子を見ることができる。空気の中で生まれた雪が、その空気に軽さと美を吸収されていく。魔法が突然消えたみたいに。

今の自分はそうしたひとひらの雪だと彼女は感じていた。夫に脚をつかまれ、体からもぎとられようとしている。床に倒れていきながら、彼女は自分の人生や自分が知るすべてのものが分解されて粉々になっていくのが見えた。頭を床に打ちつけたことは感じなかった。夫が両脚をつかんで離さないことしかわからなかった。

「ああ、箱には何もない。だがちゃんとわかるんだ」夫は言った。

彼女はこめかみに血が流れているのを感じたが、痛みはなかった。

「何のことだかさっぱりわからないわ」自分の声が聞こえた。

「ふたの上に針金を一本置いてあった」夫は頭を彼女の上に深くかがめ、さらに彼女の動きを封じた。「それがなくなっている」

「手を離して。立たせて。針金は落ちたのよ、わかりきったことじゃない。だいたい最後にあなたがあの箱を見たのはいつ？ 四年前でしょ？ 四年もあれば何が起こってもおかしくないわ」彼女は思いきり深く息を吸うと、全身の力をふりしぼって叫んだ。「いい加減にわたしを離して！」

だが夫は彼女を離さなかった。

夫は彼女を箱の部屋までひきずって行った。腰掛けがどんどん遠ざかっていった。床にこめかみの血のすじが付いていた。夫は彼女の背中を踏んで床に押さえつけた。

彼女はもう一度叫ぼうとしたが、息ができなかった。

すると夫は足をのけて、脇の下に彼女を抱えると部屋に投げ飛ばした。彼女はその箱が積まれた部屋で、ただ血を流して体が麻痺したように横たわっていた。あまりの不意討ちで反応できなかった。

夫の脚がすばやく二歩脇に寄ると、彼女に夫の秘密を漏らしたダンボール箱が高々と掲げられた。

夫はその箱を彼女の胸の上に落とした。

一瞬で体の中の空気がすべて押し出された。本能的に彼女はわずかに体を横にひねって片方の脚をもう片方の上にかけた。すぐにふたつ目の箱が飛んでくると、腕が肋骨に押さえつけられ、身動きが取れなくなった。そしてさらにその上に三つ目の箱がのった。

重い箱が三つ。

足の先のほうにまだ戸口と廊下が断片的に見えていたが、夫が彼女のすねの上に段ボール箱を積み上げると視界は狭まり、最後に扉の前の床の上にも箱を積み上げると何も見えなくなった。

終始夫は無言だった。そしてそのまま黙ってドアを閉めると鍵を掛けた。

彼女は助けを求めて叫ぼうともしなかった。叫んだところで誰が助けてくれるというのだろう?

夫はわたしをここに放っておくつもりだろうか。胸の代わりに腹が呼吸をしていた。天窓からわずかな光が入ってくる。だが、見える物といえば茶色い段ボールだけだった。

時間はわからなかったが外はすでに暗くなっていた。ズボンのポケットの中で携帯電話が鳴った。

何度も何度も鳴って、やがて鳴りやんだ。

21

カールスハムンに向かう最初の二十キロの間に、カールはトレクヴェ・ホルトの家でぞっとするほど濃いコーヒーを飲んだ後の震えを抑えるために煙草を四本吸った。

昨夜のうちに話を聞いて、すぐに家に帰ればよかった。そうすれば今頃、腹の上に新聞を置いてベッドに横たわり、モーデンが焼くパンケーキの香りをかいでいられた。

口の中にまだ嫌な味が残っていた。

土曜の朝だった。あと三時間で家に着く。それまではまだ右の尻と左の尻をしっかりくっつけておかなければならない。

ラジオからハルダンゲル・フィドルが奏でるワルツが流れているときに、携帯電話のバイブ音が鳴った。

「よお、オッサン、今どこだよ？」

カールはもう一度時計を見た。まだ九時だ。ということはよくない知らせだ。義理の息子が土曜の朝のこんな時間に起きていたためしがあるか？

「何があった、イェスパ？」

イェスパは不機嫌そうだった。「もうヴィガんちにいるのは我慢できない。また家に戻るから、いいね？」

カールはラジオの音量を下げた。「家に戻る？　目を覚ませ、イェスパ。俺はヴィガに決断を迫られている。あいつも家に戻ってきたいそうだ。それが嫌なら、家を売って、その金を半分よこせと言われている。なのに、いったいおまえはどこに住むってんだ？」

「そんなの口だけだよ、だろ？」

すばらしい。こいつは自分の母親を知らなさすぎる。「どうしたんだ、イェスパ？　なんで家に戻りたいんだ？　あの掘っ立て小屋の穴だらけの屋根にうんざりしたのか？　それとも皿洗いでもさせられてるのか？」

カールはいつのまにか笑っていた。早朝にふた言三言とげのある皮肉を言うのは気分がいい。

「アレレズの高校まで遠すぎるんだよ。行けって言われても無理なんだ。それにヴィガは一日じゅうわーわー泣いてるしさ。ノンストップであんなの聞いてられないよ」

「あいつが泣いてる？　どうしたんだ？」カールはきいたことをすぐに後悔した。そんなことをきく馬鹿がいるか？　「いや、イェスパ、忘れてくれ。俺は全然知りたくない」

「オッサン、聞けよ。逃げるなって。ヴィガは家に男がいなくなったらわーわー泣くんだよ、今いないんだよ男が。もうやってらんないよ」

家に男がいない？　あのべっ甲縁のメガネをかけた詩人はどこに行ったんだ？　でっかい

財布を持ったミューズでも見つけたのか？　口を閉じていられる女に乗り換えたのか？

カールは雨に濡れそぼった風景を見渡した。ナビはレードビィからブレークネ・ホービィを通って行けと指示しているが、その区間はカーブが多くて滑りやすそうだった。それにしてもこの国にはいったいどれだけ木が生えてるんだ？

「だからヴィガはレネホルト公園通りの家に戻ろうとしてるんだよ」イェスパは続けた。

「そこにはなんと言ってもあんたがいるからね」

カールは首を横に振った。それはほめ言葉なのか？

「わかった、イェスパ。ひとつはっきりさせておく。どんなことがあってもヴィガは家には入れない！　いいか、よく聞け。もしヴィガの気を変えさせることができたら、おまえに千クローネやる」

「わかった、で、どうすんの？」

「どうすんのって、わかりきってるじゃないか。あいつに男を見つけてやれ！　この週末にやってのけたら二千クローネ出す。おまえが家に戻ってくる許可も与える。できなかったら戻るな」

一石二鳥だ。カールはかなり満足し、イェスパは電話の向こうであきれていた。

「それからもうひとつ。もしおまえが戻ってきても、ハーディが家で暮らすことについて文句は一切言うな。あのにおいが気に入らないって言うなら、大草原のヴィガの小さな家でずっと暮らせばいいんだ」

ちょっとの間沈黙があった。カールの提案がティーンエイジャーのフィルターにかけられている――防衛本能＋無気力＋無関心。

「二千クローネって言ったよね」返事が返ってきた。「オーケー、すぐに二、三枚チラシを貼るよ」

「好きにしろ」カールはその方法に疑いを抱いた。ひょっとしたらイェスパは金のない画家をヴィガの家に招待しようとしているのかもしれない。中古のヒッピー女を買えば、すてきなアトリエが無料で付いてくると宣伝して。

「そのチラシに何て書くつもりだ？」

「さあね」イェスパは思案していた。

「こういうのどうかな。したたかなおふくろにしたたかな男性を求む！　無口で一文無しで腹が減っていたら即滞在可」イェスパはひとりで笑っていた。

「もう一度よく考えたほうがいいんじゃないか」

「なんだよ、オッサン！」イェスパはまたこの耳障りな呼び方をした。「すぐに銀行に行ったほうがいいぜ」そして電話は切れた。

カールは車を飛ばし続けた。カールの心の目に映ったヴィガの庭に囲まれた家がしだいに色あせていき、再びスウェーデンの景色が目の前に現れた。どしゃぶりの雨越しに赤褐色の家々と草を食む牛が見えていた。

携帯電話のおかげでつながる縁というものもあるのだ。

カールが部屋に入ると、ハーディは弱々しい笑みを浮かべていた。なぜか気が滅入っているようだった。

「どこに行ってたんだ？」ハーディはモーデンに口の端のマッシュポテトをぬぐってもらいながら、小さな声できいた。

「スウェーデンだ。ブレーキンゲまでひとっ走りして、そこで泊まってきた。実は今朝、カールスハムンのご立派な警察署まで行ってきたんだが、入口が閉まっていて錠まで下りてるんだ。向こうはこっちよりも大変そうだな。土曜日に犯罪が起きたら、運が悪かったですねって言わなくちゃならない」カールは皮肉っぽく笑って見せたが、ハーディにはまったく受けなかった。

ついでに言うと、カールが言ったことは少し違っていた。署の入口にはドアフォンが付いていた。〝ブザーを押して、用件を言ってください〟と横に書いてあった。カールはその通りにやってみたが、当直員の言葉がさっぱり理解できなかった。当直員がスウェーデン訛りの英語に切り替えるとさらにわからなくなった。

それでさっさと引き上げてきた。

カールはまるまると太った間借り人の肩を叩いた。「ありがとう、モーデン。俺が食べさせるから、コーヒーを淹れてくれないか。だが、あまり濃くしないでくれ」

カールはモーデンの爆弾みたいな尻がキッチンに向かって行くのを眺めていた。モーデンのやつ、クリームチーズの食べすぎじゃないのか？　あんな尻ならトラクターのタイヤがぶつかってもびくともしないだろうな。

カールはハーディに視線を戻した。「なんだか元気がないようだが、どうしたんだ？」

「モーデンは俺をゆっくりとしかし確実に殺そうとしている」ハーディはささやくように言うと、空気を求めてあえいだ。「あいつは一日じゅう俺に食べさせるんだ、他にすることがないみたいに。〝強制栄養〟ってやつだ。脂っこい食事のせいで俺はくそを垂れっぱなしだ。その始末はあいつがすることになるのに理解できないよ。おまえからモーデンに言ってくれないか、俺を放っておいてくれって。ついでの時に頼むよ」カールがもうひと匙《さじ》口に押し込もうとすると、ハーディは首を横に振った。

「それにあの延々と続くおしゃべりときたら、頭がおかしくなっちまう！　パリス・ヒルトンがどうしたとか、王位継承法がどうとか、年金がどうなるとか、そんなことを一日じゅう聞かされるんだ。俺に何の関係がある？　まったくどうでもいい話を流動食みたいにごちゃ混ぜにして流し込まれるんだ」

「自分でモーデンに言えないのか？」

ハーディは目を閉じた。どうやら言ってみたことはあるようだ。だがモーデンはけっこう頑固者だ。すぐに変わることはないだろう。

カールはうなずいた。「わかった、あいつと話すよ、ハーディ。それ以外ではどうだ？」

カールは慎重に尋ねた。こうした質問はへたをするとすぐに地雷原の真ん中に立つことになる。

「幻肢痛がある」

カールはハーディが懸命に食事を飲み込もうとしているのを見ていた。

「水を飲むか？」カールはベッドの横のホルダーから水のボトルを取り、管をハーディの口の端に慎重に差し込んだ。モーデンとハーディがけんか別れしたら、誰が一日じゅうこんなことをしてくれるのだろう？

「幻肢痛？　どこが痛むんだ？」カールはきいた。

「膝のうしろあたりかな。場所を特定するのは難しいんだが、誰かにワイヤーブラシでゴシゴシやられているみたいな痛みだ」

「注射してほしいか？」

ハーディはうなずいた。注射ならモーデンがいつでも打ってくれる。

「指と肩の感じはどうだ？　手首はまた動かせたか？」

ハーディは口をへの字に曲げた。答えはそれで十分だった。

「それはそうと、おまえはカールスハムンの警察と一緒に事件の捜査をしたことがあったよな？」

「なんでだ？」

「ある殺人犯の似顔絵を作成してくれる警察官が必要なんだ。ブレーキンゲで目撃者が見つかった」

「それで？」

「かなり急を要することなんだが、スウェーデンの警察ときたらいつのまにかデンマークと同じで休業に励んでるみたいだ。さっきも言ったが、俺は今朝七時にカールスハムンのエーリックダールバリィ通りのでっかい黄色い建物の前に立って、看板をぽかんと口をあけて見とれてた。〝九時～十五時。土曜日と日曜日は休み〟と書かれていた。土曜日もだぞ！」

「それで俺は何をすればいいんだ？」

「おまえのカールスハムンの友達に頼んでくれ、コペンハーゲンの特捜部Qのためにひと肌脱いでくれって」

「俺の友達がまだカールスハムンに勤務してるってどうしてわかるんだ？　少なくともあれから六年は経ってる」

「だったら、もう転勤しているだろうな。名前を教えてくれたら俺が探すよ。まだ警察官ではあるんだろ？　融通の利かない野郎じゃなかっただろうな。なあ、とにかく頼むだけ頼んでみてくれないか。似顔絵描きの警官に電話してやってくれって。そんなに難しいことじゃない。おまえだってスウェーデンの警官に頼まれたら何とかしてやるだろう？」

ハーディのまぶたが重いのはよくない知らせだ。「週末は高くつくぞ」ハーディは言った。

「それもその目撃者の近くに絵描きが待機していればの話だ」

カールはモーデンがナイトテーブルに置いたコーヒーカップを見つめた。コーヒーだと知らなければ、重油かと思うだろう。

「帰ってきてくれてよかったよ、カール」モーデンは言った。「じゃあ出かけてくる」

「出かける？　どこに行くんだ？」

「例のイラク人青年の葬列だよ。二時にノアブロ駅から出発するんだ」

カールはうなずいた。麻薬取引の支配権を巡る暴走族グループと移民ギャングとの抗争に巻き込まれた罪のない犠牲者のことだ。

モーデンは腕を上げると旗をちらっと振ってみせた。どこから手に入れたのか知らないが、おそらくイラクの国旗だろう。

「前に一緒に講義を受けていた学生の中に、青年が撃たれたムルネアパーゲン通りの団地に住んでいるのがいるんだ」

そんなに薄い縁なら普通は行くのをためらうだろう。だがモーデンは違った。

ほとんどふたりは並んでいるようなものだった。カールは快適なソファーの端で両脚をテーブルの上にのせて座り、ハーディは介護用ベッドに麻痺した長い体を横たえていた。カールがテレビのスイッチを入れてからハーディはずっと目をつむっていたが、その苦々しげな口元の表情は徐々に和らいできた。

ふたりは一日の終わりを厚化粧のニュースキャスターの顔を眺めながら迎えるしかない年老いた夫婦のようだった。土曜の夜だというのにさっさと寝るだけだ。これで手を取りあったら、完璧な絵になるだろう。

カールは重いまぶたをむりやり持ち上げると、画面が今日の最終のニュース番組になっていることを知った。

そろそろハーディに寝支度をさせて、自分もベッドに向かう時間だ。

カールは画面をじっと見つめた。イラク人青年の葬列が静かにそして厳かにノアブロ通りを練り歩いていた。何千もの沈黙した顔がカメラの前を通り過ぎていき、窓から赤いチューリップの花が霊柩車に投げられていた。世界じゅうから来た移民やさまざまな人種のデンマーク人が葬列に参加している。手に手をとって歩いている。

移民問題を巡る論争は小休止に入った。ギャングの戦争は市民の戦争ではないということだ。

モーデンが参加してよかったとカールは思った。アレレズから行った者は決して多くはないはずだ。カールも行かなかった。

「アサドだ」ハーディのささやく声がした。

カールはハーディの顔を見つめた。ずっと起きていたのか？

「どこに？」画面を見ると同時に、カールは歩道の上の人の群れの中にアサドの丸い頭を見つけた。

ほかの人々とは異なりアサドの視線は霊柩車ではなく、後ろの随行者に向いていた。わずかに頭を左右に動かしながら茂みの中で獲物を追っている肉食獣のようだった。表情は真剣そのものだった。そこで映像は切れた。

「何なんだ、あれは？」カールはつぶやいた。

「課報機関の人間みたいだな」ハーディは低い声で言った。

三時頃、カールは動悸で目が覚めた。布団が鉛のように重かった。気分も悪かった。突然熱病に冒されたみたいだった。神経を麻痺させるウィルスの群れに取り憑かれたかのようだった。

カールは新鮮な空気を求めて喘《あえ》ぎ、胸をつかんだ。なぜ、今なんだ？　カールはこんなときにつかめる手が欲しかった。

カールは目を開けた。真っ暗だった。

Tシャツが汗で体に張りついている。前にもこんなことがあった。発作を起こしたときのことを思い出した。

そのときはアマガーでカールとアンカーとハーディが撃たれたことが原因だった。時限爆弾はいまだにカチカチ音をたてているのだろうか？

事件のことを考え、事件を頭の中に浸透させると、事件に対して距離が得られる、とモーナが対処の仕方をアドバイスしてくれた。

カールは両手で拳を握り、ハーディに弾が命中し、自分は額にかすり傷を負ったときの床の揺れを思い出した。ハーディがカールに激しくぶつかり、ともに床に倒れ、血にまみれたときの気持ちを思い出した。アンカーが重傷を負いながら犯人の逃亡を阻止しようとした英雄的行為を思い出した。そして最後の一発がアンカーに致命傷を与え、彼の心臓の血が床板に広がっていったことを思い出した。

何度も何度も事件の状況を筋道を追って考えた。自分が何もしなかったことや、ハーディのあのときの驚いた顔を思い出すと、カールは恥ずかしさでいっぱいになった。

だが、動悸は治まらなかった。

ちっくしょう、ちっくしょう。カールは何度も罵った後、明かりを点けて、煙草を取り出した。明日モーナに電話をかけて、また悪くなったと言おう。モーナに電話をかけて、できるだけ魅力的な声を出し、そこにごく微量の無力感を漂わせることにしよう。またカウンセリングを受けるように勧められるかもしれない。ようやく希望が持てそうだ。

そう考えると顔がほころんできて、カールは煙草を深く吸った。そして目を閉じると、心臓が再び水圧式の圧搾空気ハンマーのようにうつのを感じた。本当に何かの病気か？

やっとの思いで起き上がると、カールは体をひきずるように階段に向かって歩いて行った。もし心臓発作なら、二階にひとりでいたくなかったからだ。

階段でカールは卒倒し、そこでまた正気に戻ったとき、頭にイラクの国旗を付けたモーデンがカールを揺すっていた。

救急医の眉が、わざわざ病院に行くことはないと告げていた。〝過労〟と簡潔に診断が下された。

過労！　馬鹿にされた気分だった。医者に型通りのコメントを聞かされ、薬を二錠もらった。それを飲んだとたんにまた卒倒し、翌日まで夢の国に送られた。

カールが目覚めたのは日曜日の昼の一時半だった。ぞっとするような幻覚を見たせいで頭は重かったが、心臓は普通にうっていた。

「イェスパに電話してやってくれ」カールがふらつく足でようやく居間に下りて行くと、ハーディがベッドから言った。「大丈夫か？」

カールは肩をすくめた。「頭の中で子供が騒いでいるのに手も足も出ないって気分だ」カールは答えた。

笑おうとして笑えないハーディを見て、カールは今の言葉を後悔して舌を噛みたくなった。ハーディがいつもそばにいるのも楽ではない。何でもよく考えてから口にしなくてはならないからだ。

「昨晩、アサドのことを考えてたんだ」ハーディは言った。「だいたいおまえはあいつの何を知ってる、カール？　家族にもまだ会ったことがないなんておかしくないか？　そろそろ一度訪ねて行ったらどうだ？」

「なんでそんなことを言うんだ？」

「相棒に関心を持つのは普通じゃないか」

相棒だって？　いつからアサドは俺の相棒になったんだ？　「ハーディ、俺はおまえを知っている」カールは言った。「何かを企んでいることくらいはな。さっさとぶちまけろ」

ハーディは口をへの字に曲げたが、それは笑顔の一種だった。誰かにちゃんと理解されているというのは嬉しいものだ。

「俺はただ昨日テレビを見ていて、急にあいつに対する見方が変わっただけだ。実際は何も知らないんじゃないかって。おまえはどうだ、アサドを知ってると言えるか？」

「むしろ、誰でもいいから知っているやつはいるかと聞いてほしいね。実際、俺は誰のことならわかってるんだか、わからんよ」

「あいつの住んでいる所は知ってるのか？」

「俺が知る限りじゃ、ハイムデールス通りだ」

「おまえの知る限り？」

どこに住んでる？　どんな家族だ？　まさに集中尋問だった。そして残念ながらハーディの言う通りだった。カールはいまだにアサドのことをまったく知らなかった。

「イェスパに電話しろって言ってたな」カールは話をそらせた。

ハーディはおざなりにうなずいた。どうやらアサドについての話はまだ終わっていないらしい。アサドの身上調査が何の役に立つと言うんだろう？

カールは携帯をつかんだ。「電話をくれたか？」カールは次の瞬間、イェスパにきいていた。

「銀行から金を引き出しておいてくれよ、オッサン」

カールは突然激しくまばたきをした。イェスパの声は自信たっぷりに聞こえた。

「カールだ！　ちゃんと名前で呼べ。イェスパ、こんどまた俺に向かってオッサンなんて呼んだら、ここぞというときに俺は耳が聞こえなくなるからな。そのつもりでいろ」

「オーケー、オッサン」イェスパの笑ってる顔が目に見えるようだった。「さて、あんたの耳が聞こえるかどうかチェックしてみようか。ヴィガの男が見つかった。聞こえてるかい？」

「なるほど。で、その男は二千クローネ払う価値はあるのか、それとも明日になったら、ヴィガに風呂の水で追っ払われるのか、あの詩人みたいに？　だったら金はあきらめるんだな」

「彼は四十歳で、オペル・ベクトラと店を一軒持っていて、娘がひとりいる。娘は十九歳だ」

「それでもどうなるかわからんさ。どこで探し出してきたんだ？」

「彼の店にチラシを貼ったんだ。一番最初に」

「その実業家がヴィガに似合いだってどうしてわかるんだ？　ブラッド・ピットに似てるのか？」

「なに寝ぼけてるんだよ、オッサン。ブラッド・ピットならまず一週間は日焼けサロンに通わなくちゃならないよ」

「つまり、そいつは黒人ってことか？」

「当たらずといえども遠からずだな」

カールは息を止めて、話の残りの部分が事細かに語られるのを聞いていた。その男は妻を亡くしており、内気そうな茶色の目をしているという。まさにヴィガにぴったりだ。イェスパはすぐに彼を郊外のヴィガのガーデンハウスに引きずっていったところ、彼はヴィガの絵をほめ、感動した様子でこんな居心地のいい家は今まで見たことがないと言ったらしい。とんとん拍子にことは運び、今は街のレストランで昼食を一緒に食べているという。

カールは首を横に振った。ほっとしていいはずだろう? だが、なんとも落ち着かない気分がカールの腹にのさばっていた。

イェスパが話し終えると、カールはスローモーションで携帯電話を閉じた。モーデンとハーディが食べ残しをもらえるのを待っている二匹の野良犬のようにカールを見つめていた。

「成功を祈ってくれ、もしかしたら俺たちはぎりぎりのところで救われたかもしれない。イェスパがヴィガに理想的な男を取りもった。もうしばらくここに住んでいられそうだ」

モーデンが感激して拍手をした。「ああ、よかった! それでヴィガの王子様って誰よ?」

「王子?」カールはおどけて見せようとしたが、なぜかうまくいかなかった。「イェスパによれば、グルカマル・シング・パンヌは赤道のそばからやって来た最も肌の色の濃いインド人だそうだ」

モーデンとハーディは呆気にとられて口をぱくぱくさせていた。

その日、ノアブロ周辺は青と白と深い悲しみに沈んだ顔であふれていた。カールはこれほど大勢のFCコペンハーゲンのファンが、まるで尻からひり出されたりんごソースみたいな状態で歩道の上に集まっているのを見たことがなかった。そこらじゅうに旗が転がっていて、缶ビールを口まで持って行く力も残っていないようだった。調子っぱずれの戦いの歌と、時おり失望の叫びが道路に響き渡った。自分たちの群れをたった今ライオンに蹴散らされたヌーの悲痛な叫びのように聞こえた。

二対〇でFCコペンハーゲンはエスビャールに負けた。ホームで十四連勝してきながら、一年を通してアウェーで一勝もしていなかったチームに負けた。

街じゅうがへこんだ。

カールはハイムデールス通りに車をとめると、あたりを見回した。カールがここをパトロールしていた頃に比べると、移民の店がモグラ塚のように増えている。日曜日だというのに人々が慌ただしく行き交っていた。

カールは玄関口の名札にアサドの名前を見つけると、呼び鈴のボタンを押した。前もって電話をかけて断られたり言い訳をされたりするより、無駄足になるほうがよかった。アサドが留守ならヴィガを訪ねる。ヴィガはきっと自分に都合のよい法律をカールに突きつけてくるだろう。

二十秒経ってもアサドの住まいから返事はなかった。

カールは一歩後ろに下がってバルコニーを見上げた。カールが予想していたような典型的な移民用の集合住宅ではなかった。パラボラアンテナは驚くほど少なく、洗濯物も外に干されていなかった。

「入ります?」後ろから元気のよい声がしたかと思うと、ブロンドの少女が鍵を開けた。

「ありがとう」カールはつぶやいて、コンクリートの箱の中に足を踏み入れた。

アサドの住まいは三階にあった。両隣のアラビア人の表札には名前があふれていたが、アサドの部屋のドアにはアサドの表札しかなかった。

カールは二、三回呼び鈴を押したものの、無駄足だったことはわかっていた。それならと、身をかがめて郵便受けのふたを開けて中をのぞいた。

まるで空き家のようだった。広告や二、三の封筒を除くと、古ぼけた革張りの椅子がいくつか見えているだけだった。

「おい、なにやってんだ?」

カールが振り返ると、鼻の先に、サイドに線の入った白い幅広のスウェットパンツが見え、その上には肩まで茶色い巻き毛を伸ばしたボディービルダーがそびえ立っていた。カールは体を起こしてまっすぐに立った。

「アサドに会いに来たんだが、今日は家にいたかどうか知ってるかい?」

「あのシーア派か? いいや、いなかった」

「家族はどうだい?」

男は頭を少し横に傾げた。「ほんとにあいつを知ってんのか？　おまえ、こそ泥だろう？　なんで郵便受けから中を見てたんだよ？」

男はカールの脇腹を石のように硬い胸で突いた。

「おい、ランボー、落ち着け」

カールは男の腹筋を手で押し返すと、内ポケットの警察バッジを探った。

「アサドは俺の友達だ。あんたも俺の質問にただちに答えてくれたら友達だ」

男はカールが差し出した警察バッジをつかんだ。

「こんなもん持ってるやつとダチになりたいやつがいるか？」

男は立ち去ろうとしたが、カールが袖をつかんだ。

「悪いが、質問に答えてくれないか……」

「くそくらえ、このアホが」

カールはうなずいた。三秒半もあればこんなプロテイン野郎にどっちがアホか見せてやれるだろう。確かにこいつは横幅はあるかもしれないが、この程度なら首根っこをつかんで、公務員侮辱罪で逮捕するぞと脅すくらい朝飯前だ。

そのとき後ろから声が聞こえた。

「おい、ビラール、いったい何やってんだ？　警察バッジが見えないのか？」

振り返ると、そこにはさらに横幅のある、本業は重量上げ選手じゃないかと思えるような男が立っていた。ちぐはぐなブランドのスポーツウェアを実に個性的なコーディネートで着ている。こんな巨大Tシャツを売っているのなら、その店はよほど品揃えがいいのだろう。「すみません、弟をかんべんしてやって下さい。ステロイドの飲み過ぎなんですよ」彼はそう言って、平均的な地方都市くらいの大きさはある手を差し出した。「俺たちはハーフェズ・エル・アサドのことはよく知りません。彼には二回しか会っていません。頭が丸くて、目も真ん丸なちょっと変わった男ですよね？」

カールはうなずき、でかい手を離した。

「俺が思うに」男は先を続けた。「彼はここには住んでいないと思いますよ。とにかく家族と一緒じゃないことは確かです」男は微笑んだ。「ワンルームじゃいくらなんでも無理でしょう？」

カールはヴィガのガーデンハウスに向かって車を走らせた。あれからアサドと携帯電話で連絡をとろうとしたが、二回つながらなかったところであきらめた。カールは大きく息を吸って、庭の中を歩いて行った。

「いらっしゃい、わたしのエンジェル」ヴィガは甘えた声を出した。

居間の小さなスピーカーから、カールが聞いたことのない音楽が流れている。あれはシタールの音色か、それともあわれな動物が痛めつけられている声か？

「何だあれは？」カールは言って、耳をふさごうとした。

「すばらしいでしょう」ヴィガはダンスのステップを踏んだ。少しでも自尊心のあるインド人なら、決してうまいとは言わないだろう。「グルカマルがCDをプレゼントしてくれたの、もっともらおうと思ってるの」

「いるのか？」二部屋しかない家で馬鹿な質問だ。

ヴィガは顔を輝かせた。「彼はお店に行ったわ。娘さんがカーリングに行くとかで、長居はできなかったのよ」

「カーリング？　インドにスポーツはないのかね」

ヴィガはカールを軽く叩いた。「インドじゃないわよ、彼はパンジャブの出身よ」

「へえそうか。だったらインド人じゃなくてパキスタン人か」

「いいえ、インド人よ。でもそんなことで頭を悩ませることないわ」

カールは型崩れした籐製の安楽椅子に体を沈めた。「ヴィガ、この状態を放っておくわけにはいかない。イェスパは行ったり来たりの生活を続けているし、おまえは次々と俺を脅迫してくる。俺が住んでいるあの家が俺のものかどうかわからなくなってきた」

「しかたないわよ、とにかくまだ結婚してるんだから、財産は分かち合うものなのよ」

「まさに俺もそう考えているんだ。俺がおまえに支払う金について、俺たちで妥当な金額を申し合わせしないか？」

「妥当？」ヴィガは明らかにうさん臭いとでも言うように言葉を延ばして発音した。

「そうだ。おまえがおまえの財産の半分を俺の名義に書き換えた上で、仮に二十万クローネという金額で合意した場合、俺はおまえに月に二千クローネなら支払える。それって妥当じゃないか?」

ヴィガが頭の中で電卓を叩いているのが見えるようだった。もっと小さな金額なら、ヴィガはひどい計算間違いをしかねないくせに、〇《ゼロ》がずらりと並ぶと、計算の天才になるのだ。

「ねえあなた」ヴィガが口を開くと同時にカールは戦いに敗れた。「午後のお茶を飲みながら急いで片付ける話でもないわ。またにしましょう。そのときはもう少し大きな金額を提示してもらわなくちゃならないかもしれないわ。でも人生まだ何が起きるかわからないんじゃない?」そしてヴィガはまったく理由もなく笑い、カールはいつも通りに途方に暮れた。

カールは勇気を奮い起こして提案したかった。弁護士を雇ってすべて任せようと。だが、その勇気がなかった。

「でもね、カール。わたしたちは家族よ。だからお互いに支え合わなくちゃならないわ。あなたとハーディとモーデンとイェスパがレネホルト公園通りのあの家で暮らしたいってことはわかってるの。それを駄目にしてしまうのは残念よね。それは理解できるわ」

カールはヴィガを見つめ、驚いて息をのむような提案がその口から出るのではないかと固《かた》唾《ず》をのんだ。

「だから考えたのよ。あなたたちをしばらくそっとしておいてあげようって」

ヴィガがたった今そう言った。だがもしも、グルカマルとやらがヴィガのおしゃべりや手編みのソックスにうんざりしたらどうなる?

「でもその代わりにあなたにもしてもらいたいことがあるわ」

この口からそういう言葉が出たら、次に待っているのはとんでもないことだ。

「俺には……」言いかけたとたんにさえぎられた。

「あなたが訪ねてやってくれたら母は喜ぶと思うのよ。あなたの話をしょっちゅうするの。あなたはいまでも母の大のお気に入りよ。だからね、あなたに週に一度母をのぞきに行ってやってほしいのよ。これでわたしたち折り合いがつくかしら？　明日から始めてもらっていいわ」

カールはもう一度息をのんだ。のどがからからになってきた。ヴィガの母親！　カールを義理の息子として受け入れるまでに四年もかかったとんでもない女だ。神は自分の楽しみのためだけに世界を創られたという信念を持って生きている女だ。

「ええ、カール、あなたがどう思っているかちゃんとわかってるわ。でも母はもうそれほどやっかいじゃないわ。認知症になってから」

カールは深く息を吸った。「週に一回なんて行けるかどうかわからない、ヴィガ」カールはヴィガが表情を変えるのを見た。「だが努力はしてみるよ」

ヴィガはカールに手を差し出した。不思議なことに、ヴィガに同意できないと思っていても、結局最後は握手をすることになる。いずれにせよ、ふたりにとって一時しのぎに過ぎないとしても。

カールはコペンハーゲン北部のウッテレスレウ湖公園に車を走らせ、わき道に車をとめた。

公園にいるとカールは孤独感に襲われた。家に帰ればひとりではないことはわかっているが、同居人たちはカールの本当の家族ではなかった。趣味はないし、スポーツもしない。知らない人間と余暇を過ごすのは好きではないし、酒場で気晴らしに飲みたい気分でもない。

そして今はターバンを巻いた男がカールの別居中の女房の心をつかみ、ポルノ映画を借りてくるよりも手っ取り早く、彼女をものにしようとしている。

〝相棒〟と出かけることすらできない。なぜなら申告されている住所には住んでいないからだ。

カールは湖から酸素をゆっくりと吸い込んだ。するとまた汗が噴きだしてきて、腕に鳥肌が立った。なんてこった! 二度もこんな目にあわなくちゃならないのか? 病院に行ってからまだ二十四時間も経っていなかった。

俺は病気か?

カールはポケットから携帯電話を取り出し、ディスプレイの番号を長い間見つめていた。モーナ・イプスンの番号だった。そこにはどんな危険が待っているのだろう?

カールは二十分間そうやって座りながら動悸が激しくなってきたのを感じると、緑色の受話器のマークが付いたキーを押して、危機心理学のカウンセラーが日曜の夜も対応してくれることを祈った。

「もしもし、モーナ」カールは彼女が電話に出ると、ほとんど聞こえないような声で言った。「カール・マークだ。俺……」調子が悪いのだと言おうとした。カウンセリングの必要があると。だが全然そこまで行かなかった。

「カール・マーク！」モーナが遮った。こんな時間の電話がただのご機嫌伺いではないことがわかっているようだった。「ねえ聞いて。戻ってきてからあなたの電話を待っていたのよ。本当にちょうどよかったわ」


女性の香りがする居間のソファーに座っているのは、昔、学校の遠足に行った際に、小屋の陰で手足の長い女の子にズボンに手を深く差し込まれたときと同じ気分だった。困惑しつつも、境界線を越えた感じがして、期待でぞくぞくした。

だがモーナはカールの体の反応をあからさまに確かめたがるそばかすだらけの田舎のパン屋の娘ではない。キッチンからモーナの足音が聞こえてくるたびに、カールは胸の内ポケットのあたりに危険な鼓動を感じた。だが、まだ気絶するほどではなかった。

ふたりは挨拶をかわした後、カールのここ最近の発作の話を少しした。カンパリソーダを一杯飲むと少し気分がほぐれて、さらに二杯飲んだ。ふたりはモーナのアフリカ旅行の話をした。キスをしたのはその少し前のことだ。

そのことを思い出しただけでパニック発作を起こしそうだった。いや、だったらもう発作は起きていなくてはならない。

モーナは夕食だと言って小さな三角形のものを持って戻ってきた。食事のことなんて考えられるわけがない。ここにはモーナとカールの二人しかいないのだ。おまけに彼女のブラウスときたら体にぴったりとはりついている。

しっかりしろ、カール。グルカマルなんて名前のひげを編んでお下げにしているような男にできるなら、おまえにだってできるはずだ。

22

彼は妻を重い段ボール箱でできた檻に閉じ込めた。そこで最期を迎えてもらわなくてはならない。妻は知りすぎた。

たっぷり二時間は、部屋からこすったり、引っ掻いたりする音が聞こえてきた。そしてベンヤミンと家に戻ってきたときには、息が半分つまっているようなうめき声も聞こえてきた。

ベンヤミンの荷物を車に積み終えると、ようやく家の中は完全な静寂に包まれた。

彼はバックミラーの中で息子に微笑みかけ、童謡のCDを挿入した。一時間も走れば息子は寝るだろう。シェラン島を走るときはいつもそうだった。

電話をかけたとき、妹は眠くてたまらない様子だった。だが、ベンヤミンの世話をしてくれたら礼をするという話になると、突然目が覚めたようだった。

「ああ、その通りだ」彼は言った。「おまえは週に三千クローネ受け取って、俺はときどき立ち寄ってちゃんと世話をしてくれているかを確認する」

「一カ月分をまとめて前払いするようにして」妹は言った。

「そうする」

「わたしたちが兄さんからふだんもらってるお金もこれまで通りにもらうわよ」

そう言うだろうと思っていた。「何も変えるつもりはない。心配するな」

「奥さんはいつまで入院するの？」

「わからない。経過しだいだ。重い病気だから長引くかもしれない」

妹は黙っていた。慰めの言葉ひとつ言わなかった。妹はそういう人間だった。

「お父さんのところへ行きなさい！」母がとがった声で命令した。母の髪は乱れ、服は前後逆さまに着ているようだった。父がまた母を呼びつけて懲らしめたらしい。

「どうして？」彼はきいた。「僕は明日の集会までにコリント人への手紙を読み終えなくちゃならない。お父さんがそう言ったんだ」

彼は母が自分を救ってくれると無邪気に信じていた。あいだに立ってくれると思っていた。父親に後ろから首を締め上げられている息子を引っぱり出し、今回は大目に見てやれと頼んでくれると思っていた。チャップリンの物まねはただの遊びにすぎない、誰にも害は与えないと。イエス・キリストも子供の頃は遊んでいたと。

「行きなさい、早く！」母は唇をかたく結んで、彼の襟首《えりくび》をつかんだ。こうやってつかまれて何度、折檻《せっかん》と屈辱への道に送られたことだろう。

「じゃあお母さんが、近所の人が畑で下着を脱いでいるのをのぞき見してるって言いつけてやる」彼は言った。

母は身をすくませた。それが事実ではないことはふたりとも知っている。他人の自由な暮らしをちらっとでも見れば、それは地獄への一歩だった。そのことを彼らは教会でも、食前の祈りでも、父がかばんに常に入れている黒い本から引用するたびに聞かされていた。人々のまなざしの中に悪魔は潜んでいる。微笑みの中に潜んでいると。すべてその黒い本に書かれていた。

母が隣人をのぞき見しているというのは事実ではなかったが、父は手が早い。疑惑だけで十分だった。

そして母は冷たい声で永遠の別れを告げた。「おまえは悪魔の息がかかっている。悪魔がおまえを地獄に、おまえが生まれたところに連れ戻してくれることを祈ってるわ。煉獄の火がおまえの肌を炭に変え、永遠の痛みを与えんことを」母はうなずいた。「驚いているようね。でも悪魔がおまえを連れ戻しにきたんだから、わたしたちはもうおまえの面倒はみないわ」

母はドアを開け、彼をポートワインのにおいが立ちこめる部屋に押しやった。

「こっちへ来い」父はベルトを手首に巻きながら言った。

閉じられたカーテンのすき間からごくわずかな光が差し込んでいた。

机の後ろにイーヴァが塩柱のように立っていた。妹はぶたれなかったようだ。袖をまくり上げていたし、泣いてもいなかった。

「おまえはまだチャップリンをやっているらしいな」父は言った。

彼は目の端で、兄を見ないようにしているイーヴァをとらえた。そういうことなら、今日は相当な目にあいそうだ。

「ここにベンヤミンの証明書なんかが入っている。おまえたちに預けておくよ。病気になったときのために」

彼は義弟に書類を渡した。

「病気になるの？」妹は驚いているようだった。

「ならないさ。ベンヤミンは健康そのものだ」

彼は義弟の目に気づいていた。彼らはもっと金が欲しいのだ。

「ベンヤミンの年頃の子供はよく食べる」義弟が指摘した。「それにおむつだけでも月に何千クローネもかかる」

疑問に思ったことはすぐにインターネットで調べるようだ。

義弟はチャールズ・ディケンズの〝クリスマス・キャロル〟に出てくる貪欲なスクルージのようにもみ手をした。五千クローネ追加してくれたら御の字だとその手は言っていた。

だがその金は義弟のものになるわけではない。そのまま説教者の手に渡り、どの信者が何のために払ったのかは黙殺されるのだ。

「あんたとイーヴァに何か問題があれば、いつでもこの申し出は取り下げる。わかったか？」

義弟はしぶしぶ同意したが、妹はすでにベンヤミンに夢中になっていた。幼児の感触がめずらしいのだろう。甥の柔らかい肌を指で丹念に探っていた。

「この子の髪はどんな色？」そう尋ねたイーヴァの見えない目は喜びで満たされていた。

「俺の子供の頃と同じ色だ。覚えているか」彼はそう言って、妹の生気のない目が逃げるのを心に留めた。

「それからベンヤミンをおまえたちのいまいましい祈りに付き合わせることは遠慮してくれ、いいな？」彼はそう付け加えてから、ようやく彼らに金を渡した。

妹夫婦はうなずいたが黙っていた。それが彼には気に食わなかった。


二十四時間経てば金は入ってくる。使用済み紙幣で百万クローネ。彼はそのことを一瞬たりとも疑っていなかった。

これからボート小屋に行って、子供たちがそこそこ元気にしているか見てくるつもりだった。明日、金を受け取ったら、再びボート小屋に戻って娘を殺す。息子のセームエルはクロロフォルムを嗅がせて、夜中にドレロプの近くの野原で解放する。

解放する際にセームエルに両親に伝えることを指示する。それを聞いた両親は何を覚悟しなければならないかを知る。妹を殺した男にはスパイがいて、家族の居場所を常に正確に把握していること。兄弟が多いので男はいつでもまた犯行を繰り返せること。安心するな。誰かにこのことをしゃべった疑いが少しでもあれば、またひとり子供を犠牲にすることになる。セームエルはそう両親に伝えることになる。この脅迫に期限はない。そして男は常に姿を変え続けていることも知っておいたほうがいい。両親が知っていると思っている男はどこにも存在しない。

これまでこの脅しが効かなかったためしはなかった。彼が狙う家族には信仰があり、そこに逃げ込んで苦悩を葬ってしまう。死んだ子供を悼み、生きている子供を守る。ヨブの物語が心の支えになる。

教会の仲間には子供がいなくなったのは勘当したからだと説明する。どの家族もそう言ってきた。だが今回はまんざらでもない話だ。マウダリーナは他の子供とは違ってあまりにも異彩を放っている――それはこうした信者の輪の中では歓迎されることではなかった。両親は娘をよその家に預けたと言うだろう。教区の信者はそれで納得する。

彼は笑みを浮かべた。

まもなくまたひとり減る。人間の座に神を据え、狂信で世界を汚染する者どもが。

牧師の家族が崩壊したのは彼の十五歳の誕生日から何カ月もたたないある冬の日だった。その数カ月前から彼の体に奇妙な説明のつかないことが起こるようになった。急に彼は罪深い考えにつきまとわれるようになった。そしてある日、体にぴったりとしたスカートをはいた女性がたまたま、彼のすぐ目の前で身をかがめた。その夜、彼は網膜に焼き付いたその姿を見ながら、初めて射精した。

脇の下に汗がにじみ、声にならない声が出た。いつのまにか首の筋肉がたくましくなり、体の至るところに濃い硬い毛が生え始めていた。

突然、土の中から昼の光の中に出てきたモグラがまぶしくて目をしばたたいているような気になった。

以前同じ変化を遂げた若者が教会でそんな話をしていたことを思い出せたらよかったのだが、聞いた当時は何の話をしているのか彼にはわからなかった。それは家族に〝神に選ばれし方〟と呼ばせるような父親のいる家では決して口にのぼらない話題だった。

彼の両親は三年間、彼を無視し続けた。両親は彼の努力を見ようとしなかった。彼が祈禱会でことさら努力していることにも気づかなかった。両親にとって彼はチャップリンという名前の悪魔の鏡以外の何者でもなかった。彼が何をしようとどうでもよかった。

教会の中で彼は変わり者扱いされていた。悪魔に憑かれていると言われることもあった。祈禱会に集まってきた信者は、子供たちがみな彼のようにならないことを祈った。

イーヴァだけが彼のそばに残った。だがイーヴァは父に圧力をかけられると、告げ口をして、兄を時に見殺しにする妹だった。

その頃、父は彼を潰すことを第二の生きる使命としていた。あてどもなく命令を出し続け、侮蔑と叱責を日々の糧《かて》とし、デザートとして肉体的にも心理的にも暴力を加えた。

最初は彼を元気づけてくれる信者もいたが、やがてそれもなくなった。この教会では人間の慈悲よりも神の怒りと呪いが塔のようにそびえ立っていて、そうした塔の陰にいる信者にとっては、我が身と神より大事なものはなかった。信者はみな彼に背を向け、敵方についた。

とうとう彼はもう一方の頬を差し出す以外なくなった。

聖書に定められているように。

こうした何も育むことのできない陰の家で、イーヴァと彼の関係は徐々にしぼんでいった。長いあいだイーヴァはいつも兄に詫びていた。そして長いあいだ彼は父の説教が聞こえないふりをした。最後には妹にも見放された。

そしてその冬の日、災いは起こった。

「おまえの声はまるで豚がキーキー鳴いているみたいだ」父はそう言って食卓についた。「姿もまるで豚だ。鏡を見てみろ。いかに醜くて不細工かわかる。そのいやらしい鼻でクンクン嗅いでみろ。いかに自分が臭いかわかる。さっさと行って洗ってこい！」

父親はそうやってよく下劣な言葉を吐いた。体を洗えといった些細《ささい》な要求をそうやってしつこく嫌らしく何倍にも増幅させた。いつもパターンは同じだった。長い説教を終えた後は、部屋の壁の汚れをこすり落として臭いを消せと要求する。

今こそ敢然と雄牛の角をつかむべきではないか？

「あれこれ命令し終わったら、どうせ部屋の壁を漂白剤でごしごし磨けって言うんだろ？だけどそれは自分でやってくれ、この暴君が！」彼は大声で言い放った。

このとき父は汗をかき始め、母は抗議し始めた。父親にそんな口をきくとは何様のつもりかと。

だが彼にはわかっていた。母は彼の戦意をくじこうとするだろう。彼らの人生から消えてくれと延々と懇願し、不当な非難をさんざん浴びせて、彼がうんざりして家を出て行き、夜中まで帰ってこないようにするだろう。状況が切迫してくると母はこの戦術をよく使って成功してきた。だが今日は違った。

彼は体が引き締まるのを感じた。頸動脈に流れる血と筋肉を感じた。父親の拳が近づいてきたら、この新しく生まれ変わった体がどう反応するか知ることになるだろう。

「この豚野郎、僕を放っておいてくれ！」彼は警告した。「あんたなんか嫌いだ！　大嫌いだ！　血を吐くことになってもいいのか、この女ったらし。僕に近づくな！」

父のような男が、悪魔がこの世にひと吹きした言葉の中で崩壊していく姿を見ることはイーヴァには耐えられなかった。エプロンをして家事を黙々と片付けていた臆病な妹が、突然兄に飛びかかってきて肩を揺さぶった。

これ以上わたしの人生をめちゃめちゃにしないで、と妹は叫んだ。母親がふたりを引き離そうとしている間、父親は流し台の下の棚から漂白剤の瓶を二本取り出してきた。

「今すぐ二階にあがって部屋の壁をこれで磨いてこい、おまえが自分で言ったようにな」父は怒鳴った。父の顔は血の気を失っていた。「もし言いつけを守らなかったら、明日からしばらく寝床から起き上がれないようにしてやる。わかったか？」

そして父は彼の顔に唾を吐き、手に瓶を押しやると、彼の顎からしたたり落ちる唾を嘲るように見ていた。

彼は瓶のふたを回して、中身を床に少しずつ流していった。

「こいつ、なにをするんだ！」父は叫んで瓶を奪い取ろうとした。そのとき、腐食性の液体が大きな弧を描いてキッチンに飛び散った。

父の怒声は深く骨の髄まで響いたが、イーヴァの叫び声に比べたら物の数ではなかった。イーヴァは全身を震わせ、両手を顔の前に持って行きながら、触れる勇気がなかった。この数秒間で強アルカリ性の液体はイーヴァの目に達し、世界を見晴らす目を奪った。

キッチンが母の泣き声と妹の叫び声と、自分がしでかしたことに対する彼自身の恐怖で埋め尽くされていた間、父は身じろぎもせず立って両手を見つめていた。手の皮の上で漂白剤が泡立っていた。父の顔は赤くなったかと思うとみるみる青ざめていった。

そして突然、父は目をむいて胸をつかみ、前のめりになると困惑した顔で喘ぎ始めた。そして父が床に倒れたとき、彼らのそれまでの人生は終わった。

「主イエス・キリストよ、天におわす全能なる父よ、私をあなたの御手の中で安らかに眠らせたまえ」父は苦しそうにのどを鳴らししながら最後の息を吸い、そして逝った。両手を胸の上で十字に組み、笑みを浮かべていた。

しばらく彼は身動きひとつせずに静かに父のこわばった死に顔に浮かんだ笑みを見ていた。その間、母は神の慈悲を請い、イーヴァは叫んでいた。

ここ数年間の彼を支えてきた復讐心は、突然その根拠を失った。父は神の名を唱え、唇に笑みを浮かべて心臓発作で死んだ。

それは彼が夢に見てきたものとは違っていた。

そのわずか五時間後に家族は別れた。イーヴァと母はオーデンセの病院に行き、彼は信者が世話をしてくれた施設に入った。施設に入ったことで神の陰での暮らしは報われた。今彼に欠けていることはひとつだけ——すべてに報復することだった。

23

その夜は圧倒されるほど美しく、とても静かな闇に包まれていた。

遠く離れたフィヨルドに目を向けるとヨットの上にまだいくつか明かりが煌々と輝き、家の南側の牧草地では春の草が風にそよいでいる。まもなく夏がやってくると、そこで牛が草を食む。

彼はこの場所がとても好きだった。将来いつか、この〝ヴィーベ荘〟をきれいにし、赤れんがの汚れをとり、ボート小屋を取り壊し、今はまだ海からの眺めをさえぎる役目をしている生い茂った草木を取り除こうと思っている。

美しい小さな農家。将来はここで歳をとりたいと思っている。

彼は納屋の戸を開けた。柱の一本に電池式のランタンがぶら下がっている。そのスイッチを入れると、発電機のタンクに十リットル缶のガソリンをほぼ全量空けた。ここまでの工程を終え、発電機のスターターロープを引くと、仕事をうまく片付けたという満足感が彼の中に広がっていく。

天井の照明のスイッチを入れ、ランタンを消した。目の前には古めかしい大きな石油タンクがある。これからまたこれを使うことになる。

背伸びをして金属製のふたを持ち上げた。そのふたは彼が自分でタンクの上面を鋸で切って作ったものだった。タンクの中は乾いていた。前回もきちんと空っぽにすることができたということだ。すべては順調だった。

戸の上の棚からかばんを取った。その中には大枚をはたいたが、彼にとっては金塊のような価値がある物が入っている。GenHPT54ナイト・ビジョン――これを使えば夜が昼になる。軍隊使用モデルの暗視鏡だ。

彼はヘッドギアを頭に固定すると、暗視鏡を目の前に持ってきてスイッチを入れた。

そして外に出ると、ナメクジを踏みつぶしながら石畳の道を歩いて行き、納屋の端に垂れ下がっているホースを引っぱって水中に投げ入れた。暗視鏡を装着していると、灌木《かんぼく》やヨシの茂みに囲まれたボート小屋もよく見え、自分の地所をすべて見渡すことができた。

建物も、彼に踏まれまいと足元で飛び跳ねているカエルもすべて灰色がかった緑色に見える。

岸辺に波が静かに打ち寄せている。その静寂を破るように発電機がブンブンと音を立て始め、ホースが水をかき分けだした。

この一連の仕組みの中で一番弱い部分がこの発電機だった。最初の頃はずっと作動させておくことができたが、二、三年経った頃から、始動させて一週間もするとひどい騒音を立てるようになった。そのため今では発電機を再始動させるためにだけもう一度ここまで来なくてはならなかった。いっそ買い換えようかと検討しているところだ。

それに引き替え水揚げポンプはすばらしかった。以前は手作業で石油タンクに水を充塡していた。だが今はそんな必要はない。たった半時間でフィヨルドの水がタンクいっぱいに満たされる。彼は満足げにうなずき、ホースの端に水がピシャピシャ当たる音と発電機の耳障りな音を聞いていた。時間は十分にあった。

そのとき水上の杭の上に立つボート小屋から物音が聞こえてきた。

メルセデスを手に入れてから、彼は小屋に鎖でつながれた子供たちを何度も驚かせてきた。高い車だったが、快適さはもちろんのこと、ほとんど音のしないエンジンのことを考えると納得のいく値段だった。小屋の中の子供たちに気づかれることなく、すぐそばまで忍び寄ることができる。

今回もそうだった。

セームエルとマウダリーナは普通の子供とは違っていた。セームエルは同じ年齢だった頃の自分を思い出させた。機転が利き、反抗的で、激しやすかった。一方、マウダリーナはほぼその正反対だった。最初にのぞき穴からボート小屋の中を見たとき、彼は衝撃を受けた。マウダリーナは彼がその昔禁じられた恋心を抱いた少女を、そしてその結末を思い出させた。それは最終的に彼の人生をすっかり変えてしまった出来事だった。マウダリーナを見ていると、その少女の記憶があまりにも鮮烈に甦ってきたので驚いた。ややつり上がった目も絡み合った毛細血管が見えるほど透き通った肌も同じだった。

彼はすでに二度ボート小屋に忍び寄って、のぞき穴をふさいでいるタールの塊を引き抜いていた。その穴に顔を寄せると、中の様子がすべて見えた。ふたりは互いに一メートルも離れていないところにうずくまっていた。セームエルは小屋の中ほどに、マウダリーナは戸のそばにいた。

マウダリーナはずいぶん泣いていたが、声は聞こえなかった。弱い光の中できゃしゃな肩が震え始めると、セームエルが革ひもで縛られた手で彼女を揺さぶって注意を自分に向けさせようとした。兄のあたたかいまなざしが妹の慰めとなるように。

セームエルはマウダリーナの兄だ。妹をその肌に食い込んだ革ひもから解放するためなら何でもするだろう。ただそれができないだけだ。だからセームエルも泣いているのだが、それを妹は知らない。だったら兄は涙を見せてはいけない。セームエルは落ち着きを取り戻すまで、しばらく頭を反らせていた。そしてまた妹を見ると、うなずいたり上半身を揺らしたりしながら、ばかなことを言っておどけてみせた。

その昔チャップリンの物まねをしていたときの彼と妹を見ているようだった。

マウダリーナが粘着テープの下で笑っている声が聞こえた。わずかな瞬間笑った後は、また現実と不安がマウダリーナを待っていた。

今夜彼が戻ってきたのは、子供たちののどの渇きを最後にいやしてやるためだった。遠くからでも少女がかすかな声で歌っているのが聞こえていた。

彼はボート小屋の板壁に耳をつけた。粘着テープが貼られているにもかかわらず、はっきりとした澄んだ声だった。歌詞は彼の知っている言葉だった。子供時代を通して彼とともにあった言葉であり、彼はその歌詞のすべてを最後の一文字に至るまで憎んでいる。

主よ、御許に近づかん
登る道は十字架に
ありともなど悲しむべき
主よ、御許に近づかん

彼はのぞき穴から慎重に詰め物を抜いて、暗視鏡でボート小屋の中の様子をうかがった。頭を垂れ、肩を落としたマウダリーナは実際より小さく見えた。讃美歌のリズムに合わせて体をゆっくりと左右に揺らしている。

そして歌い終わると、鼻から酸素を小刻みに何度も吸い込んだ。おびえた小さな動物があらゆる苦難に見舞われながら遅れをとらずに進もうとする姿を見ているような気がした。空腹とのどの渇きに加えて、これから起こるかもしれないことを思い煩《わずら》い、不安をつのらせていた。

暗視鏡をセームエルに向けると、妹ほど打ちひしがれていないことがすぐにわかった。それどころか、傾斜した壁に上半身をこすり続けている。決してふざけてやっているわけではなかった。

そう言えば、さっき発電機の音だと思っていた耳障りな音は、セームエルの方向から聞こえてきていた。

突然、少年が企んでいることがわかった。革ひもを壁板にこすりつけて緩めようとしているのだ。

もしかしたら壁から何か突き出ているのかもしれない。木の節の出っ張りでも見つけたのだろうか、とにかく何かに革ひもをこすりつけている。

少年の顔がはっきりと見えてきた。笑ってるのか？　笑いが出るほど企みは進んでいるのか？

マウダリーナが咳をした。昨夜はじめじめと冷たい夜だったので、体にこたえたのかもしれない。

なんて弱い体なんだと彼は思った。するとマウダリーナは粘着テープを貼られた口でまた歌い始めた。

彼は驚いた。それは父が執り行った葬儀には欠かせない歌だった。

日暮れて四方《よも》は暗く
我が霊《たま》はいと寂し
寄る辺なき身の頼る

主よ、ともに宿りませ
人生《いのち》の暮れ近づき
世の色香移り行く
とこしえに変わらざる
主よ、ともに宿りませ

彼は吐き気を覚えて納屋に引き返した。そして壁から一メートル半の長さの太い鎖を二本はずし、工作台の下の引き出しから南京錠を二つ取り出した。前回すでに子供を縛っている革ひもがすり切れてきたことに気がついていた。そのときはずいぶん使い込んだものだと思ったが、セームエルがあんなことをしているのであれば、補強しなければならない。

ボート小屋の明かりを点けて、ゆっくり近づいていくと、子供たちは動揺した目で彼を見上げた。セームエルは破れかぶれで小屋の隅にもう一度革ひもをこすりつけたが、どうにもならなかった。体に鎖を巻かれ壁のつり革に固定されると、セームエルは足を蹴り出し粘着テープ越しに激しく抗議した。だが実際に抵抗できるほどの力はもうなかった。空腹に加えて楽ではない姿勢で長時間過ごした体は疲れ切っていた。両脚を体に引き寄せて座っている姿は見るも哀れだった。

もうひとりの獲物もまったく同じだった。

マウダリーナはすぐに歌うのをやめた。彼の顔を見ただけでマウダリーナはエネルギーのすべてを奪われた。兄の努力が報われるのではないかと思っていたのかもしれない。だがそれがはかない希望だったことを彼女は知った。

彼はカップに水を満たすと、マウダリーナの口から粘着テープを一気にはがした。

マウダリーナはしばらく喘いだ後、首を前に突き出して口を開いた。生きるために無意識に体が反応したように見えた。

「マウダリーナ、そんなに急いで飲んじゃいけない」彼はささやくように言った。

マウダリーナは顔を上げて彼の目を見つめた。動揺し、不安に満ちていた。

「わたしたち、いつ家に帰れるの？」マウダリーナは唇を震わせてきいた。食ってかかることも、なじることもなかった。ただそう尋ねると、すぐにまたカップの水のほうに体を伸ばした。

「まだ一日、二日はかかる」彼は言った。

マウダリーナの目に涙があふれてきた。「家に帰りたい、お父さんとお母さんのところへ帰りたい」彼女は泣いた。

彼は微笑みながらマウダリーナの唇にカップをあてがった。

マウダリーナは彼が考えていることを感じとったのかもしれない。水を飲むのをやめて、大きく見開いた目で彼を見ると、兄に顔を向けた。

「わたしたち殺されるわ、セームエル」マウダリーナは声を震わせて言った。「わたしにはわかる」

彼は正面から少年を見据えた。

「君の妹はすっかり取り乱しているようだな、セームエル」彼は声をひそめて言った。「もちろん君たちを殺したりはしない。すべてうまくいくさ。君たちの両親は裕福だし、俺は人でなしじゃない」

そしてマウダリーナに向き直ると、彼女は人生の終わりがすぐ目の前に迫っているかのようにうなだれていた。「君のことはよく知ってるんだよ、マウダリーナ」彼は手の甲で慎重にマウダリーナの髪をなでた。「君が髪を切りたがっていることとか、もっと自分でいろんなことを決めたがっていることとかね。これを見せてあげよう」彼はそう言って、上着の内ポケットから、カラー印刷された紙を一枚取り出した。

「これが何かわかるかい？」彼はきいた。

マウダリーナがわずかに身をすくませたことを彼は見逃さなかったが、それでも驚きをうまく隠していた。

「いいえ」それ以上は言わなかった。

「そんなことはないだろう、マウダリーナ。君が庭の隅に座って穴をのぞいていたのを知ってるよ。君はよくそうしてたよね」

マウダリーナは顔をそらせた。恥じていた。彼はマウダリーナの境界を侵したのだ。

彼は今度は、その雑誌の切り抜きをマウダリーナの顔の前にかざした。

「ショートカットが似合う五人の有名人」彼は読み上げた。「シャロン・ストーン、ナタリー・ポートマン、ハル・ベリー、ウィノナ・ライダーそしてキーラ・ナイトレイ。これってみんな映画スターじゃないのかい？」

彼はマウダリーナのあごを持って顔を自分に向けさせた。

「なぜこれを見ちゃいけないいんだい？　全員髪が短いから？　君たちの教会は短い髪を禁じてるから？　それが理由かい？」彼はうなずいた。「わかってるんだよ。君も髪を短くしたいんだろう？　首を振ってもお見通しだよ。だが、よくお聞き、マウダリーナ。君の秘密はお父さんもお母さんもまだ知らない。しゃべったりしてないさ。だからそんなに気に病むことはないいんだ、安心したかい？」

彼は少し体を引いて、ポケットからナイフを取り出して開いた。常に汚れひとつなく、切れ味も保っている。

「このナイフで君の髪をあっという間に切ってあげることもできる」

彼は髪をひと房つかんで切り取った。マウダリーナはぎょっとして身をすくませ、セームエルは鎖を引っぱったり揺すったりした。

「ほら！」彼は言った。

マウダリーナはまるで肉を切り取られたかのようだった。髪は神聖なるものだという教義とともに育った少女にとって、髪を切るという行為はまさに犯してはならないタブーなのだ。マウダリーナは口に粘着テープを貼りなおされると泣いた。ズボンも脚の上に置かれた雑誌の切り抜きも涙で濡れていった。

彼は次に兄の粘着テープをはがして、水を飲ませた。

「それからセームエル、君にも秘密がある。君は信者ではない女の子を目で追ってるだろう。君が兄さんと一緒に学校から帰るときに見てしまったよ。あんなことをしてもいいのかい、セームエル？」

「おまえなんか殺してやる、神様が助けてくれる」体を突き出してそう言う少年の口にもまた粘着テープを貼った。

これで彼がすることはもうほとんどなくなった。そして彼の判断は正しかった。始末するのは娘のほうだ。

娘のほうが夢を描いているにもかかわらず神を強く畏《おそ》れている。娘のほうが信仰に毒されている。いずれ母親のラーケルや、イーヴァのようになるだろう。

だったら決まりだ。残しておくわけにはいかない。


彼は、子供たちに父親が金を払ったらすぐに解放すると約束して落ち着かせると、納屋に戻った。石油タンクにはもう十分な水が入っていた。ポンプのスイッチを切ってホースを巻き取り、工業用の投げ入れ式電熱器のプラグを発電機に差し込むと、加熱棒のスイッチを入れて滑らせるようにしてタンクの中に沈めた。長年の経験から、水温が二十度以上あると漂白剤はたちまち効果を発揮するが、今はまだ夜間の冷え込みを考慮に入れておく必要があった。

彼は納屋の隅から漂白剤の入った容器を持ってくると、ふたを開けて中身を石油タンクの中に注いだ。注ぎ終わると次の仕事のために補充しておかなければならないことに気がついた。

マウダリーナが死んだらその亡骸はこのタンクの中に投げ込まれる。肉体は数週間も経たないうちに溶ける。

その後はホースを二十メートル先のフィヨルドまで伸ばして、タンクの中身を抜くだけだ。排出物は少しばかり風が吹けば一日で沖へ流されるだろう。石油タンクを二回洗い流せば、痕跡は一切消える。すべては化学で片がつくのだ。

24

実に不釣り合いなペアだった。真っ赤な唇のユアサと無精ひげを生やしたアサドがカールの部屋に立っていた。

アサドは全身に怒りをみなぎらせていた。これほど怒っているアサドはカールの記憶にはなかった。

「そんなことありえませんよ！　ユアサが言ってることは本当ですか？　トレクヴェをコペンハーゲンに連れて来られない？　いったいどういうことです？」

カールは目をぎゅっとつむった。寝室のドアを開けるモーナの姿が周期的に網膜に映し出され、そのたびにうろたえた。実際、午前中はまったくほかのことは考えられそうになかった。ある程度頭の整理がつくまでは、トレクヴェもこの狂った世の中もちょっとの間、外でスタンバイしておいてほしかった。

「ええっと、何だったかな？」カールは椅子の上で背筋を伸ばした。「トレクヴェ？　いや、彼はまだブレーキンゲにいる。俺は彼にコペンハーゲンに来るように言ったし、俺の車に乗ればいいとまで言った。しかし、彼は自分にはそんなことはできないと言うんだ。そう言われてしまったら俺には強制できない。いいかアサド、トレクヴェはスウェーデンにいる、そのことを忘れるな。彼が自分の意志で来ない限り、スウェーデン警察の協力なしにここまで彼を引っぱってくることはできない。それにはまだ時期尚早だと思わないか？」

カールはアサドが同意してうなずくものと思っていたが、そうではなかった。「マークスに報告書を書くよ、な？　それ以外に今ここでこれから何をしたらいいのか俺にはわからん。これは確かに十三年も前の事件だが一度も捜査されてこなかったんだ。だったらどこの管轄になるのか、マークスに決めてもらわないとな」

アサドは眉を寄せ、ユアサも真似をした。カールは本気で思っていた。どうせ最後は捜査部Aに手柄を横取りされるだろうと。

アサドは腕時計に目をやった。「今からすぐに三階に行けば片が付きますよ。ヤコプスンさんは月曜の朝はいつも早いですから」

「わかった、アサド」カールは体を起こした。「だがその前に話し合わなくちゃならないことがある」

カールはユアサに目を向けた。期待に満ちた目で腰を振りながら、カールが何を言い出すのか、待っていた。

「アサドと二人にしてくれ、ユアサ」カールは言った。「二人だけで内密の話がある、わかるだろ」

「なるほど」ユアサはウィンクをした。「メンズ・トークね」そうささやくと、香水のにおいをふわりと残して部屋を出て行った。

カールは困った表情で黙ってアサドの顔を見ていた。そうすればアサドから切り出してくれるかもしれないと思った。だがアサドは、いつでもひとっ走りして胸やけの薬を取ってきますよと言わんばかりにカールの顔を見ているだけだった。

「実は昨日、おまえの家に行ったんだ、アサド。ハイムデールス通り六十二番地に。おまえは留守だった」

アサドの頰に小さなへこみが現れたかと思うと、驚いたことにそれはたちまち笑い皺に変わった。「それは残念です。どうして前もって電話をかけてくれなかったんですか？」

「かけようとしたさ、アサド。だがおまえが携帯に出なかったんだ」

「ほんとに残念です。せっかく来てもらったのに。ではまた別の機会にでも」

「そうだな。でもそのときはあの家じゃないよな？」

アサドはうなずいて、微笑んだ。「つまり街中で会おうってことですか？　それはいいですね」

「だったらそのときは必ず奥さんも一緒に連れて来いよ、アサド。そろそろ奥さんにも一度会っておきたいからな。それと娘さんにもな」

するとアサドのまぶたがぴくりと動いた。公の場に最も連れて行きたくないのが女房だと言わんばかりだった。

「アサド、俺はハイムデールス通りで近所の人と少し話をしたんだ」

　こんどはもう一方のまぶたがぴくりと動いた。

「おまえはあそこには住んでいないんだろ、アサド、それもずいぶんと前から。おまけにあそこに家族は住んでいたことがないって言うじゃないか。だったらおまえはどこに住んでいるんだ、アサド？」

　アサドは腕を広げた。「あそこは狭いんですよ、カール。家族みんなで住むには狭すぎるんです」

「だったら引っ越したことを俺に報告すべきじゃなかったのか？　それに狭い住まいを引き払おうとは思わなかったのか？」

　アサドは考え込んでいるように見えた。「あなたの言う通りです、カール。確かにそうすべきでした」

「それで今はどこに住んでいるんだ？」

「一戸建てを借りたんです。今は家賃が安いんですよ。家を二軒持ってる人もざらにいます。不動産は買い手市場ですからね」

「そりゃけっこうなことだな。だが、それはどこなんだ、アサド？　俺は住所を尋ねてるんだ」

　アサドはうつむきかげんで言った。「実は闇のルートで家を借りているんです、カール。そうでなきゃ家賃が高すぎたものですから。そういうわけで古い住所を郵便物の宛先として残しておいてもいいですか？」

「だから、どこなんだ、アサド？」

「ホルテです。コンゲ通りの小さな家です。でも来るときは前もって電話をくれませんか、カール？　突然予告なしに玄関の前に立たれたら家内は喜ばないかもしれません」

カールはうなずいた。この件はまた別の機会に取り上げることにしよう。「もうひとつ。ハイムデールス通りの住人はどうしておまえがシーア派の人間だなんて言うんだ？　おまえはシリアの出身だと言わなかったか？」

アサドは下唇を突き出した。「はい、それが？」

「シリアにシーア派なんているのか？」

毛深い眉が飛び上がった。「いますよ、カール」アサドは微笑んだ。「シーア派はどこにだっています」

半時間後、カールとアサドは、マークス・ヤコプスン、ラース・ビャアンと、休み明けで疲れて機嫌の悪い十五人の同僚とともに会議室にいた。

この場に喜んで来ている者は一人もいないことは一目瞭然だった。

マークス・ヤコプスンはカールがポウル・ホルトの件に関して彼に報告したことをおおまかに伝えた。それが捜査部Aのやり方だった。何か質問があれば、その場できくことができる。

「殺されたポウル・ホルトの弟のトレクヴェ・ホルトの話から、家族は誘拐犯を知っていることがわかった。誘拐犯と言うより殺人犯と言うべきかな。とにかくそいつはしばらくの間、父親のマーティン・ホルトがグレースデズで開いていたエホバの証人の祈禱会に参加していた。近々入信するだろうとみんな思っていたらしい」

「その男の写真はあるんですか？」ベンデ・ハンスン警部補がきいた。以前カールのチームにいた女性捜査員だ。

ラース・ビャアン副課長が首を横に振った。「いいや。だが人相についての詳細な証言が得られており、名前もわかっている。フレディ・ブレンクというそうだ。だが、おそらく本名ではないことは特捜部Qが調査ずみだ。その名前で年齢が該当する男はどこの住民登録にもない。よって、我々はスウェーデンのカールスハムンの警察にトレクヴェ・ホルトのところに似顔絵担当の警察官を送るように要請し、向こうも了承した。今は似顔絵の完成を待っているところだ」

マークス・ヤコプスンはホワイトボードの前に立って、要点を書きとめていた。

「男は一九九六年二月十六日に兄弟を誘拐した。金曜日だった。ポウルはバレルプの工科大学に通っていて、その日は弟のトレクヴェも同行していた。そこに自称フレディ・ブレンクなる男がブルーのライトバンで二人を待ち伏せしていた。男はグレースデズからそんなに離れたところで偶然会ったことを喜んでいるように見えた。そして家まで送ろうと彼らに言った。残念ながらトレクヴェは、車についてはフロントが丸みを帯びていて後ろは角張っていたとしか覚えていない。

兄弟は助手席に座った。しばらく走った後、フレディ・ブレンクは道路から離れたところにある駐車場に車をとめると、兄弟に電流を流して体の自由を奪った。トレクヴェは犯人が何をどうしたのか説明できなかったが、おそらくスタンガンを使ったんだろう。その後、兄弟は後ろの荷台に移され顔に布を押しつけられた。その布にはクロロフォルムかエーテルをふくませてあったようだ」

「ちょっといいですか？　トレクヴェ・ホルトは今課長が説明した一連の経過について確信があるわけじゃないんだ」カールは正確さを期した。「彼は電気ショックで半分意識を失っていたし、兄がそのあとトレクヴェに伝えることのできた話にも限りがあった。誘拐犯は兄弟の口に粘着テープを貼っていたからな」

「そうだな」マークス・ヤコプスンは続けた。「だが私の解釈が正しければ、ポウルは弟に車で一時間走ったようだと伝えた。だがそのへんのことはあまり決めつけないほうがいいだろう。ポウルは一種の自閉症で、天分豊かであっても現実のとらえ方は独特だ」

「ひょっとしてアスペルガーですか？　手紙の文面を見てそう思ったんです。ポウル自身がこんな恐ろしい状況にあるのに、正確な日付を書き記すことを重要視してるでしょう。それっていかにもアスペルガー症候群らしい特徴じゃないですか？」メモを取っていたベンデ・ハンスンがきいた。

「ああ、そうかもしれんな」課長はうなずいた。「車を降りると、兄弟はボート小屋に連れて行かれた。そこはタールと水の腐った臭いがしていた。人がまっすぐ立てないくらいの天井の低い小さな小屋で、背中を丸めないと歩けないようなところだった。普通のボートやヨットではなく、カヌーやカヤック用の小屋だろう。そこにこの犯人は兄弟を四、五日監禁した後、ポウルを殺害した。この四、五日というのはトレクヴェの証言だが、当時たった十三歳でどんな恐ろしい目にあっていたかを考えると無理はないだろう。トレクヴェはほとんどの時間寝ていたそうだ」

「地理的な情報はあるんですか？」ピーダ・ヴェスタヴィーがきいた。ヴィゴのチームの捜査員だ。

「ない」課長は答えた。「兄弟はボート小屋に連れて行かれるときは目隠しをされていた。だから何も見ていない。ただ低いブーンという音がしていたとトレクヴェは言っている。風力発電機の音だった可能性がある。その音は比較的よく聞こえてきたが、ときどき静かな音になったそうだ。おそらく風の強さや向きによって音が変わったんだろう」

マークス・ヤコプスンはしばらくの間、目の前の煙草にしきりに目をやっていた。そろそろエネルギーを補給したくなったようだ。

「我々にわかっているのは」マークスは先を続けた。「ボート小屋が直接水に接していて、おそらく杭の上に建てられていたってことだ。波が下から床板に当たっていたそうだからな。扉は周囲の敷地より五十センチほど上にあって、天井の低い小屋の中には這って入らなければならなかった。トレクヴェは小屋の隅に実際にパドルがあったのを見ているから、カヤックかカヌーのために建てられた小屋だという推測はそれで裏付けられる。それからトレクヴェは、スカンジナビアでそうした小屋に普通使われている材木とは違うものが使われていたと言っている。もっと明るい色で木目も違っていたそうだ。だがそれについては後ほどもう少しわかるだろう。鑑識にいた我々の元同僚のラウアスンが瓶の中に入っていた手紙に小さなとげが刺さっているのを見つけた。おそらくポウルが筆記具として使った木片のものだと思われる。今そのとげを専門家が調べているところだ。ひょっとしたらボート小屋に使われていた材木の種類の特定につながるかもしれん」

「ポウルはどうやって殺されたんです？」一番後ろに立っていた捜査員がきいた。

「それについてはトレクヴェは知らない。その前に布の袋を頭にかぶせられていたそうだ。つかみ合いの音がして、頭から袋をはずされたときにはもう兄は死んでいたそうだ」

「だったら兄が殺されたってどうしてわかったんですか？」さっきの捜査員がきいた。

「音だ」

「どんな音だったんです？」

「うめき声、懇願する声、よろめきながら歩く音、そして鈍い衝撃音が一回、その後は何も聞こえなくなった」

「鈍器で一発ってことですか？」

「十分にありうることだ。カール、ここから引き継いでくれるか？」

それは課長の意思表示だったが、この輪の中でそれを歓迎する者はほとんどいなかった。全員がカールを見ていた。おまえなんかどこかに消えてしまえとその目が言っている。みんなもうカールにはうんざりしていた。

カールはどうでもよかった。彼の脳下垂体はまだワイルドな夜の余韻でぼこぼこ煮え立っていた。目の前の退屈な連中の表情から判断するに、この中で昨夜至福の快感を得ていたのは、唯一カールだけのようだった。

カールは咳払いをした。「トレクヴェは誘拐犯から両親に伝えることを詳細に指示された。ポウルが殺されたこと、そしてもし両親が誰かに事件のことをしゃべったら、男は一瞬のためらいもなくまた家族を襲うこと」

カールはベンデ・ハンスンの視線に気づいた。部屋の中で彼女だけがカールの言葉に反応した。カールは彼女にうなずいて合図をした。カールのチームにいた頃から感じのいい女性だった。

「それは十三歳の少年にとって精神的に大きな痛手となったに違いない」カールはベンデ・ハンスンに直接向かって話を続けた。「トレクヴェは、あとで家に帰ったときに、犯人が兄を殺す前に両親と接触して、身代金として百万クローネを要求していたことを知った。その金を両親が払ったことも」

「身代金を支払ったんですか?」ベンデ・ハンスンがきいた。「殺害の前、それとも後ですか?」

「俺の知る限りでは、殺害の前だ」

「どこに話が向かっているのかさっぱりわからないんだが、カール。簡単に説明してくれないか?」ピーダ・ヴェスタヴィーがきいた。この会議の席でわからないと正直に言える人間はめったにいない。これは驚きだ。

「いいとも。ポウルの家族は犯人の顔を知っていた。そいつは彼らの祈禱会に参加していたからな。おそらく両親は犯人はもちろんのこと、犯人の車も特定できただろう。だが犯人は家族を脅迫して警察に行かせないようにして身を守っていた。ぞっとするほど単純な手法だ」

二、三人の捜査員が壁にもたれていた。すでに彼らは自分の机の上で待っている事件のことを考えているのだろう。暴走族グループと移民ギャングの抗争も、まさに今彼らをいらだたせている事件のひとつだ。昨日またノアブロで銃撃戦があった。一週間で三度目だ。今では救急車もそのあたりには入っていけなくなった。深刻な脅迫もしょっちゅうだった。多くの警察官が防弾チョッキを身に付け、この会議の席にもセーターの下に身に付けている者が数人いた。

今現在起きている事件で目が回るほど忙しいというのに、一九九六年のボトルメールなんかに関わっていられるか。彼らの気持ちはカールですらある程度までは理解できた。だがこの目の回るような忙しさは、ひょっとしたら彼ら自身の責任じゃないのか? 今ここにいる者のおそらく半分以上が選んだ政党が、警察改革という見当はずれの統合政策によってこの国をこんなくそったれな状況に導いたんじゃないのか? 文句や泣き言を言う前に責任は自分にあることを自覚すべきなのだ。とは言っても、夜中の二時に、妻が自宅のベッドで男と体を寄せ合う夢を見ているときに公用車に乗っていなくちゃならない彼らに、そんなことを覚えておけというほうが無理なのかもしれない。

「誘拐犯は子だくさんの家庭を選んでいる」カールは話を続けながら耳を傾けていそうな顔を探した。「エホバの証人の信者で、周囲を取り巻く社会の中でさまざまな観点から孤立した生活を送っている家族。慣習に強く縛られていて、きわめて制約の多い生活を送っている家族。特に裕福というわけではないが、十分豊かな家族。こうした家族から殺人犯は、兄弟の中で何らかの特別な位置づけにあるふたりの子供を選ぶ。そしてその両方を誘拐し、身代金が支払われた後に、ひとりを殺害し、もうひとりは解放する。そして家族は犯人に何ができるかを知らされる。犯人は家族が警察や教会に知らせたり、独力で犯人を見つけようとしたりすると、そんな疑いが少し生じただけでもまたひとり子供を殺すと言って脅す。そのときはあらかじめ警告はしないと言う。そしてこの取り決めは未来永劫続くと言って脅す。家族は百万クローネを失うがほかの子供たちは生き残る。そして家族は彼らを襲った不幸について一切語らない。家族が沈黙を守れば犯人は脅迫を実行に移さない。家族はひたすら沈黙を守り、再びある程度普通の暮らしを送るようになる」

「消えてしまった子供のことはどうなるんです？」ベンデ・ハンスンが声をあげた。「周囲とはどう折り合いをつけていくんですか？　子供が突然いなくなったら、みんなおかしいと思うでしょう？」

「ああ、もっともだ。だが互いに結びつきの強い狭いコミュニティでは、宗教的な理由で子供を勘当したと言えば、とやかくは言われない。そうした決断を周囲からの助言で下す場合だってある。それに、信仰上の理由で子供を勘当したなんて話が珍しくない宗派もある。実際、かなりの宗派が追放された者との接触を認めていないし、信者も関わろうとはしない。こうした問題が起きると信者は連帯意識を強くする。子供が殺害された後、両親は信者に息子のポウルは勘当したと説明した。二度と思い出さなくてもいいようにうんと遠くに追いやったと。去る者は日々に疎《うと》しだと。それで誰も何もきかなくなった」

「ですが、信者以外はどうだったんです？　やはりおかしいと思ったはずです」

「ああ、そう思って当然だ。だが、ほとんどの場合、彼らは信者以外の人間とは一切接触をもたない。そこがこの事件の恐ろしいところで、この殺人犯はそうした獲物をわざわざ選んでいるんだ。実はポウルの学業を指導していた先生が両親にポウルのことを問い合わせているんだが、何の役にも立たなかった。学校に来たくないって言う学生に無理に来いとは言えないだろう？」

その瞬間会議室が水を打ったようになった。全員が今、問題の大きさを理解した。

「君たちが考えていることはわかる。我々も同じことを考えている」ラース・ビャアン副課長が出席者を見渡した。いつも通り実際より偉く見せようとしている。「この重大な犯罪は一度も告発されていない上に、故意に閉鎖的な環境で行われた可能性がある。とすると繰り返されている可能性が非常に高い」

「こいつはビョーキですよ！」新人のひとりが言った。

「ようこそコペンハーゲン警察本部へ」ヴェスタヴィーは口を滑らせたとたんにヤコプスンににらまれ、後悔した。

「言っておくが、現時点ではまだ思い切った推論に至るだけの証拠はない」課長は言った。「ひととおりの調査が終わるまではマスコミに一切漏らすな、わかったな？」

全員がうなずいた。アサドは特に力強くうなずいていた。

「この事件後に、被害者の家族に起きたことを見れば、犯人がいかにその家族を掌中に収めていたかは明らかだ」マークス・ヤコプスンは言った。「続けるか、カール？」

「ええ。トレクヴェ・ホルトによれば、解放されて一週間後に家族はスウェーデンのルンドに引っ越した。そのときに家族は全員ポウルの話は今後一切してはならないと命じられた」

「弟にはつらいことだったでしょうね」ベンデ・ハンスンが口を挟んだ。

その通りだ。カールの目にトレクヴェの顔が浮かんだ。

「家族は誰かがデンマーク語をしゃべっているのを耳にするたびに、犯人ではないかと恐れおののいた。そのためにデンマークに近いスコーネ地方からもっと北東のブレーキンゲに移り住み、そこでもさらに二回引っ越した後にハッラブロに落ち着いた。だが父親は家族に対してデンマーク語をしゃべる人間を家に入れることや、信者以外の人間と関わり合いになることを厳禁した」

「で、トレクヴェはそれに反抗したんですね？」ベンデ・ハンスンがきいた。

「それには二つの理由があった。ひとつはポウルの話をすることを禁じられたくなかった。

ポウルは大好きな兄だったし、ばかな考えだが、自分のためにポウルは犠牲になったとトレクヴェは思っている。もうひとつはトレクヴェは信者ではない女性に恋をした」

「それで勘当された」ラース・ビャアンが補足した。自分も何かしゃべらずにはいられないらしい。

「ああ、トレクヴェは勘当された」カールは話を続けた。「四年前のことだ。トレクヴェは十五キロ南に引っ越して、その若い女性との関係によりどころを見つけて、ベリヤネットの材木屋で店員として働いている。トレクヴェと家族はこの四年間まったく口をきいてこなかったそうだ。その店は親の家のすぐ近くにあるんだがな。実際、俺がこの週末に行ったときに、彼らは縁を切って以来、初めて会って、初めて口をきいたんだ。父親はトレクヴェに沈黙を守るように圧力をかけに行った。そしてトレクヴェも承諾して黙っているつもりだったんだと思う。俺があの瓶に入っていた手紙を見せる瞬間までは。あの手紙にトレクヴェは打ちのめされた――というよりも、あの手紙で、現実に立ち向かうことを余儀なくされたんだ」

「事件後、犯人から家族に何か言ってきたことはあるんですか？」捜査員のひとりが知りたがった。

カールは首を横に振った。「いいや。それにこの先もそんなことは起きないだろうと俺は思っている」

「どうしてですか？」

「事件からもう十三年経っている。犯人はおそらく他にすることがあるんじゃないか」再び部屋に沈黙が垂れ込めた。ときどきリスが早口でしゃべる声が前の部屋から聞こえてきた。ひとりで電話の応対に追われているらしい。

「類似事件を示唆する情報はあるんですか、カール？　もう調べがついているんですか？」

カールはベンデ・ハンスンに感謝のまなざしを向けた。年月が経ってもカールと大きく考えが違わないのはこの部屋の中で彼女ひとりだった。チームを組んでいた時に、文句を言わずにカールについて来られたのは彼女だけだった。とにかく、生来エネルギッシュで有能だった。「アサドと今ローセの代わりを務めてくれているユアサに、新興宗教からの脱会者を支援している協会や自助グループにコンタクトをとってもらっている。うまくいけば追放されたり逃げたりしてきた子供たちを通して何か情報が得られるかもしれない。我々はごくわずかな足跡を追っているわけだが、直接教会に問い合わせたところで何の情報も得られないだろうからな」

数人の捜査員がアサドに目を向けると、アサドはびっくりしてベッドから落ちたような顔でそこに立っていた。

「宗教関係の専門知識がありそうなプロの捜査員をうちからひとり、ふたり貸そうか？」誰かが言った。

カールは手を上げた。「今のは誰が言った？」

ひとりの男性捜査員が前に出た。パスゴーという名前の押しの強い男だ。役に立つ男ではあるが、テレビカメラを見つけると人を押しのけかき分けして真っ先にインタビューを受けようとするやつだ。おそらく数年後には自分が課長の座に就いていると思っているのだろう。

カールは目をすがめた。「なるほど、君か。どうやら君はとても有能らしい。しかもご親切なことに、デンマークの新興宗教に関する優れた知識を我々に分けてくれるときた。恐縮だが団体の名前をいくつか挙げてくれないか？　五つでどうだ？」

パスゴーは抗議したが、ヤコプスンは笑って取りあわなかった。

「じゃあ言いますよ」パスゴーは一同を見やった。「エホバの証人、それにバプティスト派……これはたぶん新興宗教じゃないな、統一教会はそうだ……サイエントロジー……悪魔崇拝……父の家」パスゴーは勝利を確信した目でカールを見やり、他の捜査員に向かってうなずいた。

カールは感心しているように見せた。「オーケー、パスゴー、もちろんバプティスト派は新興宗教とは言えない。ついでに言うと悪魔崇拝も、君が悪魔教会のことを指して言ったのでない限り新興宗教とは言わない。代わりにあとひとつ必要だな。どうだい？」

パスゴーは全員の注目を浴びながら口をへの字に曲げて考えていた。大規模な世界宗教ばかりが次々と彼の頭の中を駆け巡っては却下されていく。無言で言葉を組み立てているのが目に見えるようだった。そしてようやく口から〝神の子供たち〟の名が出てくると、拍手がぱらぱらと起こった。

カールも拍手に参加し、パスゴーを軽く叩いた。「すばらしい、パスゴー。これで互いに矛《ほこ》を収めよう。デンマークには実にたくさんの新興宗教や新興宗教のような自由教会、導師《グル》を中心とした活動や信仰復興運動があるからな、全部覚えておくなんてことはできないさ。当然のことだ」カールはアサドを見た。「そんなことできるか、アサド？」

アサドは首を横に振った。「いいえ、そのためにはまず宿題をしなくてはいけません」

「それで？　おまえは宿題をしたのか？」

「全部ではありませんが、あといくつかは名前を挙げられます。言いましょうか？」アサドが課長を見やると、課長はうなずいた。

「わかりました。じゃあ、まずクエーカー派、それからペンテコステ派、モルモン教、新使徒教会、福音主義派、そして異教復興運動、ネオシャーマニズム、神智学ムーブメント、神の母教会、第四の道、神聖なる光のミッション、ネオ・サニヤス・ムーブメント、ハーレ・クリシュナ教団、アナンダ・マルガ、サティヤ・サイババ、ブラーマ・クマリス、トランセンデタル・メディテーション、命の言葉、キリストの家、IML、そしてキリストの変容教会」アサドは深く息を吸った。

こんどは誰も拍手しなかった。ただ呆気にとられていた。

カールは軽く笑うと話に戻った。「宗教で結びついたコミュニティはいろいろある。そしてその多くが一人の指導者を崇拝することによって、一定の期間が経つと自ずと閉鎖的な一団になっていく。そうしたコミュニティは適切な条件がそろえばすぐに、ポウル・ホルトの殺害犯のようなサイコパスにとっての絶好の狩り場になる」

殺人課課長が一歩前に出た。「君たちは今、誘拐から殺人に至った事件の報告を聞いたわけだ。現場も我々の管轄区域ではないが近いところだ。だが、そこで何が起こったかについては、これまで誰もまったく知らなかったということだ。さて、そろそろこの件についてはは終わりにしなくちゃならん。この事件の捜査はカールと彼の助手がこのまま続ける」マークス・ヤコプスンはカールに向かって言った。「サポートが必要なら君たちが自分で頼め」

ヤコプスンが次にパスゴーに目を向けると、パスゴーはすでにどうでもよさそうにうつむいて冷めた目を隠していた。「それと君にもこれだけは言っておく、パスゴー、君の熱血ぶりはみんなの手本だ。この事件のために我々から人員を出してやろうだなんてすばらしい。だがな、我々三階の人間は今現在の事件に集中することを心がけろ。それでもう手一杯だろう？　どうなんだ？」

パスゴーはしぶしぶうなずいた。ほかに選択肢はなかった。さもないともっと馬鹿を見ることになる。

「まあ、そうだな。我々のほうが特捜部Qよりこの事件を解決するのに向いていると君が思っているなら、もう一度考えてみてもいいかもしれん。じゃあこうするか。この事件のために我々は何とか一人捜査員を出そう。パスゴー、それはもちろん君だ。あれほどはっきりと関心があることを示したんだからな」

カールは下顎がだらりと垂れて、空気が肺にせき止められるのを感じた。そんなことが許されてたまるか！　こんな馬鹿男と何を始めろって言うんだ？

マークス・ヤコプスンはひと目でカールのジレンマをとらえた。「手紙にうろこが付着しているのが見つかったと聞いている。パスゴー、それがどんな魚で、バレルプから車で一時間以内にあるどの水域で泳ぎ回っているのか情報を集めてくれるか？」

殺人課課長はカールが目をむいているのを無視した。「それともうひとつ、パスゴー。一九九六年にその水域で風力発電機かそれに似た騒音を出す物があった可能性についても考えてくれ。質問はないか？」

カールはほっとした。そういう仕事ならパスゴーは喜び勇んで引き受けるだろう。

「時間がありません」パスゴーは言った。「ヤアアンと私はスンビューに行って一軒一軒聞き込みに回るつもりにしていますから」

ヤコプスンは部屋の隅に立っている戸棚サイズの男に目をやった。ヤアアンは会釈を返した。

「だったらヤアアンには二日ほど一人で何とかやってもらわないといけないな」ヤコプスンは言った。「どうだ、ヤアアン？」

ヤアアンは大きな肩をすくめた。ヤアアンは乗り気ではなかった。息子を襲撃した犯人を一刻も早く知りたいと思っている遺族も捜査員を減らされたくはないだろう。

ヤコプスンはパスゴーに向き直った。「二日だ。それだけあればこんな小さな仕事やっつけられるだろう？」

ヤコプスンはそうやって課長の範を示した。

誰かの脚に小便を引っかけたくなったときは、風向きをよく見なくてはならない。でないと自分もただではすまないのだ。

25

起こりうる最悪の事態が起こり、ラーケルは不安で体が麻痺したように動けなかった。彼女の中にサタンが現れ、軽率な行いを罰していた。どうして赤の他人の手に大切な子供を渡してしまったのだろう？　しかもこの神聖な日に。昨日は一緒に静かに聖書を読み、心の安らぎを得るための準備をするはずだった。安息日にはいつもそうしていた。安息の時間には両手を組み合わせ、神の母の魂が彼らに降りてきて安らぎを与えてくれるのを待つはずだった。

それが今はどうだろう？　神の手が脅すように彼らに突き出されている。処女マリアが抵抗した悪魔の誘いのすべてに彼らは屈した。甘言に、空疎な言葉に、悪魔の変装にだまされた。

そして罰《ばち》が当たったった。マウダリーナとセームエルが罪びとの手に渡ってすでに一晩と半日が経っていたが、ラーケルにできることはなかった。

ラーケルは兵隊に暴行されていても誰も助けに来なかったあのときのような屈辱を感じていた。だがあのときは自分で行動できた。それが今日はできないのだ。

「お金を作って、ヨシュア」ラーケルは懇願した。「どんなことをしても作って！」

ヨシュアは見るも哀れだった。顔は色を失い、白目の色と同じに見えた。「ラーケル、うちには一銭もない！　おととい税金を追加払いしたことは知ってるだろう。百万クローネだ。納付期限はまだずっと先だったが、そうすれば低い利率で計算してもらえるから、いつもうちはそうしてきた」ヨシュアは両手で頭を抱えた。「いつもやってきた通りにしたんだ、イエス様の御名において。まったくいつもの通りに！」

「ヨシュア、彼が電話で何て言ったか聞いたでしょ。お金を調達できなかったら、あの子たちは殺されるのよ」

「だったら教会に頼むしかない」

「だめよ！」ラーケルが大きな声を出したのでとなりの部屋で末の娘が泣き出した。「彼が奪ったわたしたちの子供はあなたが連れ戻すのよ、聞いたでしょ？　誰にもこのことを知られてはいけないって。絶対誰にもよ！　そうじゃなきゃわたしたち二度と生きているあの子たちに会えないのよ」

ヨシュアは顔をラーケルに向けた。「どうしてそんなことわかるんだい、ラーケル？　ただのはったりかもしれないじゃないか。ともかく警察に行ったほうがいいんじゃないか」

「警察ですって！　彼が警察の誰かを買収して見張らせていたらどうするの？　そこから彼の耳に入る可能性がないって言える？」

「だが教会の友人たちなら信頼できる。彼らは決して人を裏切ったりしないはずだ。それに金も出してくれるだろう。みんなの金を集めたらきっと調達できるよ」

「あなたが教会に走って行って、教会の外にあの男が立っていたらどうするの？　信者の中に共犯者がいたらどうするの？　あの男の本当の顔だって、わたしたちは知らなかったのよ。信者の中に仲間がいないなんてことどうやってわかるのよ？　ねえどうなの、ヨシュア？」

ラーケルは戸口に目をやった。目を赤く泣きはらした末の娘がドア枠にしがみついて、不安そうにこちらを見ている。

「ヨシュア、早く方法を見つけてちょうだい、お願い」ラーケルは懇願して立ち上がった。そして末の娘のところに歩いて行くと、膝をついて小さな頭を抱きしめた。

「大丈夫よ、サラ。イエス様のお母様がマウダリーナとセームエルを見守って下さってるわ。一生懸命お祈りしましょう、ふたりのために。今起こっていることは、わたしたちがしてはならないことをしてしまったからなの。だから祈りを捧げて赦《ゆる》してもらいましょう。とにかく祈るのよ、いい子ね」

サラは〝赦し〟という言葉を聞くと身をすくめた。サラの目にはどれほど赦しを切望しているかが現れていた。心に何かを抱えていたが、口を開こうとはしなかった。

「どうしたの、サラ？　ママに何か言いたいの？」

するとサラは唇を震わせ、口の端がゆっくりと下に降りていった。

「ママに何か関係あること？」

サラは黙ってうなずくと涙を流した。

ラーケルは無意識に息を止めていた。「どうしたのよ？　ほら早く言いなさい」

母親のきつい言い方に小さな娘はびっくりしたが語り始めた。「してはいけないことをしちゃったの」

「何をしたの、サラ？　言ってごらん」

「安息の時間にアルバムを見ていたの。みんながキッチンで聖書を読んでいるときに。ごめんなさい、ママ。わたしがばかだったわ」

「サラったら」ラーケルは娘の頭を離した。「それだけ？」

サラは首を横に振った。「そのときにマウダリーナとセームエルを連れて行った男の人の写真も見たの。だからこんなことになったの？　あの人は悪魔だから見ちゃいけなかったの？」

ラーケルは驚いた。「あの男の写真があるの？」

サラは鼻をすすった。「うん。信徒会館の前で撮った写真よ。ヨハンナとディーナの堅信礼のお祝いのときにみんなで並んで撮ったでしょ」

「その写真どこにあるの、サラ？　見せて、今すぐ！」

サラはすぐにアルバムを取って来ると、写真を母親に見せた。

ラーケルはため息をついた。これが何の役に立つというのだろう。写真があってもこれでは何にもならない。

ラーケルは嫌悪を覚えながら写真を見ると、その一枚をアルバムから引き抜いた。娘の髪をなで、赦しが与えられたことを請け合って落ち着かせた。そして写真を持ってキッチンに行き、食卓でじっと座っている夫の目の前に投げつけた。

「ほら見て、ヨシュア。これがあなたの敵よ」ラーケルは一番後ろの列に並んだ顔のひとつを指さした。男は前の男性に隠れるように立ち、カメラに目を向けていなかった。言われなければ、誰だかわからなかっただろう。

「明日の朝できるだけ早く税務署に行って、税金を早く納めたのは間違いだったと言ってきてちょうだい。どうしてもお金を返してもらいたい、そうじゃなきゃ破産するって。わかった、ヨシュア？　明日の朝一番で行くのよ！」

月曜日の朝ラーケルが窓の外を見ると、ドレロプの教会の後ろにちょうど太陽が昇っていくところだった。長い光のすじが朝靄《あさもや》の中でゆらめいている。神の創造物のすばらしさに目を奪われた。どうしてこれほど果てしなく美しいものを創造した神が、こんな苦難を人間に耐え忍ぶことを命じられるのだろう？　そしてどうして自分はこんな疑問を抱いてしまうのだろう？　神の道は計りがたいことはわかっているのに。

ラーケルは唇を固く結んで涙をこらえた。そして両手を組み合わせて、目を閉じた。

すでにラーケルは一晩じゅう祈った後だった。教会でも夜通しで祈ることはよくあった。だが、今回は祈っても祈っても心の平安は訪れなかった。なぜなら今は試練の時、ヨブの運命の時だからだ。それはラーケルには計り知れない痛みに思えた。

太陽が厚い雲の層に隠れた頃、ヨシュアは家を出て役所に向かった。そこでヨシュアが経営する〈クローウ農業機械レンタル〉への補助金を申請した後、とりあえず税金を返してもらうつもりだった。その頃にはラーケルはもうほとんど力尽きていた。

「ヨーセフ、今日は学校に行かなくていいから、ミーリアムとサラの面倒をみてやってちょうだい」ラーケルは長男に言った。今日はとても娘たちの勉強をみていられなかった。心を落ち着けて気持ちを集中させなければならなかった。

ラーケルはヨシュアと次の行動についても話し合って決めていた。ヨシュアが戻ってきたら——神様がどうか夫を手ぶらで帰しませんように！——小切手をヴェストユスク銀行に一旦預け入れ、ノルデア銀行、ダンスク銀行、ユスケ銀行、クローンユラン貯蓄銀行、AL銀行、ALMブランド銀行の口座に分けて送金を依頼する。すると各銀行で約十六万五千クローネずつ現金を引き出すことができる。この方法ならあれこれきかれずに出金できるはずだ。そして受け取った紙幣が新券だった場合は、くしゃくしゃにして使用済みの紙幣と混ぜる。

ラーケルは十九時二十九分にオーデンセに着くインターシティと、オーデンセで乗り換えるコペンハーゲン行きの急行列車の座席を予約すると、夫の帰りを待った。十二時前後、もしかしたら一時になるかもしれないと思っていたが、ヨシュアは十時半にはもう帰ってきた。

「お金はできた、ヨシュア？」ラーケルは夫に駆け寄ったが、金を持っていないことはひと目でわかった。

「うまくいかなかった、ラーケル。最初からこうなることはわかっていた」今にも消えそうな声で言った。「役所は補助金を出してくれそうだが、問題は税務署だ。そんなに早く処理できないらしい。もう最悪だよ！」

「でもせかしたんでしょう、ヨシュア？　ちゃんと言ったの、早くしてくれなきゃ困るって？　ああどうしよう、時間がどんどんなくなっていくわ。銀行は四時に閉まるのよ」ラーケルは取り乱した。「あなた係のひとに何て言ったの？　言ってみて！」

「金が緊急に必要だと言った。そもそも払い込んだことが手違いだった。コンピューターが不具合を起こして、状況がわからなくなってしまったんだと。口座への入金処理がうまくいかなかった上に、まだ勘定に入れてなかった請求書がシステムから消えてしまった。それから、納入業者が今日支払いを督促《とくそく》してきたと言った。すぐに支払わなければ大切な取引先を失ってしまうかもしれない。納入業者も財政危機のせいで苦境に立たされている。うちから刈り入れ機を引き上げてよそに持って行くように迫られているらしい。リース料が入らなくなったらうちはやっていけない。まさに危機的状況なんだと」

「ああなんてこと、ヨシュア。そんなに話をややこしくする必要がある？　どうしてそんなことを言ったのよ」

「思いつくままに言ったんだ」ヨシュアは椅子にどさりと腰を下ろすと、空っぽの書類かばんをテーブルの上に置いた。「私だってくたくたに疲れてるんだ、ラーケル。普段通りには頭が働かないんだよ。昨夜は一睡もしていない」

「だったら、わたしたちこれからどうするの？」

「教会に相談するしかないんじゃないか?」

ラーケルは涙をこらえてマウダリーナとセームエルの顔を思い浮かべた。罪のない哀れな子供たち。あの子たちが何をしたっていうの? なぜこんなひどい目にあわされなくちゃならないの?

ヨシュアとラーケルは牧師が自宅にいることを確認するとすぐにコートを着て牧師の家に向かおうとした。そのとき玄関の呼び鈴が鳴った。

ラーケルなら絶対に扉を開けなかっただろう。だが、ヨシュアは気が動転していた。手にファイルを持って玄関の前に立っていたのはふたりが知らない女で、相手にする気にもなれなかった。

「イサベル・イェンソンと申します。役所から参りました」女はそう言って歩み寄った。

ラーケルは希望を抱いた。この女性はきっと書類にサインをもらいに来たのだ。万事片付けてくれたのだ。夫はさほど馬鹿ではなかったのだ。

「どうぞお入り下さい。キッチンのほうへ」ラーケルは安堵して言った。

「お出かけになるところだったんですね。でしたらお邪魔するわけにはいきません。明日までおうかがいしてもいいんですよ、そのほうがよろしければ」

ラーケルは嫌な予感を覚えながらテーブルについた。この女はお金のことで来たんじゃない。だったらわたしたちがどれだけ急いでいるか知っているはずだ。

「わたしは経営相談課で電子データ処理を担当している者です。役所の者から聞いたところ、お宅の電子データ処理システムに重大な問題が生じたとかで、その件でおうかがいしました」女は微笑みながら名刺を出した。イサベル・イェンソン、ヴィボー市役所、電子データ処理担当と書かれていた。つまり今ラーケルたちが最も必要としていない人間だ。

「すみません」ラーケルは夫が黙っているので口を挟んだ。「せっかくいらして頂いたんですが、今はあいにく都合が悪いんです、とても急いでいるものですから」

ラーケルはそれで女が立ち上がると思っていた。だが、イサベル・イェンソンは立ち上がるどころか釘付けになったように座ったまま目の前をじっと見つめていた。何がなんでも介入する権利を押し通すつもりだろうか？　まさかそんなことができるはずがない。

ラーケルは立ち上がって夫を険しい顔つきで見た。「わたしたちもう行かなくちゃ、ヨシュア」そして役所の女に言った。「申し訳ないんですけど、急ぎますので」

だが女はまだ立ち上がろうとはしなかった。そのときラーケルは女がどこを見ているのか気づいた。サラが見つけた写真を見ているのだ。食卓に置きっぱなしにしていた、どの群れにもユダはいることを思い出させる写真を。

「この男をご存じなんですか？」女はきいた。

ふたりは困惑して女を見た。「どのひとですか？」ラーケルはきいた。

「これです」女性はあの男の顔の下を指で押さえた。

ラーケルは災いの気配を感じとった。リベリアのバオブリの近くの村で兵隊に武器の隠し場所をきかれたあの恐ろしい午後とまったく同じだった。

言葉の抑揚も、状況も。

どこか変だった。

「お引き取り願えませんか」ラーケルは繰り返した。「わたしたち急いでいるんです」

だが女は動かなかった。「彼をご存じなんですか？」そう尋ねるだけだった。

また悪魔がけしかけられてラーケルたちのところにやって来た。またしても天使の姿をした悪魔が。

ラーケルは手をもんで哀願した。「あなたが誰なのか知らないし、あの卑劣な男があなたをここによこしたのかも知らないけど、とにかくこれ以上長居はしないで下さい！　いいかげんに帰って！　わかってるんでしょう、わたしたちが時間を無駄にしていられないことを」

そのときラーケルは自分の中で何かが一気に突き上げてくるのを感じた。涙をこらえきれなくなった。気が遠くなるような憤《いきどお》りに抗えなくなった。「とっとと消えて！」ラーケルは目を閉じ、胸の前で拳を握って叫んだ。

女は立ち上がるとラーケルのすぐそばまでやって来た。ラーケルの肩をつかみ、ラーケルが目を合わせるまで静かにゆさぶった。「ここで何が起きているのかわたしは知らないわ。それでもひとつわかっていることがある。それは誰かがこの男を憎んでいるとしたら、それはわたしだってことよ」

ラケルは目を開けた。女の穏やかなまなざしの奥に憎しみがくすぶっているのがはっきりと見てとれた。

「彼は何をしたの？」イサベル・イェンソンはきいた。「彼があなたたちに何をしたのか聞かせてくれたら、わたしも彼について知っていることを話すわ」

この女があの男にいい印象を持っていないことはすぐにわかった。だがそれが自分たちに何の役に立つというのだろう？ 助けになるのは金だけで、早くしないとそれも間に合わなくなる。

「何を知ってるって言うんです？ 早く言って！ わたしたちもう行かないと」

「彼の名前はマス・フォウよ。マス・クレスチャン・フォウ」

ラーケルは首を横に振った。「わたしたちにはラースと名乗ったわ。ラース・サーアンスンと」

女性はゆっくりとうなずいた。「なるほど。だったらそれはおそらく偽名よ。実はわたしにはミゲル・ラウストと名乗ったの。でもわたしは彼の身分証明書を見たのよ。住所もね。それにはマス・クレスチャン・フォウと書かれていた。それが本名だと思うわ」

ラーケルは息をのんだ。神の母に祈りが届いたの？ ラーケルはイサベル・イェンソンの目を見つめた。本当にこのひとは信用できるの？

「住所ってどこです？」ヨシュアは話がよくのみこめていないようだった。顔の色がどんどん悪くなっていた。

「シェラン島の北部よ、スキッビーの近くで、町の名前はフェアスレウだったわ。家に帰ればもっと詳しい住所がわかるわ」

「あなたはどうしてそんなことを知ってるの？」ラーケルの声は震えていた。この女を信じたかったが、まだ確信が持てなかった。

「彼は土曜日までわたしの家にいたのよ。土曜の朝にわたしが追い出すまで」

ラーケルは手で口を覆った。何てこと！　だったらあの悪魔はあの朝、この女の家からうちに来たんだわ。

ラーケルは時計を見て焦ったが、耳を傾けているうちに役所から来た女はラーケルの迷いを払拭《ふっしょく》していった。男は感じのよい物腰で近づいてきて彼女の心を魅了した。そして一瞬にしてまったくの別人に変わったという。

女の口から出てくる話のすべてにラーケルはうなずくことができた。すべてに覚えがあった。そして女が話し終えると、ラーケルは夫を見た。しばらくの間ヨシュアはどこか遠くに行ってしまったように見えたが、すべてを別の角度から見直そうとしていたらしい。そしてヨシュアもうなずいた。その目はこの女にすべてを打ち明けるべきだと言っていた。どうやら自分たちには共通の思いがあるようだと。

ラーケルはイサベルの手をとった。「わたしがこれからあなたに話すことは口外してもらっては困るの、いい？　とにかく今は誰にも言わないで。あなたに話そうと決めたのは、あなたがわたしたちを助けてくれると信じているからよ」

「何か犯罪に関わることなら、保証はできないわ」

「これは犯罪よ。でも犯罪をおかしているのはわたしたちじゃない、あなたが放り出した男よ」ラーケルは深く息を吸って初めて自分の声が震えていることに気づいた。「大変なことが起きているの。あの男はわたしたちの子供をふたり誘拐したの。そしてもしあなたがこのことを誰かに話したら、子供たちは殺されるわ」

二十分が経過した。イサベルは人生でこれほど長い時間ショック状態にあったことはなかった。この家に起きていることと自分との関わりはあまりにも明白だった。イサベルの家にしばらくの間身を寄せ、将来の人生の伴侶になるかもしれないと思っていた男だ。あの男は人間ではない、きっと何だってするだろう。今になってようやくイサベルは気づいた。男の両手がイサベルの首にほんの少し強くかかりすぎたときの様子があまりにも手慣れていたことを。運悪くあの男が人生に入り込んできたことで自分は死んでいたかもしれないことを。そして男の情報をかき集めたことをぶちまけたあの瞬間を思い出すと口の中がからからに渇いた。あっという間に首を絞められていたかもしれない。警察官の兄に集めた情報を伝えたと言わなかったらどうなっていただろう？　それがただのはったりだと気づかれていたら？　兄に男性関係の失敗を打ち明けたことなど一度もないことがばれていたらどうなっていただろう？

イサベルはそれ以上考えることをやめた。

今はこの打ちのめされている夫婦と向き合い、苦しみをともにしている。あの男が憎かった。イサベルは自分に誓った。あの男を逃がすわけにはいかない！　あんな人でなしが無事に逃げのびるなんてことがあってはならない！

「力を貸すわ」イサベルは言った。「わたしの兄は警官なの。交通巡査だけど、警官ってことに変わりはないわ。兄に捜索の手配をしてもらいましょう。すぐに全国に手配が回るはずよ。わたしはライトバンのナンバーを知ってるし、人相や特徴なんかもかなり詳しく説明できるわ」

だが目の前の母親は首を横に振った。そうしたいとは思っていても、危険を冒す勇気がないのだ。「さっき言ったようにこのことは誰にも知られるわけにいかないの。あなたも約束してくれたはずよ」母親は言った。「銀行が閉まるまでにあと四時間しかないわ。それまでに現金で百万クローネ用意しなくちゃならないの。これ以上ここでぼんやり座っていられないわ」

「ねえ聞いて。すぐに出発したらフェアスレウのあいつの家まで車で四時間もかからないわ」

母親はまたしても首を横に振った。「子供たちがそこに連れて行かれたとでも思ってるの？　そんな馬鹿なことするはずないわ。子供たちはデンマークじゅうのどこにいたって不思議じゃないし、国境の外に連れ出されたかもしれない。今はいちいち国境で調べたりしないんだから。わかるでしょう?」

イサベルはうなずいた。「ええ、あなたの言う通りよ」イサベルはそう言うと、ヨシュアのほうを向いた。「携帯電話はお持ちですか? 充電はされてます?」

ヨシュアはポケットから電話を取りだした。「ええここに」

「ラーケル、あなたも持ってる?」

ラーケルはただうなずいた。

「じゃあ手分けしましょう。ヨシュアはお金を用意して、わたしたちふたりはシェラン島に向かうのよ。今すぐ!」

しばらく夫婦は互いを見合っていた。イサベル自身も母親であり、子供たちはとっくに独立しているとはいえ心配の種は尽きない。突然、子供の命がかかった決断を迫られたら、どれほど恐ろしいことだろう。

「うちには百万クローネなんて金はないんですよ」ヨシュアが言った。「会社にはそれをはるかに上回る価値がありますが、銀行に行って金を貸してくれと頼んだところで現金では払ってくれないでしょう。一、二年前なら何とかなったかもしれませんが、今は状況が変わりました。だから私たちは教会に行かなくてはならないんです。危険を冒すことにはなりますが、それが唯一金を工面できる手段です」ヨシュアは強く訴えかけるようにイサベルを見つめた。呼吸が乱れ、唇は紫色だった。「ただし、あなたが私たちを助けて下さるなら話は別です。あなたがその気になれば私たちを助けられると思います」

イサベルはこのとき初めて、自分の会社を完璧な状態に維持し、ヴィボー市の高額納税者のひとりに数えられる企業家の裏側にある人間の姿を目にした。

「あなたの上司に電話をかけて下さい」ヨシュアはせっぱ詰まった表情で言った。「そして税務署に電話をするように頼んで下さい。私たちが誤って税金を払い込んでしまったので、緊急にその金を返してもらう必要があると言って下さい。やってもらえませんか？」

突然イサベルの手にボールが渡された。

三時間前に出勤したとき、イサベルはまだ調子を取り戻せていなかった。自尊心を傷つけられ、腹を立て、自己憐憫の中でのたうち回っていた。だが今はどうだろう？　そうした気分が一気に何光年も彼方に遠ざかっていったように思えた。やる気になれば何でも達成できる力を感じた。たとえ仕事を失うことになっても、もっと多くのものを失うことになっても。

「力を尽くすわ」イサベルは約束した。「急いで取りかかるけれど、それでもしばらく時間はかかるかもしれないわ」

26

「というわけでラウアスン」カールは元鑑識官に言った。「誰が手紙を書いたのかわかった」

「なんてひどい話なんだ」ラウアスンはため息をついた。「それでポウル・ホルトの所持品を持って帰ってきたんですって？　だったらそれにまだＤＮＡの痕跡があれば、手紙を書くのに使われた血液がポウルのものかどうか調べられますよ。少なくともそれは可能です。それとポウルは殺されたという弟の証言を合わせれば、ともかく起訴には持って行けるでしょう。遺体はないし依然として信じがたい事件ではありますがね。もちろん容疑者も見つけなくちゃならない」

ラウアスンはカールが引き出しから取り出した透明のビニール袋を見つめた。

「弟のトレクヴェが持っていたポウルの所持品だ。ふたりはとても仲がよかったから、トレクヴェは家を追い出されたときも持って出たんだ。それを説得して借りてきた」

ラウアスンはハンカチを手に巻くとカールから袋を受け取った。

「これは使えません」そう言ってラウアスンはサンダルとＴシャツを脇によけた。「だがこれは使えるかもしれない」

　そう言いながら、ラウアスンは手にした帽子を徹底的に調べた。青いひさしがついたありきたりの白い帽子で、〝JESUS RULES!〟と書かれていた。

「両親はその帽子をかぶることを許さなかった。だがトレクヴェが言うには、ポウルはその帽子が大好きで、昼間はベッドの下に隠しておいて夜はかぶって寝ていたそうだ」

「ポウル以外に誰かがかぶったことはあるんですか？」

「いや、それは俺もトレクヴェに確認した」

「オーケー。だったらポウルのDNAはここにあります」ラウアスンが太い指で帽子の裏側に隠れていた二本の髪の毛を指し示した。

「すばらしいですね！」アサドが書類を手にしてカールとラウアスンの背後から姿を現した。アサドは電球のように顔を輝かせて何か言いたそうだったが、ラウアスンがいるので黙っていた。アサドのやつ、いったい何を見つけたんだ？

「ありがとう、ラウアスン」カールは言った。「食堂で忙しくしていることはわかってるんだが、君にちょいと一押ししてもらえると、うんと仕事が早くなって大助かりなんだけどなあ」

　カールは手を差し出した。そろそろラウアスンが食堂に戻る時間だ。食堂の従業員たちはすごいやつが自分たちの仲間にいると知って驚いているだろう。

「あっ！」ラウアスンは声をあげて虚空を見つめた。そして大きな腕を振って空をつかんだ。

拳を握って微笑むと、ボールを床に投げるような仕草をした。そしてすぐに床を強く踏みつけて、また微笑んだ。「ざまあみろ」そう言って足を上げると、大きなハエが見事につぶされて床にへばりついていた。

そしてラウアスンは去っていった。

アサドはラウアスンの足音が遠のくと両手をこすり合わせて言った。「すべて順調に運んでいます、カール。見て下さい」

アサドは書類の山を机の上にドンと置くと、一番上のページを指さした。「これは一連の火災事件のキョウチョウ点です、カール」

「なんだって？」

「キョウチョウ点」

「共通点だ、アサド。どんな共通点を見つけた？」

「ほらこれです。JPPの決算書に目を通したときにわかったんです。JPPは〝RJインベスト〟という個人銀行から金を借りています。これがとても重要なんです」

カールは首を横に振った。省略形が多すぎる。JPPって何の略だ？

「JPPは確かエムドロプで火災に遭った会社だよな？」

アサドはうなずくと、再度その名前を指でたたきながら廊下に向かって言った。「ユアサ、ちょっと来てくれますか？　今カールに私たちが発見したことを報告してるところなんです」

カールの額にまた皺が寄った。ユアサのやつ、また自分の仕事をほったらかして他の仕事をやってたっていうのか？

廊下からユアサの足音が聞こえてきた。アメリカの海兵隊が一個連隊でかかっても太刀打ちできないようなすさまじい足音だった。せいぜい五十五キロくらいしかない体重でどうやってこんな音が出せるんだ？

ユアサはドアを押し開けて入ってくると、立ち止まる前から書類の準備をした。「ＲＪインベストの話はした、アサド？」

アサドはうなずいた。

「これがＪＰＰにお金を貸していたところよ、しかも火事の少し前にね」

「それはもう説明しました、ユアサ」アサドが言った。

「わかった、それでね、ＲＪインベストというのはとてもたくさんお金を持ってるの」ユアサは話を続けた。「現時点の債権額は五億ユーロ。二〇〇四年に登記されたばかりの会社にしては悪くないでしょ？」

「五億ユーロ、誰が今どきそんな金を持ってるんだ？」カールはぼやいた。

カールは自分の綿ぼこりほどの総資産を見せてやりたかった。

「とはいえ二〇〇四年の段階ではまだＲＪインベストにもそれほどの蓄えはなかったわ。そこでＲＪインベストはＡＩＪから借り入れてるんだけど、ＡＩＪは一九九五年に開業資金をＭＪから借り入れていて、ＭＪはＴＪホールディングから借り入れているの。これらの銀行を結びつけているものが何だかわかる？」

俺をばかだと思ってるのか？

「もしかして〝Ｊ〟か、ユアサ？　で、その意味は？」カールは薄笑いを浮かべて、ユアサの機先を制した。

「Ｊａｎｋｏｖｉｃ《ヤンコヴィッチ》！」アサドとユアサが声をそろえて答えた。

アサドは書類の山を広げた。それは火災に遭い、現場から焼死体が出た四つの会社すべての資料で、一九九二年から二〇〇九年までの年度末決算書だった。そして四社の決算書すべてに赤い線が引かれていた。

それは〝Ｊ〟の頭文字で始まる債権者だった。

「おまえたちはこの四社の火災前の短期借入金のすべての背後に、同じ銀行が存在しているって言いたいのか？」

「はい！」再び声がそろった。

カールは決算書を細かく見ていった。まさに突破口がそこにあった。

「わかった、ユアサ」カールは言った。「この四つの個人銀行の情報をできるだけ集めてくれ。この名称が何の頭文字か知ってるか？」

ユアサは笑顔だけがとりえのハリウッド・スターのように微笑んだ。「ＲＪはラドミル・ヤンコヴィッチ、ＡＩＪはアブラム・イリヤ・ヤンコヴィッチ、ＭＪはミリチャ・ヤンコヴィッチ、ＴＪはトミスラヴ・ヤンコヴィッチ。四人は兄弟よ。男が三人で、ミリチャは女性」

「オーケー。彼らはデンマークに住んでいるのか？」

「いいえ」

「じゃあどこにいる？」

「どこにも」ユアサは両肩を耳まで上げた。

ユアサとアサドは、まるで数キロ分の花火をランドセルの中に隠し持っている二人の小学生みたいに見えた。

「ユアサが〝どこにも〟と言ったのは、カール、四人とも数年前に亡くなってるってことです」アサドが言った。

そりゃ死んだってことだろうよ。ほかにどう解釈できるって言うんだ？

「内戦が勃発した頃、彼らはセルビアでは有名だったの」ユアサが引き継いだ。「いつでも武器を供給できる四人兄弟としてね。もちろん法外な金額でよ。そろいもそろってとんでもない悪党どもだったのよ」ユアサは豚のうなり声のような笑いをもらした。

「欲をかくと人に嫌われます。そう言いませんか？」アサドは得意げに言い添えた。

確かに悪党だ。

カールは含み笑いをしているユアサを見た。こんな妙ちきりんな女がいったいどこからこんな情報を集めてきたんだ？　こいつもセルビア人なのか？

「それでおまえたちは、そのいかがわしい商売で儲けた莫大な金が西欧の合法的な貸金業者に流れ込んでいたと言いたいわけだな？　だがふたりともよく聞いてくれ。これが実際にその手の事件なら、上の連中に回したほうがいい。経済犯罪なら彼らのほうが心得ている」

「その前にこれを見て、カール」ユアサがかばんの中を引っかき回した。「この四人兄弟の写真があるの。古いものだけど」

ユアサはカールに写真を差し出した。

「おっと」カールは思わず声をもらした。それはしこたま食べて太った四頭のアンガス牛を思わせた。「発育のいい一家だなあ！　お相撲さんもびっくりだ」

「ちゃんと見て下さい、カール」アサドが言った。「私たちが考えていることがわかりますから」

カールはアサドの視線を追った。四人の兄弟はきちんと並んで食卓についている。食卓には白いテーブルクロスがかけられ、クリスタルのグラスが並んでいる。全員が、写真には写っていない厳格な母親のしつけ通りに両手をきちんと食卓の縁に置いている。四対のたくましい手――全員が左手の小指に指輪をはめている。指輪は深く肉に食い込んでいる。これだけ太っていれば当たりまえだ。

カールは視線を上げて助手たちの顔を見た。廊下をいつもバタバタ走って通り過ぎていくおかしなふたりを。そのふたりがたった今、ある事件をまったく新しい次元に引き上げたのだ。実際は彼らの担当ではないというのに。

まったく奇想天外なやつらだ、何につけても。

一時間後、カールの仕事の割り当てがまた引っかき回されることになった。ラース・ビャアン副課長から電話がかかってきたのだ。ビャアンの部下のひとりが地下の文書保管室に行ったときに、アサドと新人の会話を耳にしたという。いったいどういうことだ？　彼らは一連の火災事件の関連性を見つけたって言うのか？

カールが内容を手短に繰り返す間、ラース・ビャアンは電話の向こうでふた言ごとにうなり声をあげて、カールの説明について来ていることを示した。

「すまないが、ハーフェズ・エル・アサドをレズオウア署にやってアントンスンにその情報を伝えてやってくれないか？　うちの管轄区域の火災事件は我々が引き続き担当する。だがその古い事件については、すでにそっちで捜査を始めていることだし、君たちが解決してくれてかまわない」ラース・ビャアンは恩着せがましく言った。

それは安らぎの時の終わりを意味した。

「正直に言って、アサドにその気はないと思う」

「だったら君が今から自分で行くんだな。時間ならあるだろう？」

ビャアン、この豚野郎は俺のことを知りすぎている。

「カール、本気じゃないでしょう？　冗談ですよね？」アサドは無精髭の生えた顔にえくぼを見せたかと思うと、すぐに真顔に戻った。

「車を使え、アサド。ロスキレ通りに出たら、アクセルは注意して踏めよ。交通警察がまたスピード違反取り締まりのカメラを設置したからな」

「でも、まったく馬鹿げていると思いますよ。あの火災事件は全部引き受けるか、全部任せるかのどっちかにすべきです」アサドは主張したが、カールは無視して、車のキーを渡した。

アサドと意味のわからない罵り声がようやく階段の方角に消えると同時に、耳をつんざくようなユアサの歌声が廊下の端から聞こえてきた。スカイダイビングでもしているような声だった。その瞬間、カールは不覚にもローセのふくれっ面がなつかしくなった。くそっ、あの〝ミス金髪〟はいったいまた何をやってるんだ？

カールは重い腰を上げて廊下に出て行った。

案の定だった。ユアサはまた壁の前に立ち、ぽかんと口を開けて巨大な手紙に見とれていた。

「ちょっと遅すぎたな、ユアサ。トレクヴェ・ホルトがすでに彼なりの解釈をしてくれた。この件についちゃ彼ほどの適任者はいない。それに俺たちだってもう内容は十分わかってるじゃないか。これ以上捜査に役立つような何が書かれているって言うんだ？　だったら、自分の部屋に戻ってちゃんと仕事をしてくれ。さっき打ち合わせたことを」

カールが説教を終えるとユアサはようやく歌をやめた。「ちょっと来て、カール」そう言って、カールを自分のピンクの館に引っぱって行った。

ユアサはローセの事務机の前にカールを座らせた。そこにはトレクヴェが加筆したボトルメールのコピーが置かれていた。
「これを見て。手紙の始めのほうは、みんなの意見は一致しているわ」

助けて
ぼくらは一九九六年二月十六日に誘拐された——
バレルプのラウトロプヴァングのバス停で——
男は身長一・八……短い髪——

「ここまでは問題ないわよね?」
カールはうなずいた。
「この後にトレクヴェが自分の解釈を書き加えているわ」

青いよこしまな目そして右の…に傷あと——

「残念ながらいまだにこの傷あとっていうのがどこにあるのかわからない」カールは口を挟んだ。「トレクヴェは傷あとに気づかなかったし、兄のポウルも弟には話していなかった。他人だがポウルはそういうものがあればいつも目をとめていたとトレクヴェは言っている。他人の小さな欠点が自分のコンプレックスの慰めになったのかもしれない。だが次に進もう」

ユアサはうなずいた。

ブルーのライトバンに乗っている――親が知っている男だ――名前はフレディ・B――男はぼくらをおどして電流を流した――ぼくらは殺される――

「こうして見るとこれで間違いなさそうだな」カールは黙って天井を見上げた。するとまた一匹のハエがカールをあざ笑うように飛び回っていた。カールはハエをじっくり観察した。羽にポチッと付いているのは修正液じゃないのか？　カールはぼうっとしている頭を振った。やっぱりそうだ！　今頭上を飛んでいるハエはカールがこのあいだ修正液の瓶を投げつけたやつだ。今までどこに隠れていやがったんだ？

「つまり、トレクヴェは事件現場にいて、しかも意識がはっきりしていたってことよね」ユアサは根気強く先に進んだ。「手紙のここの部分は男の外見の特徴が書かれているところよ。トレクヴェの証言で犯人の特徴をかなり揃えることができたし、あとはスウェーデンから似顔絵が届くのを待つばかりね」

ユアサはその下の文章を指し示した。「次の文章がよくわからないのよね。問題はわたしたちがあると思っているものが実際にそこにあるかどうかなのよ。声を出して読んでみて、カール」

「声を出して読め？　自分でやったらいいじゃないか」俺は王室付きの劇団員か？

ユアサはカールの肩を叩いた上に、腕をつねった。「読みなさいってば、カール。そうすると内容がよくわかるから」

覚悟を決めてカールは咳払いをした。まったくとんでもないやつだ。


男はまずぼくの口にそして次に弟の口に布をおしあてた――

ぼくらは一時間近く車に乗って今はどこかの海辺にいる――近くで風力発電機がうなっている――ここは臭い――ぼくらを助け出して――早く――

弟はトレクヴェ　十三歳――

ぼくはポウル　十八歳――

ポウル・ホルト

ユアサは指先で音を立てずに拍手をした。

「よくできました、カール。トレクヴェがおおかたのことについては確信を持ってることは知ってるわ。でもこの風力発電機については別の可能性もあるんじゃない？　他の言葉にも。それに文字が欠けているところにもっといろいろ隠れていることがあるかもしれないでしょ？」

「ポウルとトレクヴェはこの音についてはまったく話をしていない。口に粘着テープを貼られていたしな。だがトレクヴェはときおりブーンという低い機械音がしていたことを思い出した」カールは言った。「その上、トレクヴェはポウルがこうした音や技術的なことにはとても精通していたと考えている。だがその通りだ。別の騒音である可能性は否定できない」

トレクヴェがスウェーデンの早朝の光の中で、泣きはらした目で静かにボトルメールを読み返していた姿がカールの目に浮かんだ。

「この手紙にトレクヴェは強く感銘を受けた。いかにも兄が書きそうな手紙だと何度も言っていた。句読点を使わず、代わりにダッシュを引くんだ。それにポウルはいつも話をするように文章を書いていたらしい。だからこの手紙を読むと兄が話す声が聞こえてくるそうだ」

カールはトレクヴェの姿を脳裏から追い払った。トレクヴェがこの経験から立ち直ったらすぐにコペンハーゲンに来られるようにしてやらなければならない。

ユアサは眉をひそめた。「そもそもトレクヴェには聞いたの？　ボート小屋にいた間、風が強かったかどうか。あなたもアサドも当時の気象記録は確かめたの？　気象庁に問い合わせた？」

「二月の半ばだろ？　だったら風は吹き通しだし、風車だって回りっぱなしだ。調べる必要なんかないさ」

「それでもよ。問い合わせてないの？」

「その質問ならパスゴーにしてくれ、ユアサ。風力発電機の調査はあいつがやってる。だがその前に別の仕事をやってもらいたい」

ユアサは机の縁に腰掛けた。「言わなくてもわかってるわ。新興宗教の脱会者のための協会や自助グループについて報告しろって言いたいんでしょ？」ユアサはハンドバッグを引き寄せてポテトチップスの袋を取り出した。そしてカールがまだ返事もしないうちに、袋は破られ、中身の半分がかみ砕かれた。

カールは呆気にとられながら見ていた。


カールは自分の部屋に戻って気象庁の気象記録を開いてみると、一九九七年までしかさかのぼれないことがわかった。そこで気象庁に電話をかけて、自己紹介し、簡単な質問をして、簡単に答えてもらうことにした。

「一九九六年二月十六日から数日間の天候はどうだったか教えてもらえませんか？」

数秒後にはもう答えが返ってきた。

「二月十八日にデンマークは激しい吹雪《ふぶき》に襲われています。三、四日は外界からほぼ遮断され、ドイツ・デンマーク間の国境も閉鎖されました」電話の向こうで女性が言った。

「本当ですか？　シェラン島の北部もですか？」

「デンマーク全土がそういう状態でした。最もひどかったのは南部です。北部は広い範囲で道路は走行可能でした」

くそっ、なぜもっと早く気象状況を問い合わせなかったのだろう？

「つまり猛烈な風が吹いていたってことですね？」

「ええ、もちろんそうです」

「そうした悪天候だと風力発電機はどうなるでしょう?」

女性はすぐには答えなかった。「お尋ねになっているのは、装置を稼働させるには風が強すぎたかどうかということですか?」

「ええ、まあそんなことです。そういう天候だと風車は停止させるものなんですか?」

「わたしは風力発電の専門家じゃありませんが、もちろんそうした日は風車を止めるはずです。止めないと羽根が外れてしまうでしょうね」

ここでカールは煙草を一本抜き、女性に礼を言って電話を切った。いったい子供たちはボート小屋の中で何の音を聞いていたんだろう? 拘束され、寒さに凍え、外を見ることはできなかった。あらしだということは知っていたのだろうか?

カールはパスゴーの携帯電話の番号を探し出して入力した。

「はい」パスゴーはたったひと言無愛想に答えた。

「カール・マークだ。子供たちが監禁されていた時の天候は調べたか?」

「まだだ。これからする」

「いや、その手間は省けた。彼らがボート小屋に監禁されていた五日間のうち最後の三日間は吹雪だった」

「へえ、そうか」

へえ、そうかだと? いかにもパスゴーらしいコメントだ。

「風力発電機のことは忘れろ、パスゴー。風が強すぎた」

「だが、五日のうち三日だけなんだろう。だったら最初の二日はどうなる？」

「トレクヴェが俺に言ったところでは、そのブーンという音は五日とも聞こえていて、最後の三日間は少し音が弱くなったらしい。それはあらしで説明がつくだろう。おそらく風で騒音が和らいだんだ」

「ああ、そうかもしれんな」

「ま、君にも知らせておいたほうがいいと思ったまでだ」

カールは心の中で笑った。パスゴーのやつ、先を越されてかんかんに怒っているに違いない。

「だから別の可能性を調べてみてくれ」カールは続けた。「ブーンという音の正体をな。ところで魚のうろこからは何かわかったか？」

「まあ慌てるな。生物学研究所の海洋生物学の専門家が顕微鏡で調べているところだ」

「顕微鏡？」

「ああ、とにかく何かやってるよ。マスだということはすでにわかっている。問題はそれが降海型のマスか、フィヨルドマスかということだ」

「それってかなり違う魚だろう？」

「違う魚？　いや、そうは思わない。フィヨルドのマスは降海型のマスと何ら変わりはないはずだ。ただそれ以上泳ぎたくなくてそこに留まっているだけだ。フィヨルドにな」

ちっ！　ユアサといい、アサドといい、それにローセ。そのうえパスゴーまで。たったひとりの警部補の手には余る連中だ。

「もうひとつ頼む、パスゴー。トレクヴェ・ホルトに電話をかけて、監禁されていた間の天候を知っているか聞いてくれ」

電話を置く間もなく呼び出し音が鳴った。

「アントンスンだ」声の主はそれ以上言わなかった。その第一声だけでカールは頭の中で気をつけの姿勢をとった。

「たった今、君の助手とサミル・ガジがここで派手に喧嘩をして殴り合いになった。我々が警察官でなかったら112に通報していたところだ。この頭のおかしな野郎をすぐに引き取りに来てくれ」

27

生い立ちをきかれたらイサベル・イェンソンはいつも、自分は〝タッパーウェア〞の中で育ったのだと答えた。優しい両親の庇護のもとにボクスホールの車が置かれた一戸建て住宅で育った。両親はともに堅実な専門教育を受け、ものの考え方は他のプチブルとほとんど変わらず、明けても暮れても書類かばんを抱えて仕事に行っていた。子供時代は親に守られ、きちんとしつけをされ、無菌状態で真空パックされていたようなものだった。小さな家族でそれぞれが自分の立場を心得ていた。テーブルに肘をつく者はいなかった。そして両親はきちんとうなずいて賛意を表し、〝どういたしまして〞とか〝ありがとう、あなたもお元気でね〞といった言葉を忘れずに返し、イサベルが中学校を卒業した時には〝おめでとう〞と言って握手をしてくれた。そしてイサベルの兄はくじ引きで兵役を免除されたにもかかわらず入隊した。

そうやってイサベルに刻み込まれていった行動パターンを捨てることができるのは、たくましい男性の腕に飛びこんだときか、今のようにフォード・モンデオの運転席に座っているときだけだった。最高速度は二〇五キロと謳《うた》われているが、彼女の車は二一〇キロまで出すことができる。ラーケルを乗せて国道から高速道路のE四十五号線に入るとそれは証明された。

カーナビゲーションに表示されている目的地到着時刻は十七時五分だが、イサベルはもっと早く到着するつもりだった。

「提案があるの」イサベルは助手席で携帯電話を握りしめているラーケルに言った。「ただし怒らないで。約束してくれる？」

「言ってみて」消え入りそうな声が返ってきた。

「もしフェアスレウであいつにも子供たちにも会えなかったら、要求されたお金を渡すしかないんでしょうね」

「その通りよ。それについてはもう話し合ったじゃない」

「わたしたちが時間を稼げたら話は違ってくるわ」

「どういうこと？」

イサベルは減速せずにウィンカーを出しながら、憤慨した運転手が指を突き立てるのも無視して、車の間を縫うように進んで行った。

「どうか落ち着いて聞いて、ラーケル、子供たちが無事に帰ってくるかどうかはわからないわ。あいつにお金を渡したとしても。言っている意味がわかる？」

「わたしは子供たちは無事に帰ってくると信じているわ」ラーケルはひと言ひと言をかみしめるように言った。「お金を渡したらあの男は子供たちを解放するわ。あなたが考えているようなことをあえてするわけがない、そんなことわかりきってるわ」

「待って、ラーケル。まさにそこなのよ。お金を渡して子供たちが戻ってきたら、あなたたちは警察に届け出ることができるわけでしょ。それをどうやってあの男は防ぐの？　わたしが言ってる意味がわかる？」

「お金を受け取ったら半時間後にはきっと国外に出てるわ。わたしたちがその後で何をしようと彼にはまったくどうでもいいことなのよ」

「そうかしら？　あいつは馬鹿じゃないわ、ラーケル。それはお互いわかってるわよね。国外に逃げたって何の保証もないわ。それどころかたいていは捕まるものよ」

「じゃあどうしようって言うの？」ラーケルは不安そうに座席でもぞもぞしていた。「お願い、もう少しゆっくり走って」小さな声で言った。「検問に引っかかったら、免許証を取り上げられるわよ」

「そのときはしかたないわ。あなたが運転して。免許は持ってるんでしょう？」

「もちろんよ」

「だったら」イサベルは真新しいBMWを追い抜いた。中で野球帽を前後逆さまにかぶった褐色の肌の若者たちが騒いでいた。

「わたしたちは待つだけではだめよ」イサベルは話を続けた。「わたしの考えを言うわね。あいつがお金を受け取った後に何をするかわからないし、受け取らなかったら何をするかもわからないわ。だからわたしたちは常にあいつより一歩先んじている必要があるの。わたしたちが主導権を握るの、あいつじゃなくて。わかる？」

ラーケルは激しく首を横に振った。それは車道にまっすぐ向けられていたイサベルの目にも入るほどだった。

「いいえ、わたしにはまったく理解できないわ」

イサベルは唇を舌で湿らせた。ここでラーケルを説得できなければ、イサベルの責任だ。イサベルは今自分が言っていることも、やっていることもすべて絶対に正しいという自信があった。そうしなくてはならないと感じていた。

「これから行くところが実際にあの男の住所だということがわかったら、わたしたちはあの卑劣漢を相当追い詰めることになるわ。あいつにとっては最も見たくない悪夢が現実になるようなものよ。きっと自分がどこで間違ったのか、あの異常な頭の中で必死に考えるわ。だから、あなたたちが次の段階に進んだとき、あいつは相当動揺していると思うの、わかる？あいつに攻撃の隙ができる。それこそがわたしたちに必要なものよ」

イサベルはラーケルが答えるまでに十五台の車を追い抜いた。

「後で話してもいい？　今は静かに座っていたいの」

イサベルは小ベルト海峡に架かる橋を突き進みながら助手席を見やった。ラーケルは声を立てずに口を絶え間なく動かしていた。目を閉じ、両手は関節が白く浮き出るほど携帯電話を握りしめている。

「あなたは本当に神を信じているの？」イサベルはきいた。

沈黙が垂れ込めた。ラーケルは祈りを終えると目を開けた。

「ええ、信じているわ、〝神の母〟を。〝神の母〟はわたしのような不幸な母親を守るためにいらっしゃるの。だからわたしは祈るし、願いはきっと聞き入れられると信じているわ」

イサベルは眉をしかめて黙ってうなずいた。

ほかのことならともかく、これだけは、イサベルもラーケルの思いを共有することはできなかった。


フェアスレウはシェラン島のイセフィヨルドに近い畑の真ん中にある村で、素朴で平和的な雰囲気が漂っていた。この村のどこかに隠されているはずの秘密とはあまりにも対照的だった。

問題の住所が近づいてくると、イサベルは心臓の鼓動が早くなるのを感じた。そこにあるはずの家は木立に隠れて道路からはほとんど見えなかった。そのときラーケルがイサベルの腕をつかんだ。

ラーケルは顔の色を失っていた。絶えず頬をさすって血の流れが止まらないようにしているみたいだった。唇を固く結び、額に玉のような汗をかいていた。

「車をとめて、イサベル」生け垣まで来るとラーケルは苦しそうに言った。明らかに具合が悪そうだった。そしてドアを開けると、道端にひざをつき、うめき声をあげながら吐いた。胃の中がからっぽになるまで吐き続けた。ラーケルが再び身を起こしたときに、一台のメルセデスが猛スピードで通り過ぎた。

「気分はよくなった？」イサベルは一応きいたものの、そうでないことは明らかだった。

「さて」ラーケルは車に戻って口を手の甲でぬぐうと言った。「これからどうするの？」

「とにかく家まで行きましょう。あいつはわたしが警官の兄に情報を流したと信じているわ。もしここにいれば、わたしの顔を見たらすぐに子供たちを解放するわよ。馬鹿なことはもうできないし、あとは逃げるしかないでしょうからね」

「だったら車のとめ方には気をつけて。道をふさいでいるように思わせたくないわ」ラーケルは言った。「やけを起こして、何をするかわからないでしょ」

「それはむしろ逆よ。車は横向きにとめるわ。そしたらあいつは畑に逃げざるをえないわ。車で逃げさせてはだめよ。子供たちを連れて行くかもしれないでしょ」

ラーケルはまた吐き気を催《もよお》したようだった。だが二回力強く飲み込むような仕草を見せると、落ち着きを取り戻した。

「ラーケル、わたしを信じてまかせて。あなたはこんなことに慣れていないし、わたしも幸いなことに慣れてないわ。わたしだって怖いわよ。でも今はやるべきことをしましょう」

ラーケルは涙ぐんだ目でイサベルを見たが、そのまなざしは冷たかった。「わたしはあなたが考えているより多くのことを経験してきたわ」ラーケルは驚くほどきつく言い返した。

「確かにわたしは恐れているわ、でも自分のことを心配しているわけじゃない。そんな簡単にうまくいくはずがないのよ」

イサベルは農道に横向きに車をとめ、ふたりは庭のまん中に立って様子をうかがった。

屋根の上でハトがクークー鳴き、弱い風が木の葉や草を揺らしていた。それ以外、見渡す限り生命の兆しはなく、ふたりの息づかいだけが聞こえていた。

建物は古い農家で窓が黒っぽく見えた。汚れているのか、カーテンが引かれているのかはわからなかった。家の壁の前に古い錆びた園芸用具が置かれている。木材が使われているところはどこもペンキが剝げ落ちていた。すべてが活動を停止してしまったように見え、人の気配はなく、イサベルは心配になってきた。

「行きましょう」イサベルはそう言って、まっすぐ玄関に向かって行った。扉を二、三回強く叩いた後、扉の横のガラスもノックした。だが何も起こらなかった。

「もし中にいたら、わたしたちと接触しようとするはずよ」ラーケルは祈りを終え、徐々にトランス状態から醒めると言った。そして壁に立てかけてあった折れたくわの柄をつかむと、玄関の横のガラスを割った。

ラーケルがふだんからこうした道具を扱い慣れていることは一目瞭然だった。くわを肩にかつぐと、それをてこのように使って窓を持ち上げた。さらに、誘拐犯が子供たちと中に立てこもっている場合に備えて、くわを構えた。

そしてふたりは中に入った。イサベルはラーケルの後ろにぴったりと付いていた。廊下にガスボンベが四、五本立っている以外は一階にはほとんど何もなく、カーテンを引いた窓際にわずかな家具が置かれているだけだった。あとはどこを見てもほこりしかなかった。紙も広告も新聞も空き袋も布巾もシーツも何もなかった。トイレットペーパーさえなかった。

ここには誰も住んでいないのだ。

急な階段が上に延びていた。ふたりは狭い階段を慎重に上っていった。

どの壁も合板が貼られていた。部屋を仕切っている壁はごく薄く、柄入りの壁紙が貼られていた。単に趣味が悪かったのか、もしくは金がなかったのだろう。部屋は三つあったが、唯一置かれていた家具は浅緑色の簡素なたんすで、あちこち色が剝がれて、扉はきちんと閉まっていなかった。

イサベルがカーテンを開けると、弱い午後の光が部屋に射し込んだ。イサベルはたんすの扉を開けると息をのんだ。

男はさっきまでここにいたに違いない。ハンガーにかかっている服は男がイサベルの家にいたときに着ていたものだったのだ。バックスキンのジャケット、薄いグレーのジーンズ、〈エスプリ〉と〈モルガン〉のシャツ。こんなみすぼらしい家には不似合いだった。

ラーケルが身をすくませるのを見て、イサベルはその理由に気づいた。あいつのアフターシェーブローションの匂いだ。その匂いを嗅ぐだけで気分が悪くなりそうだった。

イサベルはシャツを一枚取り出して、ざっと調べた。「これは洗濯されてないから、あいつのDNAが残ってるはずよ。それが必要になるかもしれないわ」イサベルはシャツの襟に付いた一本の髪の毛を指さした。「ほら、これをもらっていきましょう。ポケットの中にもなにかあるかもしれないわ」

窓の外に目をやったイサベルは納屋の前の砂利に轍《わだち》を見つけた。外にいたときには気づかなかったが、上から見ると納屋の扉の前に砂利が押しつぶされた跡が二本平行に走っており、しかもごく新しいものに見えた。

イサベルは慎重にカーテンを閉めた。

ガラスの破片は玄関にそのままにしておき、ふたりは外に出て扉を閉めると、あたりをすばやく見回した。菜園、畑地、木立、どこにも目に付くものはなかった。ふたりはすぐに納屋の扉の南京錠を開けにかかった。

イサベルはラーケルがずっと肩にかついでいるくわを指し示すと、ラーケルはうなずき、あっという間に南京錠を壊した。

扉を押し開くと、ふたりはともに息をのんだ。

ライトバンがあった。それはあの空色のルノー・パートナーだった。ナンバープレートも合っていた。

ラーケルは小さな声で祈り始めた。「神様、どうかわたしの子供たちがこの車の中で死んでいませんように。聖母様、どうかお願いします。あの子たちが中にいませんように」

イサベルは確信していた。ハゲタカは獲物を持って飛び去っていったのだ。イサベルはライトバンの後ろのドアを試しに開けてみた。一度も鍵をかけたことなどないのだろう。それだけこの隠れ家は安全だと思っているのだ。

次にイサベルはボンネットに手を置いた。まだ温かかった。

イサベルは外に出て、木立の間からラーケルが嘔吐したあたりをじっと見つめた。犯人はその道を走って行ったか、海に向かったかのどちらかだ。いずれにせよまださほど遠くには行っていない。

来るのが遅かった！　ほんのわずかの差だったはずだ。

ラーケルはイサベルのとなりで震えていた。長い距離を猛スピードで走ってきた興奮はまだ冷めておらず、言葉にならない悔恨や苦悩を抱え、心の痛みは顔にも姿勢にも現れていた。こうしたすべての心情が一気に噴き出したのだろう。ラーケルは突然叫び声をあげた。屋根の上のハトが驚いて飛び立っていった。叫び終わるとラーケルの顔には鼻汁が垂れ、口の端は唾液で白くなっていた。

誘拐犯はここにいなかった。子供たちは連れ去られてしまった。祈りは届かなかった。

イサベルはラーケルに向かって黙ってうなずいた。ええ、確かに最悪よ。

「ラーケル、残念だわ。でも、わたし車を見たような気がするの、あなたが吐いていたときに」イサベルは思い出しながら言った。「あれはメルセデスだった。色は黒。ありふれたタイプよ」

長い間ふたりは黙ってそこに立っていた。午後の光が徐々に弱くなっていった。

これから、どうする？

「あいつにお金を渡さないほうがいいわ」イサベルは沈黙を破った。「あいつが一方的に押しつけてくる条件をのんじゃだめよ。時間を稼ぐの」

ラーケルはイサベルを背教者を見るような目で見た。ラーケルが信じ、力を注いでいるものすべてにイサベルが唾を吐いたとでもいうようだった。「時間を稼ぐ？　わたしにはあなたが何を言ってるのかまるでわからないし、知りたくもないわ」

ラーケルは時計を見た。ふたりとも考えていることは同じだった。

まもなくヨシュアは金の詰まった袋を持ってヴィボーから列車に乗り込むことになる。ラーケルにとっては誘拐犯を追跡し、不意討ちを食らわそうとした計画は終わった。そして今残された選択肢はひとつだけであり、しかもそれは単純だ。金を届けて、引き替えに子供たちを取り戻す。それで終わる。百万クローネは確かに大金だが、金ならあきらめはつく。イサベルにその計画を変えるようなまねは二度とさせない。そのことをラーケルははっきりと態度で示した。

イサベルはため息をついた。「ラーケル、お願いだから聞いて。わたしたちはふたりともあの男と知り合いになった。あの男より恐ろしいひどい人間なんて想像できないわ。ね、考えてみて、あいつがどれほどわたしたちを欺いてきたか。あいつが言っていたことと真実がどれだけかけ離れていたか」イサベルはラーケルの両手を握った。「あいつはあなたの信仰と、わたしの寂しさにつけ込んだ。あいつはわたしたちの弱点、わたしたちの心の奥底にある感情を自分のために利用した。そしてわたしたちはあいつを信じた。わかる？　わたしたちはあいつを信じて、あいつは嘘をついた！　それはあなただって否定できないでしょ。わたしが何を言おうとしているかわかる?」

もちろんわかっている。ラーケルは馬鹿ではない。だが、今この瞬間にラーケルを納得させることはできなかった。ラーケルが、自分が盲目的に信じていることをこんな状況でそんなに早く捨ててしまえないことは、イサベルも承知している。それにはまずラーケルはもう一度心の奥底の本能の源まで突き進まなければならなかった。彼女の信仰の世界のあらゆる論拠や概念を脇へ押しやり、自由に考えられるようになるためには、まず地獄を見なければならなかった。悟るためには恐ろしい旅を経なければならなかった。ラーケルは目を閉じた。そしてイサベルはラーケルの苦しみに寄り添った。

ラーケルが目を開けたとき、問題の核心を悟っていることは明らかだった。もしかすると子供たちはもう生きていないかもしれないことを。

ラーケルは深く息を吸うとイサベルの両手を軽く握った。心の準備はできた。「あなたの考えを聞くわ」ラーケルは言った。

「あいつに言われたことをするの」イサベルは答えた。「指示された通りに、光が点滅したら、袋を列車から投げる。ただし袋にお金は入れないわ。あいつが袋を拾って、中を開けたときに、わたしたちがここに来たことがわかるように、この家にあった物を袋の中に入れておくの」

イサベルは身をかがめると、南京錠と鎖を拾い上げ、手で重さを量った。

「ここにある服や何かを袋に入れ、手紙を添えて、わたしたちがあの男の居場所を突き止めたことを伝えるの。わたしたちがこの場所も、あの男の偽名も知っていて、隠れ家を監視していることを書いておくの。わたしたちはあいつを徐々に追い詰めていて、もう時間の問題だということをね。お金は渡すけれど、その前に子供たちが無事に帰ってくることをわたしたちが百パーセント確認できるように、何か方法を考えろと書いておくの。わたしたちがあいつに圧力をかけるの、主導権を奪うのよ」

ラーケルは視線を落とした。「イサベル、その南京錠や何かを手に入れたわたしたちは今シェラン島の北部にいるのよ、忘れたの？　ヴィボーから列車が出る時間にはもう間に合わない。犯人がオーデンセとロスキレの間で光を点滅させるときに、わたしたちは列車に乗っていないのよ」そう言ってラーケルは視線を上げ、真正面からイサベルに向かって失望をあらわに叫んだ。「どうやってその袋をはいどうぞって投げられるって言うのよ？　言ってよ！」

イサベルはラーケルの手をとった。氷のように冷たかった。「ラーケル」イサベルは静かに言った。「それをやるのよ。これからオーデンセに行って、駅のホームでヨシュアと落ち合うの。ヴィボーまでは戻れないけど、オーデンセならここからでも十分間に合うわ」

一瞬のうちにラーケルはまったく別人のようになった。子供を誘拐犯に拉致されている母親でも、平凡な田舎暮らしの主婦でもなかった。もはや田舎の人のよさといったものは一切感じられなくなった。そこにいるのはイサベルの知らない女だった。

「なぜあの男はオーデンセで乗り換えろと言ったの？」ラーケルはきいた。「それを考えてみたことはある？　他にもいくらでも選択肢はあるでしょう？　きっとわたしたちは監視されているのよ。ヴィボー駅にひとり、そしてきっとオーデンセにもひとり見張りが立っているんだわ」そう言うとラーケルの表情はまた変わってしまった。そのまなざしは心の内に向いているようだった。これ以上、イサベルに何をきいたところで、満足な答えは得られないと思っているようだった。

イサベルは一瞬考えてからこう結論した。「いいえ、そうは思わないわ。そうやってわたしたちに圧力をかけたいだけよ。あいつはひとりでやってるわ、わたしには自信がある」

「どうしてそんな確信が持てるの？」ラーケルはイサベルを見ずに言った。

「そういう男だからよ。人をコントロールしたがる男なの。そのためには、いつ何をしなくてはならないか、的確に心得ている男よ。何もかも細かいところまで計算し尽くしている。酒場に数秒いただけで、わたしという獲物を見つけ、その数時間後にはわたしに絶妙のタイミングでオーガズムを起こさせていた。朝食を用意してくれて、一日じゅう耳から離れないような言葉をわたしにささやいた。そのどれもがすべてあいつの計画の一部だった。計画に必要なことなら何でも本当に巧みにやってのけたわ。ああいう男は人と協力しあうなんてことはできないと思う。それに共犯がいるとしたら、身代金の額が足りないわ。少なすぎる。誰とも分けるつもりなんてないのよ」

「あなたの思い違いだったら？」

「そうね、どうしようかしら？　それはどうでもよくない？　共犯がいようが、とにかく今夜、最後通牒を突きつけるのはわたしたちよ、あいつじゃなくて。わたしたちはあいつの尻尾をつかんだ。袋の中身がそのことを裏付けてくれるわ。これを見たら、わたしたちがこの隠れ家に来たことが嫌でもわかるでしょうからね」

イサベルは荒れた敷地を見回した。他人の秘密を巧みに探り出せるあの男はいったい何者なのだろう？　なぜこんなことをするのだろう？　男は、いわば、優れた容姿と明晰な頭脳と人を操れる能力を兼ね備えた完璧なエリートタイプだ。まったく別の人生があったはずではないか。

「行きましょう」イサベルは、これ以上何もせずにぼんやり突っ立ってなどいられなかった。

「ご主人には途中で電話をかけて状況を説明すればいいわ。そのときに袋に入れる手紙の内容を言って書いてもらいましょう」

ラーケルは首を横に振った。「本当にそれでいいのかしら。心配なのよ。あなたの考えにはほぼ賛成よ。でも犯人をあまりにも追い詰めることにならない？　犯人があきらめて、そのまま逃げたりしない？」ラーケルの唇が震え始めた。「そしたら子供たちはどうなるの？セームエルとマウダリーナを犠牲にすることにならない？　犯人は子供たちを傷つけるとか、何か恐ろしいことをするとか言って脅してくるかもしれないわ。よく聞く話よ」ラーケルは頬に涙を流していた。「あの子たちに何かされたら、イサベル、わたしたちどうするの？そのときはどうするのか言ってよ」

（下巻へつづく）

本書は、二〇一二年六月にハヤカワ・ミステリとして刊行された作品を文庫化したものです。

HM=Hayakawa Mystery
SF=Science Fiction
JA=Japanese Author
NV=Novel
NF=Nonfiction
FT=Fantasy

特捜部《とくそうぶ》Q
—Pからのメッセージ—
〔上〕

〈HM㊳-3〉

二〇一三年十二月十五日　発行
二〇二〇年　三　月十五日　四刷
（定価はカバーに表示してあります）

著者　ユッシ・エーズラ・オールスン
訳者　吉田《よしだ》薫《かおる》　福原《ふくはら》美穂子《みほこ》
発行者　早川浩
発行所　株式会社早川書房
郵便番号　一〇一-〇〇四六
東京都千代田区神田多町二ノ二
電話　〇三-三二五二-三一一一
振替　〇〇一六〇-三-四七七九九
https://www.hayakawa-online.co.jp

乱丁・落丁本は小社制作部宛お送り下さい。
送料小社負担にてお取りかえいたします。

印刷・星野精版印刷株式会社　製本・株式会社川島製本所
Printed and bound in Japan
ISBN978-4-15-179453-7 C0197

本書は活字が大きく読みやすい〈トールサイズ〉です。